NF文庫
ノンフィクション

軽巡海戦史

松田源吾ほか

潮書房光人新社

軽巡海戦史——目次

写真提供／各関係者・遺家族・「丸」編集部・米国立公文書館

軽巡海戦史

天龍型
天龍
龍田
球磨型
球磨
多摩
北上
大井
木曽
長良型
長良
五十鈴
名取
由良
鬼怒
阿武隈
川内型
川内
神通
那珂
夕張
阿賀野型
阿賀野
能代
矢矧
酒匂
大淀
香取型
香取
鹿島
香椎

十戦隊旗艦「阿賀野」北部ソロモンの戦い

海戦に大空襲そして被雷損傷の憂き目に遭遇した通信長の戦闘記録

当時「阿賀野」通信長・海軍少佐　太田　守

ラバウルをめぐる攻防戦まさにたけなわなる昭和十八年十一月一日、ラバウルに入港したわが阿賀野《あがの》は、先着の第五戦隊（妙高、羽黒）および第三水雷戦隊（川内と駆逐艦三隻）とともに行動をおこし、ブーゲンビル島タロキナ沖にある敵艦隊を捕捉撃滅せよ、との命を受けた。偵察により、十数隻からなる敵有力艦隊がタロキナ沖敵上陸点の掩護に当たっていることが確認されていたのである。

艦隊は同日午後四時過ぎに直ちにラバウルを出港、針路南東、速力二十六ノットの快速をもって一路タロキナ沖へと南下していった。

当時、敵の航空兵力は逐次増強されており、母艦部隊のみを比較しても、米国はすでに二十隻あまりの正規高速空母を就役させていたのに反し、わが方の正規空母は瑞鶴と翔鶴の二隻を残すのみ、補助空母、護衛空母にいたっては六十余隻と二隻という開きを見せていた。

艦隊将兵にとって、日清日露の役いらい不敗の歴史を打ちたててきた日本海軍の伝統にし

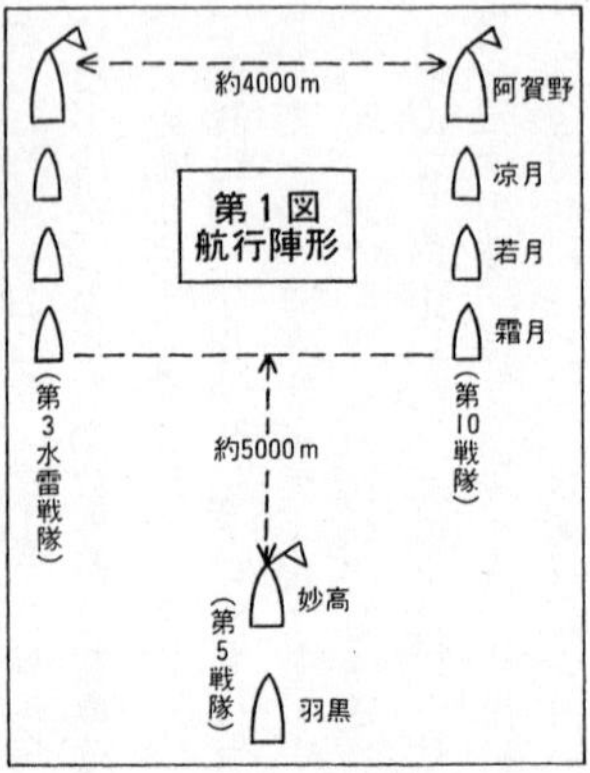

第1図 航行陣形

たがい、最後まで戦わんとする精神のほか、何に頼るすべもなかった。出動はつねに薄氷を踏む思いでつづけられていた。

艦隊は第1図のような陣形をもって突き進んでいった。出撃後、約二時間ほどして、日がとっぷり暮れ暗闇が南海をおおうころ、突如B24一機がわが艦隊の上空にやって来て、以来ダニのようにくっついて離れない。すでにわが方の意図、全兵力、全陣形が明らかになってしまっている。B24は、ときどき高度を四千メートルくらいまで下げ、わが方の陣形や速力を一層くわしく偵察している。不気味なものである。

第六十一駆逐隊の涼月、若月、霜月の主砲はとくに優秀で、高角砲としても使用できたが、このB24に対して撃攘命令が下され、約十発ほど撃ちこんだが命中しない。至近弾に恐れをなしてか、一時、高角砲の射程外に避退するというB24の悠々迫らざる態度はまったく憎い。

やがて羽黒の偵察機が敵艦隊の上空に達し、「十数隻の敵艦隊見ゆ、地点タロキナ岬の西二十浬《かいり》」と報告してきた。しかし、針路、速力、隊形などは不明であった。

レーダー射撃を受く

やがて午後十一時ごろ、阿賀野の探知機は「敵をレーダー探知、方位左一一〇度」と報告した。

ただちにこれを全艦隊に通知するとともに、阿賀野は戦闘態勢にうつり、全部の大砲を左にまわした。

報告からものの二、三分も経つか経たないかのうちに、大砲がまわり終わったかなと思うとき、敵は水平線の彼方の暗黒の中から一斉に発砲してきた。火炎がパッパッと上がり、約五、六隻の巡洋艦と認められた。姿は見えず砲声だけが殷々《いんいん》と聞こえてくる。

敵発砲開始から五分と経たないうちに、第三水雷戦隊旗艦の川内が「われ罐室に敵弾命中、航行不能」と通報してきた。そして川内はこの通信を最後に、またたく間に撃沈されてしまった。

これは、一発の有効弾も敵に報ゆることなく、完全に敵レーダー射撃の血祭りに上げられたのだ。

ほんの数分の出来事だったから、救助された将兵は約五百名の乗員中、ボートで脱出した人、わが潜水艦に救助された人を合わせ、わずか四十数名であった。豪快な司令官伊集院松治海軍少将も、潜水艦に救助されたという。

わが第十戦隊は敵を発見するや、ただちに全速三十四ノットとし（当時の水上艦艇中の最高速）、敵の前方に進出、反航態勢で各艦八本、合計三十二本の魚雷を発射した。

この進撃中にも、川内を屠《ほふ》った敵は、今度は阿賀野に距離約一万六千メートル（レーダーにより測定）のところから猛烈な集中射撃を浴びせてくる。その水柱より判断し、一五・五センチ砲弾とも思われる弾丸が約十発ずつ艦を挟んで、ヒューッヒューッとうなりを立て、約五秒間隔で落下している。

艦は弾丸がいくぶん右寄りであると見れば右へ、左寄りであると見れば左へ転舵し、ジグザグ針路をとって敵方に進撃した。距離一万四千メートルで魚雷を発射し、避退運動をするとき、艦の向きが敵の射線に対して直角となり、敵に対して最大の目標を提供する破目におちいった。果然、艦に「ガクッ」という震動を感じた。ラバウル帰港後に判明したのだが、これは艦側より二、三メートルの至近弾で、士官室浴室が弾片のために直径約五センチの穴が開けられていた。

さて、だんだん敵から遠ざかり距離約一万七千メートルになるまで、阿賀野に対する集中射撃がつづけられている。

その間、約五分間であったが、集中された弾丸は約六百発に達し、艦橋にあってこの弾丸集中状況を目撃した私には、約三十分ほどもつづいたかのように思われた。幸いにして阿賀野は、艦長の松原博大佐、航海長の沢田少佐の敵弾に対するカンが強く、適切な操艦をしたため、約六百発の弾丸集中をうけながら、ついに一発の敵弾も命中しなかった。

魚雷発射後、十分ほどして、敵方に猛烈な火炎があがった。司令官、幕僚、艦長、水雷長はいずれも、これを敵巡洋艦の轟沈であると主張していたが、これは駆逐艦であったかも知れない。

敵艦隊、避退す

阿賀野および第六十一駆逐隊が第五戦隊の妙高、羽黒の後尾につき、さらに第二回の魚雷発射運動を行なわんとしていたとき、妙高、羽黒両艦の二〇センチ砲合計二十門が猛然と火を噴いた。そして二十門の一部は、敵艦隊の上空に照明弾を放った。このために敵艦隊の全陣形は、白昼のように明るみに出された。敵はペンサコラ型一万トン巡洋艦六隻で、整然と並んでわが妙高、羽黒に向かい集中射撃を行なっている。

同じ一万トン巡洋艦でも、わが妙高、羽黒は実質一万五千トンはあり、敵の一五・五センチ砲に対し、これらは二〇センチ砲である。しかも弾丸の威力は口径の三乗に比例するから、一発ずつの弾丸威力を比較すれば、わが方はちょうど敵の二倍に当たる。

やがて味方の放った一弾が敵の一番艦の艦橋付近に命中して、大火炎を発するのがはっきりと認められた。「やった」と思う間もなく、敵の二隻の駆逐艦が後方より全速力で航走、煙幕を展張して、敵の全艦隊を隠してしまった。

敵は避退をはじめたらしい。間もなく敵艦隊からの射撃も止んだ。わが方としては、煙幕を展張された以上、なんとも手の施しようがない。うっかり近づけば、敵レーダー射撃の餌食になるだけである。最高指揮官である第五戦隊司令官の大森仙太郎中将は、ここで戦闘を打ち切ることを決心し、ラバウルへの引き揚げを命令した。

わが方の損害は巡洋艦川内《せんだい》沈没、駆逐艦一隻衝突のため行方不明、他の駆逐艦一隻大破で

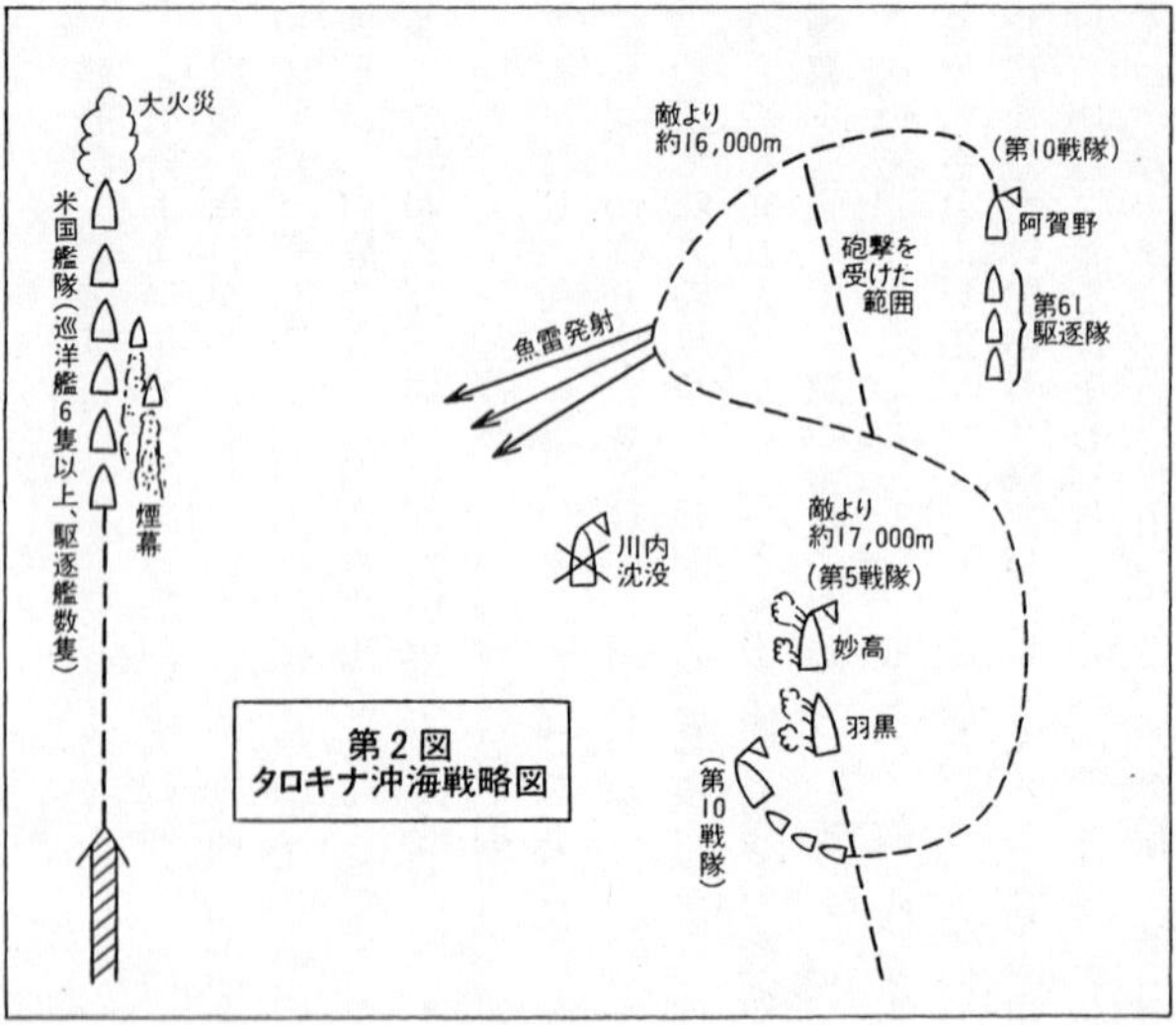

第２図
タロキナ沖海戦略図

ある。川内につづいていた駆逐艦が、川内の沈没したときに互いに衝突したのだ。これはレーダー射撃が急激であり、わが方の混乱がいかなるものであったかを示している。妙高と羽黒には若干の被弾があったが、戦闘力には影響はなかった。

敵に与えた損害は一隻（艦種不明）に魚雷発射による火炎を認め、巡洋艦一隻の艦橋付近に二〇センチ砲弾命中、大火災。私が認めたのは、この二隻にすぎなかったが、他の将校はさらに多くを認めたと主張し、戦果として「巡洋艦一隻撃沈、同二隻魚雷命中、駆逐艦数隻に損害を与えた」と報告された。大本営は例によって、わが方の損害をかくし、現地艦隊の報告をそのまま発表し、大勝利と報じた。

もっとも、この戦闘は正直にいって、それほどの敗戦ではなく、敵はわが妙高、羽黒の砲戦に確実に圧倒され、煙幕を張って退却したものである。最初にわが方が受けた損害に倍する損害を確実に敵にあたえる暇がなく、戦闘が終わったものである。

この戦闘まで、私は敵のレーダー射撃は恐るべき威力を持っているが、その有効距離は一万メートル以内であり、それ以上の距離では方向の精度がきっと不良で、大して恐るるに足らないと判断していた。だが実際に戦ってみると、一万六千メートルからの有効弾があり、わが阿賀野は、辛うじて操艦の巧妙と幸運により、被弾を免れたにすぎなかった。

ラバウル空襲で艦尾に一発被弾

ふたたびラバウルに帰投した阿賀野および第六十一駆逐隊は、十一月五日、敵艦上機による空襲を受けた（第一次ラバウル空襲）。

これによって航行不能となった第二艦隊の重巡摩耶（十一月五日、第二艦隊はラバウルに進出していたが、摩耶を残してトラックに帰っていった）の応急修理完成後、ただちにこれを護衛し、トラックに引き揚げるように命令が下されていた。

十一月十一日にいたり、いよいよ摩耶の修理が完成し、翌十二日には出港と決定していたとき、突如として艦上機約一二〇機の空襲をうけた（第二次ラバウル空襲）。

敵の攻撃目標はもっぱら在港艦船に向けられたため、港内碇泊中の全艦艇は直ちに港外に出港、応戦した。阿賀野と能代ほか駆逐艦約十隻である。敵の攻撃目標は主として阿賀野と能代に向けられ、なかでも阿賀野は執拗に狙われ、延べ約五十機の攻撃をうけた。

阿賀野に対する左右両舷からの攻撃はつづいた。敵機は蝶々のごとく乱舞し、約一千メートルまで近づき、高度約二百メートルでつぎつぎに魚雷を投下していく。

阿賀野は全速三十四ノットの軽快な速力と、艦長、航海長の巧妙なる操艦で、必死に魚雷回避運動をおこなう。七万トンに達する大和の巨体と異なり、阿賀野は七千トンの軽快艦艇であるから、魚雷の槍ぶすまを右、左と回避しつづけ、一方、主砲、高角砲、機関銃の全部を使用して応戦、まさに手負い獅子のごとく動きまわる。

だが最後に、右からの魚雷を全部回避し終えたとき、左前方からの攻撃にあい、ついに回避することのできないうちに、その一発を艦尾に見舞われてしまった。これで後部推進器四軸のうち、後方二軸と舵がやられ、これを含み艦尾が垂れさがり、一挙に速力が十一ノットに低下し、右にも左にも舵がとれなくなってしまった。

敵機は魚雷発射を終えると、今度は機銃掃射に移り、とくに速力が低下した阿賀野に対する掃射は猛烈をきわめた。艦橋にあって全艦隊を指揮していた司令官大杉守一少将の大腿部にも一発命中したが、豪毅な司令官は応急手当をしたのみで、そのまま艦橋に止まり、戦闘指揮を継続された。なお、このとき魚雷をこうむったのは阿賀野だけである。

B24三隊二十九機の爆撃

艦上機の猛攻がひと通り終わり、やれやれと思う間もなく、またもや敵機来襲である。今度はB24九機ずつ三隊、計二十七機である。

第一隊の九機が第二水雷戦隊所属の駆逐艦涼波《すずなみ》を襲った。「来たな」と思う間もなく、爆弾の水柱が涼波の全艦をおおった。そうして水柱がおさまったときには、すでに二五〇〇トンの精鋭駆逐艦はその姿を海中に没していた。まさに文字どおりの轟沈、一瞬の出来事である。

息をつく暇もない。第二隊の九機がこんどはわが阿賀野の真ん前から爆撃針路に入り、高度約四千メートルで迫って来ている。ただちに高角砲で応戦に努めたが、なんとしてもすでに舵を失い、右にも左にも回避することができないのだ。

ふと、このとき先任参謀が大声で怒鳴った。「敵弾が命中したら、島（ラバウル港外のデューク・オブ・ヨーク島）にのし上げる」と。

そのドラ声も終わらぬうちに、百雷の一時に落ちたかのように、「どどどーん」とひびき渡り、水柱が全艦をおおった。各機が五〇〇キロ爆弾を二発ずつ投下したのだ。水柱の高さがマストの天辺にも達し、一斉に艦橋に落下してきた。水柱には火薬を含んでおり、白い服が真っ黒に染まる。敵の爆弾が艦を挟み、艦はちょうどその真ん中に入ったのである。

つづいて敵第三隊の爆撃がきた。矢継ぎ早の攻撃である。第一回目とまったく同じで、高度四千メートル、真ん前から爆撃針路に入ってくる。（今度こそは駄目だ）と私も瞬間、瞑目して最後の運命を待った。

「ずしん」と振動を感じ、眼を開いて見ると、第一回と同じように水柱が全艦をおおっているが、いっこうに命中した形跡がない。艦橋にあった一同は、ほっとしたように顔を見合わせた。

阿賀野が二回にわたる攻撃をうけたにもかかわらず命中しなかったのは、その爆撃精度が不良であったからではなく、その反対にあまりにも正確であり、また阿賀野が舵を失っていたため、艦体が九機編隊爆撃のちょうど中央に入ってしまったからであった。

状況をただちにトラックの第二艦隊司令長官に報告すると、返電は「阿賀野はトラックに帰り修理を行なえ」という。そこで無線送信機に重大な損傷をうけた駆逐艦一隻が護衛につき、トラック島に向け帰路についた。

カビエンの西側海峡を真夜中に通過したのであるが、予期した通り敵潜水艦の電波を探知した。ときどき、わずかに針路を変え、威嚇用に爆雷を投下しながら海峡を通過した。

魚雷一発命中の不覚

明くれば十一月十二日、日の出ごろには赤道を通過して北半球に入った。焼けつくように暑い。海上は油を流したような静けさで、わずかにさざ波が立っている。昨夜の潜水艦の出没した海面からは一五〇浬ほども北方に来ており、また陸上機の行動範囲外の地点なので、敵機動部隊に攻撃される心配もまずない。艦は十八ノットの快速力で北進をつづけている。

十一月一日のラバウル進出いらい、連日の戦闘で艦内は混乱をきわめている。潜水艦の見張りと、一部の哨戒砲員をのぞいて上甲板の掃除、つづいて中甲板である居住甲板の掃除を

昭和17年10月末竣工後、出撃をひかえて瀬戸内で訓練中の阿賀野。排水量6652トン、水線長172m、15cm連装砲3基、8cm連装高角砲2基、4連装発射管2基、魚雷16本、出力10万馬力、軸数4、速力35ノット、航続力18ノット6000浬。駆逐艦の能力向上にともない建造された最新鋭の旗艦軽巡

行なうことになった。あまり暑いので、兵員のなかには上半身裸になっている人もいた。連続激戦のあとでもあり、誰も叱言《こごと》をいわなかったが、これが禍いのもとになるとはだれが予測しえたろう。

疲れてはいても、すでに危険地域を脱出したという気持で、兵員たちは明るい顔つきで鼻唄まじりに甲板掃除をしていた。艦長はこれまで数日の戦闘中、絶対に艦橋を離れなかったが、ひとまず状況が落ちついたものと判断し、「ちょっと洗面所に行きたいから、当直将校あとを頼む」と言って居住甲板に下りて行かれた。その他の主だった将校の大部分も艦橋を降りた。

私は当直将校として「信号兵、潜水艦をよく見張れ」と号令をかけ、自分もときどき双眼鏡で水平線付近をよく見張っていた。

午前九時ちょっと過ぎたころ、副長が艦橋に上がって来た。

「だいたい上甲板の掃除は終わったようだから、居住甲板の掃除をつづけるように」と命令し、やがて「手あき水兵員、居住甲板拭き掃除」の号令が拡声器で伝達されるとともに、伝令が号笛を吹きながら威勢よく甲板上を走って、これを伝達していた。哨戒直についていない者全員は、居住甲板の拭き掃除をはじめた。

副長はやがて「昨日の戦死者水葬をいつにするかな。今日の午後にでもやろうか」と言い、砲術長や運用長と何やら打合わせをして、下に降りていった。戦死者の処置ももちろん大切であるが、艦橋でこの話が行なわれることは、いくぶん見張員の気持がゆるむのではないかと、私はふと、いやな予感がした。

副長が下に降りて行かれたあとで、「信号兵、潜水艦をよく見張れ」とふたたび督励し、私も前方をじっと見つめていた。

「右五十度魚雷！」と、とつぜん信号兵が叫ぶ。見ると二本の魚雷が槍のように突進してくる。

「両舷機停止、後進一杯」しばらくして「左舷機停止」と号令。回避し得るかとにらむうちに、二本の魚雷が艦首すれすれに前方を通過した。だが、そのときすでに、第三の魚雷が五十メートルに迫っていた。

万事休す。艦橋の真下に「どかーん」と命中、一大震動を感ずるとともに、艦橋後方の昇降口のあたりに濛々たる黒煙を噴き上げている。

敵潜水艦は悠々と浮上し、司令塔を水面上に出している。距離約二千メートル。小しゃくな奴。

「右三十度潜水艦、距離二十、打ち方はじめ」哨戒砲と四〇ミリ機関砲が一斉に火をふいたが一瞬遅く、敵潜水艦は間もなく潜没、駆逐艦が爆雷攻撃を開始した。わが阿賀野はまったく停止してしまい、航行不能となった。

艦長松原大佐は顔面に火傷しながらも、火煙の中を脱兎のごとく艦橋に登ってきた。

「艦長、すみません」「いや俺が不覚だった」

なんといって悔やんでみてもはじまらない。とにかく、被害を電報しなければならない。

18年11月11日、ラバウルで空襲をうける阿賀野。この日、被雷損傷してトラック回航中また被雷。応急修理後の19年２月16日、内地回航のため出港したが米潜の雷撃をうけて翌17日に沈没

『われ敵潜水艦の雷撃を受け、航行不能。北緯一度三〇分、東経一五〇度一〇分、〇九三〇』と、とりあえず無電を発信した。主機械、発電機は一切故障で、二次電池を最大限に使用、ようやく発信を終了した。

果たして陸上通信隊か、または他の艦船が受信してくれたかどうかがいちばん気になったが、トラックの第四通信隊がこれを受信、全軍に中継放送してくれた。

阿賀野はこの第一信を発信しただけで、電圧が下がり、その後の送信は不能となった。そのうえ護衛駆逐艦が送信機故障と来ているから、始末が悪い。それでも第一信の通達が確実であるから、いず

れは救助の曳船が派遣されるであろうと予期し、受信に手落ちがないように注意して艦内を巡ることにした。

一挙に死傷一六〇余名

このときは司令部要員を合わせ約六五〇名の乗員中、一挙に一六〇名余りが死傷してしまった。艦底で爆発した魚雷の爆風と火炎が、下甲板を破って中甲板に達し、掃除中のことと て隔壁の扉を開いていたため、艦首より艦尾にいたる全居住甲板をひとなめにし、一部は艦橋の下より上甲板に出て、その付近にいた人を全部火傷《やけど》させたのであった。

前にも書いたように、現に哨戒配備についている人のほかは、上半身が裸か薄いシャツ一枚が多かった。私の直接部下で気の強いM少尉も、通信室の入口にいて火傷したが屈せず、部下の下士官とともに後部送信機室に入って、阿賀野損傷の応急送信を行なった。

私が艦橋の任務を航海長に引きつぎ、後部送信機室に行ったとき、M少尉はようやく火傷の痛みを訴えた。

「通信長、応急送信だけは終わりました。喉が渇きます。水を下さい」という。さっそくサイダーを取り寄せ、「しっかりしろ大丈夫だ」と励ました。

負傷した人があまりに多く、また病室が暑いので、上甲板に天幕を張り毛布を敷いて収容した。看護に当たるべき軍医長自身が火傷した。顔面に相当な火傷で「こんな顔になってしまって。私にはよくわかります。通信長、死んだ方がましですよ」

魚雷発射訓練中の阿賀野。4連装発射管から左舷に発射した瞬間

「軍医長、癒《なお》りますよ。いまから嫁さんを貰い直すわけではないし、大丈夫ですよ」と励ましたが、取りかえしのつかぬ不幸のただ中にある人に、私が何をいえたろう。

多くの下士官兵も一緒に横になっていたが、疼くような苦痛をじっとこらえていた。誰もが気は確かで、どの程度の火傷が致命傷なのか、ちょっと見当がつかない。上半身に正規の上衣をつけていた人は比較的軽かったらしいが、裸やシャツ一枚でいた人は大ていが重傷であった。

ともあれ、夜になってまた潜水艦に襲撃されるようなことがあったら最後である。阿賀野に積んである爆雷全部を駆逐艦に移し、駆逐艦は阿賀野を中心にしてまわりながら、一定間隔で爆雷投射を行ない潜水艦を制圧していた。とはいっても、爆雷が無限にあるわけでなく、一時間に一個ぐらいの割合なので、それがひどく心細い。

汽罐内に塩分が入り、主機械は停止し、主砲は回転の動力がなく、高角砲弾火薬庫は浸水し、そのうえ米麦庫にまで浸水してしまったので、炊事さえできない。わずかに乾パン倉庫、缶詰庫が残り、これを配給するだけである。ただ四〇ミリの機関砲台一つが残り、この砲員と看護兵、電信兵のほかは全乗員が手持ち無沙汰になってしまった。

戦場ではやる仕事がないというのがいちばん辛い。みな上甲板に集まり、いま起こったばかりの災禍を興奮して話し合っている。

と突然、乗員が右舷から左舷に走り出した。機関砲が命令もなく勝手に撃ち出した。誰か一人が暗黒の中に木片を見て、「潜水艦！」と叫んだのだった。乗組員は極度に潜水艦を恐れていた。艦長から絶対静粛を命令され、勝手な射撃は禁止された。

こうして不安な一夜を過ごしたが、明くる十一月十三日早朝、六千トン級巡洋艦の長良が救援のため現場に到着し、阿賀野の曳航作業がはじまった。やがてラバウルから引き揚げてくる巡洋艦摩耶ほか数隻がわれわれを追い越していった。

十三日午後、十一日と十二日の雷撃による犠牲者五十数名の水葬が行なわれた。「海行かば水漬く屍……」の喇叭《ラッパ》吹奏のうちに、軍艦旗に飾られてつぎつぎと海中に投ぜられた。このほかにもなお多数の遺骸が、下甲板浸水区画中に閉じ込められていたのだった。

なお、阿賀野は、これから三ヵ月後の昭和十九年二月十七日（トラック空襲の日）、トラックの北方で米潜水艦スケートの雷撃によって最期を迎えている。

レイテ海戦を生きのびた「大淀」奮迅録

三連装砲塔二基の最新鋭軽巡の艤装時から乗艦した少年兵の戦闘日誌

当時「大淀」電機分隊・海軍機関兵長　星　藤吉

昭和十七年に海兵団に入団してから、教育実習を終えて初めて乗艦したのが大淀であったことばかりでなく、軽巡大淀《おおよど》での生活は、ある意味では私の生涯における青年時代の貴重な歴史であったと思う。私の戦闘配置は電機分隊で、前部発電機室であった。電機分隊の任務というのは、艦内全般の照明関係、舵取機械、各砲塔の動力および通風電動装置等の、かなり広範囲なものであった。

星藤吉兵長

私は大淀の艤装から大破横転まで、その間、約二年七ヵ月、大淀とともに生活した。ときに私は十七歳。せいぜい今の高校生の年齢であった。それだけに、大淀の記憶は強烈であったし、またそれだけに少年の身は、辛苦《しんく》の月日を送らねばならなかった。

大淀が完全に艤装を完了して弾薬、燃料、食糧などの物資を搭載し、またあらゆる緻密テストの実施後、柱島にその勇姿を、青い海に映し出したのは昭和十八年のことだった。当時は戦艦陸奥《むつ》が三六センチ主砲を大空にむけて瀬戸の海に睨《にら》みをきかせ、連合艦隊の精鋭がその周辺を遊弋《ゆうよく》していた。大淀は、とにかくその性能が当時のなみいる諸艦をはるかに上まわる最高の軽巡であった。

トラック泊地の最悪の日

その大淀が瀬戸内海の艦隊訓練から、南方基地トラック島に向かうことになったのは昭和十八年六月中旬のことで、深い藍《あい》色の南洋航路をジグザグ航進で夏島に投錨した。この錨地には、噂にきいた戦艦大和が威容あたりを圧していたし、その周囲には、まるで従者のごとく重巡、空母、工作艦、油槽艦等々の小型艦まで、ぎっしりと湾口をうめつくしていた。

また一方、春島上空には、たえず零戦をはじめとする艦攻、艦爆が堂々と銀翼をきらめかして、澄んだ青空を、縦横に切りきざんでいた。しかしこれだけ、連合艦隊の威風を眼のあたりにしても、すでにソロモン、ブーゲンビル海域では激しい海戦が展開されており、わが方の敗北は決定的なところにまで、追い込まれていたのだった。

わが連合艦隊がシンガポール南方のリンガ泊地を艦隊基地に利用しはじめたのは、燃料補給という最大の課題に追い込まれたためである。ここはボルネオの油田も近く、南方作戦上からみても扇のカナメにちかい存在価値をもっている。大淀がトラック島の環礁内からリンガ泊地に廻航し、はじめて投錨したのは昭和十八年の十二月になってからだった。

連合艦隊旗艦となり豊田長官(左)ら司令部を迎えた大淀。前部に集中された15.5cm 3連装砲塔2基と艦橋。艦橋後部と格納庫前部の両舷に長10cm 連装高角砲4基があるが魚雷発射管はない

照りつける太陽、原色の樹木、湯のような海水――平均三十五～六度の気温は機関室に入ると、約四十四～五度の焦熱地獄だった。「これはたまらん」と悲鳴をあげる乗員の声が聞こえたわけでもあるまいが、約一ヵ月でこの地獄から解放され、ふたたびトラックにもどって、昭和十九年二月に、こんどは内地廻航となった。「これはたまらん」が、「これはツイとる」という歓声に変わったのはもちろんだが、単艦で呉軍港にむかう途中、われわれは手放しで喜べぬ衝撃をうけた。それは三日後、正確には昭和十九年二月十七～十八日の両日だった。そのショックはまず電信室から、まるで

潮騒《しおさい》のように大淀の全艦をつつんだ。トラック泊地の全艦艇が、米艦上機の大空襲をうけたというのだ。しかも全艦艇は見るもむざんに損傷し、その惨状は目をおおうばかりだという。

いや、この第一次空襲についで、私たちは第二次空襲（三月三十日と三十一日）の悲惨も、すぐ耳にしなければならなかった。この日はなんと、延べ約一二〇〇機が来襲、この驚異的な大編隊は、まるで無人の境を行くようにあばれまわり、在泊日本艦艇を総なめして、軍港は麻痺《まひ》状態となり、あの春島にあって英姿を見せていた零戦ほか、主な軍用機二百数十機が全滅してしまったのだ。呉工廠にかえった大淀は、これら暗澹たるニュースに、全艦声なしという状態だった。というよりむしろ、一艦のみ好運にも救われたということが、なんとなく後ろめたい気持なのである。

暗雲ひくき木更津沖

呉工廠では約一ヵ月、改装と修理に追われ（主に対空兵装）、四月中旬、横須賀に廻航、鳶ヵ鼻《とびがはな》に繋留した。大淀が連合艦隊の旗艦となったのは、その月の下旬、すなわち昭和十九年四月三十日だった。旗艦といえば戦艦という常識はさらりと流され、軽巡大淀は一代の栄光に、いよいよその本領発揮の日を迎えたのである。

まず豊田長官、そのほか作戦関係の幕僚が坐乗し、大淀のマストには、へんぽんと長官旗がはためいた。だが護衛艦は一隻もなかった。旗艦といえば数千数百の艨艟にかこまれるという夢はすでに、許されぬ日本海軍だった。あの有名な「あ号」作戦のときも、旗艦大淀は木更津の沖合で、その作戦全般を指令統御していたのである。

その「あ号」作戦も、小沢、栗田という手持ち艦隊の総力を投入しながら、ついに天下分け目に敗れ去ってしまった。秋風立つ——とでもいおうか。六月十五日から十六、十八日の緊迫した旗艦の空気を、まるで嘲笑するように、十九日の敗報は大淀の鋼鉄を涙にぬらしたといってよい。食事時間になっても、士官室にはだれ一人姿をあらわす人はなく、作戦室にとじこもって、重い責苦を味わっていた。

結果としては、大淀が旗艦としては当然、日本の主力艦としても唯一無二の無傷の軍艦だった。その大淀が、初めての戦闘に参加したのは「捷一号」作戦である。傷だらけの残存艦艇をひきつれて、昭和十九年十月十六日、徳山港を出撃した。柱島において機動部隊の小沢治三郎中将の指揮下にはいり、世にいうオトリ戦法に自らを投げ出したのである。

怒号硝煙うずまく比島沖

大淀をふくむ機動部隊の使命は、敵主力艦隊をレイテの北方に誘致して、栗田主力艦隊のレイテ突入を間接的に援護する任務だった。いわく小沢オトリ艦隊である。擁する戦力は空母四、戦艦二、軽巡三、駆逐艦八であった。

機動部隊は豊後水道をあとに、厳重な対潜対空警戒を実施し、ジグザグ航行で一路南下した。広い洋上での艦隊航行を初めて見る私としては、じつに勇壮で、死への恐怖心などはすでに、どこかに吹っとんでしまっていた。見張員以外の乗組員は、いたってノンビリしてい

捷一号作戦に傷つき沈没直前の瑞鶴(手前)から小沢艦隊司令部を移乗すべく接近する大淀。排水量9980トン、全長189m、速力35ノット、航続18ノット8700浬、カタパルト1基に水偵6機

た。兵科も機関科も、通常航海とすこしも変わらない。機関各部の調子も良好。士官室も平常とすこしも変わっていない。

空は曇りがちのどんよりした状態だった。数人が後甲板にたむろして雑談にふけっている。まるで演習にでも行くような艦内の空気だった。ただ空母からは索敵機が、さかんに飛び立っていた。それだけが、緊迫した戦争を感じさせていた。

ところが気がつくと、索敵に飛び立った数機のうち、わずか二機だけしか帰艦しないのだ。私は最初は眼の誤りかと思った。しかし同僚も、やはり二機だけだという。「たぶん陸上基地に向かったのさ」という結論になり、不安はすぐ消えた。

しかし士官室で、食事の給仕をしながら、某士官の話を聞くともなく聞いていると、索敵機は不時着したらしいのだ。これは私に大きな不安として残った。目的の決戦場につくまえに、艦上機とくに艦隊の目である索敵機がこの始末となっては、まるで眼に見えぬ魔力に、すでにトリコになっているような思いがした。不吉といえば、これほど不吉の前兆はあるまい。

十月二十四日となった。昨日とはうって変わったような晴天となり、各戦艦は依然として南下をつづけていた。

その平穏をやぶったのは、瑞鶴からの索敵機による報告だった。「敵艦隊を発見す……」南西約百数十浬の洋上に北上する一群があるというのだ。金線をはりめぐらしたような緊張感が周囲の平穏さを微塵《みじん》にし、各艦はただちに戦闘配置についた。

大淀のマストにも、真新しい軍艦旗がかかげられた。寸刻ののちに、小沢長官より「即時出撃」が下命された。各艦が見送るなかを、勇躍、わが攻撃機は発進した。そして上空で編隊をととのえ、目的の米艦群に直進していった。

この第一陣は、すでに敵レーダーに捉えられていた。猪突猛進はすでに戦闘の役に立たなかった。手ぐすねひいていたグラマンが、この第一陣を主力艦隊発見前に、一網打尽という形でとらえてしまったのだ。まったくの苦戦をへて、フィリピン基地に第一陣の少数機がたどりついただけだった。

ついで第二陣。合計戦爆十機は、これも陸上基地に追われてしまった。クラーク基地に向かわず空母にもどれたもの、たったの五機という苦戦ぶりだった。

一夜が明けて二十五日になった。朝食をすませた頃から米戦爆連合百二十余機が、わが艦隊頭上に来襲した。突きささるような攻撃また攻撃。それを迎えうつわが艦隊の対空陣は、砲身も裂けよとばかり、必死の戦いをつづけた。他の艦をかえりみる余裕はない。ただ全艦の将兵は一体となって、この不意討ちにぶつかった。もうもうたる爆煙。血の色に似た火焔。呻き声。怒鳴る声。それらが混然となって、黒い敵影に怒りをぶちまけるのだ。

阿修羅などという、生やさしい形容はここにはない。ここにあるのはただ一つ「現実を戦う」ということのみだ。明日とか、寸刻後の自分がどうなっているかより、ただ、憑《つ》かれたように引金をひくのみなのだ。

瑞鶴、瑞鳳、千代田、千歳が、爆煙をとおして、傾斜して行くのが目にうつった。真珠湾以来の名空母瑞鶴が……いま大往生をとげようとしている。ああ——。

小沢長官は瑞鶴から駆逐艦若月へ、そして大淀にうつられた。ふたたび大淀に長官旗がかかげられる。そして「敵主力艦隊は北方に誘致され、目下全力をあげてわが機動部隊を攻撃中なり」を打電した。

だがこの遊撃部隊の成功をつげる電文は、電波は、むなしくも波間にか、空のかなたにか——に消えうせてしまったのだ。オトリ艦隊は身を挺して、作戦どおり敵を誘致するのに成功した。だが、それは遂に報いられなかったのである。

船足おもき総引上げ

敵機の来襲は、なお続けられた。大淀はそのたびに、たくみな回避と正確な対空砲火をもって、これに相対した。それにひきかえ、僚艦はつぎつぎと波間に消えていった。

総毛だつような時間が流れていった。第四次の攻撃をうけるころ、大淀も後部甲板が破壊され、至近弾は大淀を大きくゆるがした。人肉が飛び、血潮が甲板も機関室も、治療室にあてた前部士官室も真紅に染めた。蒼白の顔、顔のみだった。油汗が流れ、立っていることが苦痛なほど、異常な気分になる。あいつも、あの男も、つぎつぎと息をひきとり、不具者に変わって行く。下腹に力を入れると嘔吐をもよおし、唇をかみしめようにも奥歯があわなかった。

――あれからどのくらい時間が過ぎていったのか。突然、肩をたたかれて、私は初めて敵機が去ったことを知った。「助かったのか。俺たちはあの戦闘をぶじ乗りこえたのか」そうだ。私はあの生きた地獄から、這い出すことができたのだ。大淀は損傷の身をひきずるように、奄美大島にむけて帰途についていた。

明けて十月二十六日、宮古島沖合で、全艦徐行し、戦死者の合同水葬礼をおこなった。昨日まで肩を叩きあい、故郷を語り合った友人たちは、静かに、深く、太平洋の海底に沈んでいった。白布が青い水にゆらぎながら消えてゆくと、塞《せ》きとめられた嗚咽が、艦内の諸方から、いつまでも、いつまでも続いていた。大淀は満身創痍の身を、一路祖国への道をひた走っていた。

十六戦隊「鬼怒」オルモック輸送に潰ゆ

レイテ海戦の舞台裏で兵器人員輸送に苦闘した航海長の血涙の手記

当時「鬼怒」航海長・海軍大尉　飯村忠彦

駆逐艦夕霧の先任将校・航海長として、ガダルカナル戦から九死に一生を得て帰り、兵学校の教官をつとめていた私が、軽巡洋艦鬼怒《きぬ》の航海長の発令を受けたのは、昭和十九年四月のことである。

この鬼怒は太平洋戦争中、開戦から昭和十七年三月までは南方部隊・馬来部隊・潜水部隊の第四潜水戦隊の旗艦として、主にカムラン湾を基地として行動していた。しかし、昭和十七年三月十日から艦隊区分が変更されて、第二南遣艦隊第十六戦隊所属となり、以後、昭和十九年十月二十六日夕刻、マスバテ島南方のビサヤン海において、十六戦隊旗艦として奮戦し沈没するまで、この戦隊の中核艦であった。

飯村忠彦大尉

さて、私は急いで着任しようとシンガポールに赴いたが、ここで十六戦隊は〝南方の遊覧艦隊〟などという悪口を何回か小耳にはさんだ。その行動を年月を追って調べてみると、確かにジャワ、スマトラ、ボルネオ、セレベス、マレー、アンダマン等、ずいぶんと南方の島々を巡航している。しかしこれはみな、作戦としてであることはもちろんで、決して遊覧などというものではない。

昭和十八年四月から第二南遣艦隊は南西方面艦隊となり、十六戦隊はおおむね南西方面部隊・警戒部隊として、敵の通商破壊と味方の海上交通保護作戦を主任務とした行動が多かった。その間に陸軍部隊の緊急輸送、船団の護衛等、本当によく南方海域を走りまわっている。したがって、この方面の港という港への出入港も多いから、遊覧艦隊などという悪口をたたかれたのだろう。ミッドウェー戦がはじまるまでは、戦況はわれわれに有利に展開していたし、ジャワ海などは赤道無風帯にあっていつも波静かなところで、まるで瀬戸内海を走っているようであった。第三警戒配備で航海していれば、まことに快適な海面であるというのもまた、その理由でもあったかと思っている。

さて、私が昭和十九年四月三日に江田島を出発して、汽車と海軍の輸送機を乗りついでシンガポールにたどり着いたのは、四月十日であった。

緒戦に第二十駆逐隊の夕霧で、馬来部隊としてコタバル、シンゴラの陸軍マレー上陸作戦の護衛に従事し、昭和十七年一月二十七日のエンドウ沖の駆逐艦戦では、イギリス駆逐艦二隻と二千メートルの至近距離で夜戦を経験した。二月十五日、シンガポールが陥落するや、ケッペル港およびシンガポール商港の小掃海を行ない、ついでマラッカ海峡の掃海を実施し

鬼怒。長良型5番艦。写真は性能改善工事後で射出機と九四水偵が見える

つつ北上し、インド洋に出て、三月二十三日、アンダマン島のポートブレアに奇襲上陸作戦を行なった経験がある。そんなわけで、よくシンガポールに入港し、セレター軍港などもよく知っていた。

着いたときには、セレター軍港にあったイギリスの海軍施設を利用して水交社ができていた。ここで鬼怒の入港を待つとなれば、まずは一服できると思い、まずセレターの水交社に落ち着いた。翌日、第十根拠地隊の司令部を訪問して、鬼怒の所在を確認してもらったが、はっきりわからない。私用を電報で問い合わせてもらうのも、戦時中のこととて躊躇したが、幕僚が気をきかして問い合わせてくれたのであろう。

翌々日の四月十三日の夕刻に十根から電話があり、ふたたび司令部に出向くと、バタビア（いまのジャカルタ）に着任せよという。シンガポールからは約六百浬《かいり》ある。船でゆくとすると二日以上はかかるが、何かいい方法はないかと尋ねてみたら、十九駆逐隊の浦波が近くシンガポールに寄ってからこの方面に行動する予定だから、これに便乗できるように手配してくれるという。ありがたい。

「では、それまでセレターの水交社に滞在しますので、連絡してください」とたのんで戻った。

かくして、ジャカルタには四月二十五日ごろに着いた記憶があるが、さて、ここに到着してみると、港には鬼怒らしい艦は見あたらない。西も東もわからず、住民の言葉は通じないとあって、まことに心細いかぎりである。海軍の連絡官事務所をたずねたところ、鬼怒はボルネオ東岸のタラカンにいる。五月三日に連絡便の二式飛行艇がくるから、これでタラカンまで送ってくれるということになった。やれやれ、これであと二、三日で着任できる目安がついたわけである。

連絡官事務所で世話してくれた現地のホテルに泊まったが、大きなベッドの上には真ん中でくくった円錐形の蚊帳《かや》が天井から吊り下がり、ベッドの上には噂に聞いていたダッチワイフらしきものがあり、暑さも手伝ってなかなか寝つかれなかった。朝になると、ボーイであろう黒いトルコ帽をかぶった、裾まである白っぽい服をきた三十歳ぐらいの男が入ってきた。彼はベッドのそばの床に土下座して深々と頭をたれ、お辞儀をすると、食事を捧げてベッドの上に置いた。宗教上の礼儀とはいえ、恐縮してしまった次第である。

ここで一泊して翌朝、純白の軍装に白靴、海軍軍刀という、着任にそなえての正装で港に行くと、大艇はいま着いたところらしかった。エンジンをかけたまま四基のプロペラをゆっくり回しながら、湾内の小さなブイに舫《もや》いをとっていた。

ボートで大艇に横付けしてもらい、私が乗り込むと艇はすぐ舫いを放し、沖に出て滑走をはじめ、間もなく離水した。約七時間ぐらい飛んだ。ボルネオ島を南から北東に縦断する。私には初めての大飛行である。幸い途中で敵機に遭遇することもなく、生まれて初めて、そして最後になるであろうボルネオの密林を、数時間にわたり上空から眺めさせてもらった。これはいまだに忘れられない思い出である。

五月三日午後四時ごろ、タラカンの上空に到着したらしく、大艇は高度を下げつつ旋回に移った。下を見ると軍艦らしい船が見える。だんだん近づくと、艦隊勤務のときに見なれた三本煙突の軽巡がたった一隻、静かな湾に浮かんでいる。間違いなく鬼怒である。大艇は大きく一旋回して、鬼怒の近くに着水した。電報でわかっていたのだろう、すぐに鬼怒の内火艇が近づき、飛行艇に横付けした。私は大艇の艇長にお礼をいってボートに乗り移り、後部舷梯から本艦に上がり着任したわけである。

江田島を出発してから、なんと一ヵ月目である。艦長（川崎晴実海軍大佐）、当直将校以下の数名の士官が舷門付近で出迎えてくれている。艦内は暑いので、通常、停泊で訓練がないときは、甲板に出ていることも多い。それで、こんなに数多くの士官が出迎えてくれる結果となったのであろうが、それにしても嬉しかった。

ザンボアンガ砲撃

前任の航海長は兵学校六十二期の飯川尚介少佐（私の四号〈兵学校一年生〉のときの四年生で、最上級生であり、まったく頭が上がらない）である。しかも、私が乗ってきた大艇ですぐ新しい任地に向け赴任するというので、中継ぎらしいものは何もせずに、「では後を頼むよ、飯村」と言って艦長への挨拶もそこそこに、舷門に横付けしていた内火艇にとびのり、エンジンをかけっぱなしで待機していた飛行艇に移乗して、間もなく離水していってしまった。

私にしてみれば、いままでに少尉、中尉のとき、揚子江で古い二等駆逐艦栗《くり》と連合艦隊の海風型の一等駆逐艦江風《かわかぜ》、そして大尉になって特型駆逐艦の夕霧の航海長としての経験はあるが、菊の御紋章のついた巡洋艦航海長の経験はなかった。転勤の発令があったとき、あんな大きな艦の航海長という責任を思うと、まだまだ不安が先にたち、先輩から十分申継ぎを受けて勉強しようと思っていたところである。兵学校のときは航海科教官ではあったが、これは大変だとばかり、艦の要目表や運動力要表などを航海士（水野行夫中尉）に持ってこさせて、つぎの出港までに頭に叩き込んだ。

着任から三日目の五月五日に、バリックパパンに向けてタラカンを出た。タラカンもバリックパパンも日本がねらっていたボルネオの大油田地帯である。この付近の油は蠟分が多く、温度が下がるとタンクのなかで固まり、ポンプで引きにくくなる。そのため北方に向かう船には不向きだということだが、いずれにしても脱蠟処理が必要な油だという。

しかし、油は日本、とくに日本海軍では、食糧のつぎに大切な物資である。これがなくてはいかに精鋭を誇る日本海軍も、文字どおり動きがとれないこととなる。内地の備蓄量も、開戦から二年を経過して底をついているし、作戦開始ともなれば、高速で走りまわる海軍艦艇の消費量は莫大である。よって、これの確保は海軍の至上命令であった。また飛行機の燃料としても、作戦に絶対欠かせないことはもちろんである。

そこでジャワ・ボルネオの攻略が成功すると、いち早く両島の油田地帯を接収して、内地から技術者をこれらの地に送り込み、採油精製につとめた。陸軍は主にジャワ島のパレンバン付近の油田で、海軍はボルネオのバリックパパンとタラカンで調達していた。そのため、この付近には大型の油槽船がひんぱんに来航するので、これらの油槽船の護衛も、南西方面部隊の警戒部隊である十六戦隊の大きな任務のひとつであった。

日邦丸船団を護衛し、五月十日、バリックパパンに入港、十五日にはここを出港してフィリピンのボンガオまで護衛し、ふたたびタラカンに戻ったのは五月二十一日である。ここは波の静かな良い泊地であるが、見渡すかぎり鬱蒼とした森林で、その間に製油所の煙突が数本見えるだけである。まさに海岸までジャングル地帯というところだろう。

五月三十日に、ミンダナオ島の陸軍から司令部を通じ、ザンボアンガの残敵を海上から砲撃してほしいとの要請があった。そこでタラカンを出港して明くる三十一日早朝に到着、沖合い約四千メートルの地点まで接近して、ほぼ二時間にわたり陸上砲撃を繰り返した。ちなみにザンボアンガは、セレベス海からフィリピンのスル海に入る要衝の地である。緒戦で海軍の比島攻略部隊は、昭和十七年三月二日にここに敵前上陸をしているし、ダバオもわが手中にあったが、比島の奥地には多数の現地軍および米軍がいる。

二時間の艦砲射撃にたいして、陸上の敵は何の反応も示さなかった。兵学校生徒時代に「艦砲による陸上射撃は深追いしてはいけない」ということを習ったことがある。砲術長（兵学校六三期の田島信俊少佐・副長兼務）と協議して早々に引き上げることを艦長に具申して、機械をかけ（主機械を運転すること）そのまま沖合に引き返し、ダバオに寄港した。

六月二日にはここを出てハルマヘラの東を南下し、ニューギニアの北西端にあるソロン、カブイ湾、カリス湾を経てアンボンに到着した。さらにソロンに戻り、バチャン泊地、ソウマイ岬、バンカラン湾を経て七月のはじめにセレベス島南西岸マカッサルに入港した。ここではマカッサル米をたっぷり積み込んで、七月二日にシンガポールに帰ってきた。シンガポールは昭和十七年二月十五日、ブキテマ高地における山下・パーシバル会談での英軍の無条件降伏により、二月十七日「昭南」と改称されセレター軍港は以後「昭南軍港」といっていた。

私にしてみれば着任二ヵ月で、なんと約五千浬の大航海をしてきたわけである。さすがにここまでくると、私も鬼怒にだいぶ慣れてきたし、その間、敵水上艦艇との遭遇もなく、どうやらやっと鬼怒航海長としての自信もついてきたようだった。

レーダー搭載工事

さて、今回のシンガポールへの寄港は、後部甲板の爆雷投下台を、従来のドラム缶型爆雷

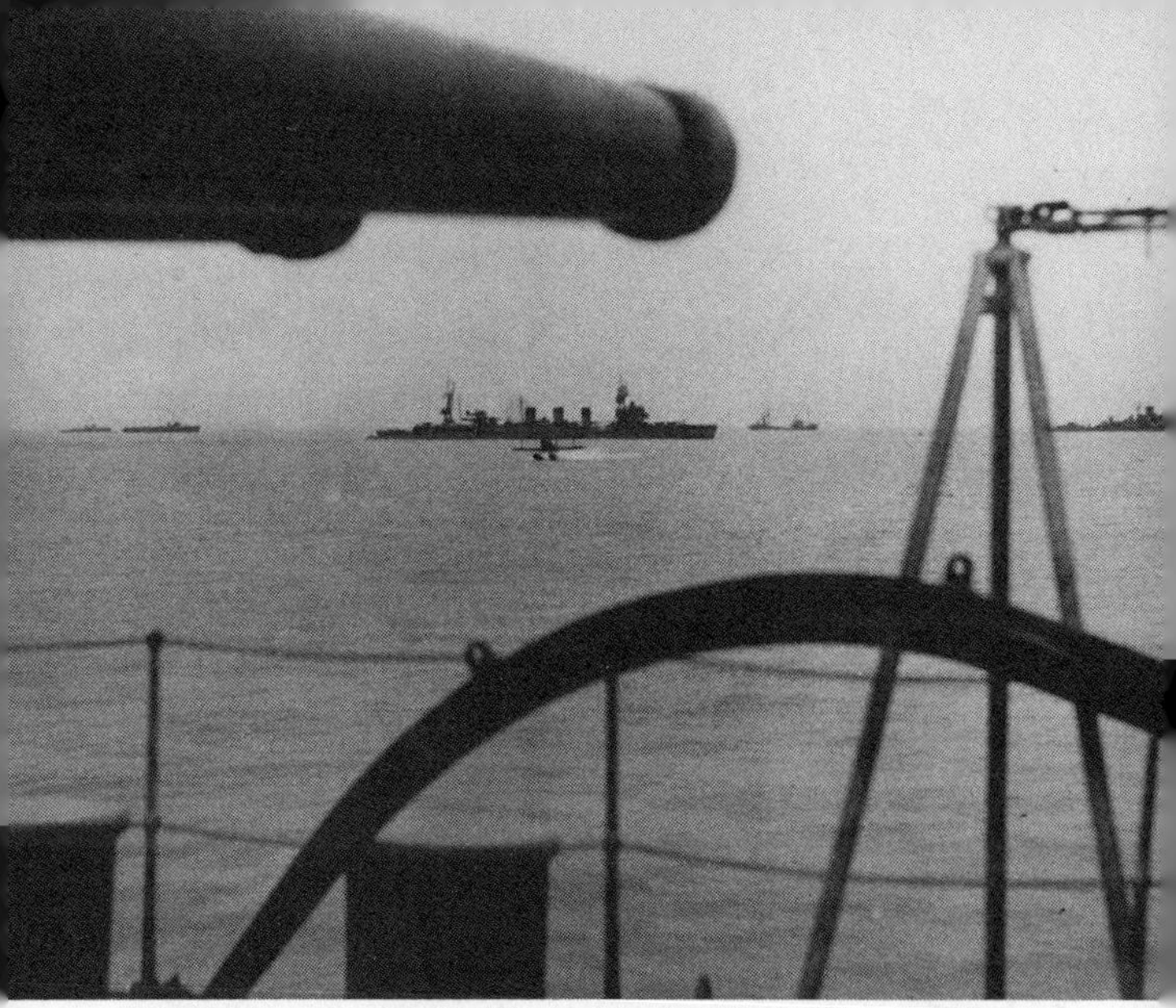

昭和17年春、セレター軍港に停泊中の鬼怒。開戦時は第4潜水戦隊旗艦であったが、17年3月から16戦隊旗艦となり19年10月26日、オルモック輸送の帰途、パナイ島北方で空襲により沈没

から雨滴型の新型用に改装するためと、レーダーの搭載にあった。

このころ、レーダーは電波探知機と称し、昭和十七年五月の珊瑚海海戦以来、米海軍は開発されたばかりのこのレーダーを活用していた。夜間の視野の極めて小さいときでも、ブラウン管の映像に水上目標を的確に捕らえることができ、その距離は二十浬以上におよんだ。したがって四万メートル付近からでも、進撃するわが軍は知らぬうちに捕捉されて、大きな被害を受けている。

昭和十七年九月以降のガダルカナル戦では、さらにその精度が上がったと思われる。PPIという全周を走査するスコープはまだ開発中だったらしいが、Ａスコープ、Ｂスコープ、Ｒスコープ等で方位、距離を測定し、弾着も映像で監視できる。これにはわが軍もほとほと難渋したのである。

ちなみに、ＰＰＩスコープは、昭和十九年には米国ではすでに完成していた。これはレーダーアンテナを一分間に十数回定速で回転させて、発射された超短波、あるいは極超短波のパルス波の反射波を受信して、映像として再現させる。もちろん、距離は電波の発射から反射波の受信までの時間を測定することで知ることができる。

このスコープの方式は、いまのレーダーの基本的なスコープで、レーダーといえば、アンテナがぐるぐる回っているものというように思われているが、はじめは、アンテナを所要の方向に手動で回して目標に電波を発射して、反射波を受信していたのである。

また、このＰＰＩスコープは、ソーナー（水中音響探信儀）にも応用されているが、いずれも終戦まで、わが国では完成しなかった。ただ、この超短波の伝播《でんぱ》と受信アンテナの理論的な問題は、わが国の八木秀次博士がいち早く解明して論文として発表したが、開戦までに電波兵器としての開発には至らなかったことは、いま考えても残念なことである。

昭和十七年末、珊瑚海海戦、ガダルカナル戦の戦果報告にかんがみ、海軍省、技術本部は急遽、電波探知機としてその開発を急ぎ、昭和十八年のなかばには艦船搭載用としてのレーダーは兵器としてでき上がり、大きな艦から順に搭載工事がはじまったのである。

対水上目標探知用として二一号電探、対空目標探知用として一三号電探がそれであるが、そのうち二二号電探として極超短波（センチ波）を用いたものが完成し、順次搭載がはじまった。しかし、その機械的操縦装置が不十分で、なかなかまく探知ができなかった。ただし、このとき日本無線KKで開発された、レーダーの心臓ともいうべき電磁波管（マグネトロン）は極めて優れたものであり、いまでもそのアイデアは活用されている。

岸壁に直角に正面衝突

セレター軍港にはこのころ、海軍工廠が設置されていて、南方に行動する艦船の修理改造等は、艦を内地に回航させないでも、大方のものはここでできるぐらいに人員設備もとのっていた。鬼怒の場合、爆雷投下台の工事はとくに秘密性も少ないし、セレターの方は修理や改造工事の艦船で手一杯であった。そのため簡単な工事については、現地の工員を使ってケッペルの岸壁でやることになっていたので、爆雷投下台の工事はケッペルで行ない、レーダー搭載の工事はセレターに回航して行なうよう指示があった。

シンガポール商港の南に隣接するケッペルの港外に着くと、ここは陸軍の管轄下にあるので、陸軍が徴傭したパイロットに入港、横付けを任せなければならないという。どういう経歴のパイロットか知らないけれども、四本足の軍艦と一本足の商船とでは操船の要領がちがうはずだから、ちょっと不安であった。

しかし艦長は、航海長は休んでおれという。しかたがないので、パイロットの側《そば》で運動性能等について小声で説明することと、いざというときは私が号令をかけるつもりで彼の側に立っていた。タグボートはいないから、自力で旋回しなければならない。

百メートルぐらいの狭い港口を通過し、転舵点にきた。私の腹案ではここで左に大きく回り込み、岸壁とほぼ直角になってから約五十メートルほど前進して、また左に九十度旋回して右舷を横付けする。片舷機と舵を使い分けて、その場回頭の要領で行き足をつけずに回ればよい。調べたところ、赤道近くのこの辺は一日一回潮で、いまの時期は潮流が弱いので流されることはないと考えていた。

彼の操艦は最初の転舵点で少し行き足が大きかったが、前方の海面に余裕があるので、あまり心配しなかった。

しかし、その次がいけない。回頭を終わったところで、彼は両舷機の前進をかけた。私はすぐ両舷停止を指示したが、彼が機械の発停号令をしばらく出さないうちに、艦に行き足がついてしまった。私はすぐテレグラフ員に「両舷停止」「両舷後進原速、急げ二分の一」と命令したが、実排水量七千トンを越す艦の行き足は、五十メートルでは止まるものではない。艦はわずかな行き足で岸壁にほぼ直角に衝突して止まった。

もう有無をいわさず、私は自分で操艦号令をかけ、パイロットに一言もいわさせなかった。艦長は黙っていた。艦の左舷を横付けして舫《もや》いをとり、作業は終わった。パイロットはただ頭を下げるだけで、恐縮しながら退艦して行った。

この修理費用はどうなったのだろう。それはまあよいとして、艦の損傷は艦首が少し凹んだ程度で軽微だったのは、不幸中の幸いであった。以後、十月二十六日に沈没するまで、艦長は私の操艦にはほとんど口を出さなかった。

ここはシンガポールの街に近いので、修理中のひまなときは、副長（砲術長が兼務）や通信長（兵学校六七期、山根孝雄大尉。十月二十五日、レイテ島オルモックで連絡士官として陸軍上陸部隊に同行し、そのまま帰艦しないで戦死と認定された）と散歩上陸したものだった。

一週間で工事と小修理を終え、セレター軍港に回航したが、私は鬼怒でのセレターへの入港は初めてであった。ここへの入口はチャンギー岬を回ってからである。艦はこの付近から曲がりくねった、長く狭いジョホール水道を通過しなければならない。駆逐艦夕霧では、昭和十七年にこの方面の作戦で何回かセレターに出入りしたことがあり、水道そのものは知っているけれど、一七〇メートルもある艦で、このくねくねした水道を通ったことはない。ブリッジに立って艦尾を見ると、舵をとるたびに尻が大きく触れまわり、そのたびに艦尾を浅瀬にひっかけるのではないかと心配でならなかった。それでも一回通航を経験すると、つぎからは要領をおぼえて、あとは楽になるものである。

セレター軍港には約二十日停泊して、レーダーの搭載や艦首の損傷部の修理のため、ドックにも入った。ここには戦前にイギリス東洋艦隊のために、戦艦の入れる大きな浮きドックがあったが、日本軍の爆撃で使い物にならなくなっている。

十六戦隊は第一段作戦が終わったあと、南方海域をおおむね単艦で行動していたようであるが、ここで久しぶりに旗艦の青葉や僚艦の軽巡北上《きたかみ》、十九駆逐隊の敷波、浦波と合同した。

七月二十一日、僚艦の軽巡大井《おおい》（われわれが生徒のときの練習艦で、懐かしい艦であった）が、南シナ海で敵潜水艦の雷撃をうけ沈没したという電報が入り、とても残念に思った。というのは、十六戦隊はこのとき青葉を旗艦に鬼怒、北上、大井、十九駆逐隊という残り少なくなった艦で編成されていたが、この貴重な艦一隻を失ったことがまことに惜しかったからである。

また、ここシンガポールでは乗員が充分休養をとることができた。たまたま一緒になった北上航海長の林利房大尉とは、兵学校のクラスも同じだったし、開戦前の艦隊勤務では同じ二十四駆逐隊海風の航海長と江風航海長という間柄で、私の親しい友でもある。二人はよく一緒に上陸した。そのころ対岸のジョホールには、海軍の肝いりで設置された士官専用の料亭があり、艦のボート（定期便）で行くと、回り道をしてシンガポールとジョホールとを結ぶ大橋を渡らないでもすぐ行ける。二人はここでよく飲み、よく語り、肝胆相照らしたものだった。

海峡の水路調査

昭和十九年七月の末、十六戦隊の各艦は修理を終えて、シンガポールの南、スマトラ東岸沖に位置する波静かなリンガ泊地に集結、訓練に従事した。ここはまさに赤道直下のところで、七月末といえばこの上もなく暑いこと、大変なものである。

しかもこのころ、海軍の全艦艇は開戦直前に防禦の見地から水線以上、上甲板までの舷窓はみな、めくら蓋で閉鎖してある。そのため士官室、ガンルーム、各兵員室などは蒸し風呂のようである。いまのようにクーラーなどあろうはずがない。空調は弾薬庫と糧秣庫だけは

艦尾から見た鬼怒。艦名の両側斜め上の出張りは機雷投下口で機雷56個搭載。後檣上の丸いのは射距離の表示盤

充分に行なわれているが、外鈑や甲板は赤道直下の、それも真夏の太陽に焼かれて、手も触れられないくらいに熱くやける。これに囲まれた艦内の各区画の温度は、人の熱も加わって五十〜六十度くらいになる。

　日が落ちて二時間もすると冷えてくるが、昼間はとても長く室内には居られない。艦が走っているときは、風も入り、機関の通風も効いているから、さほどではないが、停泊しているときは大変である。まして、この付近は無風地帯に属する地域だけに、鉄の箱で外から熱せられているところに生活していると言ってもいいくらいである。

　これより先、北上は重雷装（甲板の装備をはずし、数多くの魚雷発射管を搭載）をはずし、特潜（回天）母艦とするため、佐世保に回航することとなった。そのためリンガ泊地での集結には参加せずに、内地に向け出港して行った。

八月三日、鬼怒はふたたびシンガポールに戻って整備休養につとめ、命により青葉、十九駆逐隊とともに八月七日、シンガポールを出港し（十九駆逐隊が直衛についた警戒航行序列で）マニラに向かった。八月十一日、マニラ着。マニラに在泊していた二十七駆逐隊（時雨《しぐれ》・五月雨《さみだれ》）を鬼怒艦長の指揮下に入れ、南洋群島のパラオの在留邦人を収容して、比島のセブ島に輸送した。合わせてソルソゴン、サンベルナルジノ海峡の水路調査をせよとの命令を受けた。

そこで八月十五日、二十七駆逐隊を先頭にマニラを出港し、ルソン島最南部ソルソゴンを経てサンベルナルジノ海峡を通り、この海峡がどのくらいの広さがあるか、どのくらいまでの吃水の艦が通航できるか、付近の暗礁はどうか等々、細かく調査しながら太平洋に出た。この水路調査については、あらかじめ司令部と通過航路について細かく打合わせを行なっている。この航路こそ、その後、捷一号作戦のシブヤン海の海空戦で超大型戦艦武蔵を失った第一遊撃部隊が、いったんは西に避退したものの反転し、十月二十五日早朝、レイテ突入を期して比島の太平洋側に出たとき通過した水道である。

ここから時雨を右四十五度、二千メートル、五月雨を左四十五度、二千メートルの位置につけた警戒航行序列で、之字運動を行ないながら十八ノットでパラオに進航した。パラオへの針路東の航路は、この季節は台風発生の地帯を横切ることとなる。連日、どんよりと曇った日がつづき、天候は悪く、一日じゅう太陽が出ない。この時代の大洋における位置の測定は天測だけであるから、せめて昼間の太陽測で位置を出しておかないと、予定どおり、パラオでの作業がむずかしくなる。

二日間、艦橋から降りることなく、六分儀から手を放したことがなかったが、良好な艦位を求めることができなかった。時雨、五月雨、鬼怒の三艦で何回か艦位整合を行なったが、駆逐艦は鬼怒以上に位置を確実につかんでいない。比島の陸影が見えなくなってから三十六時間ぐらい経過するころは、之字運動をつづけているせいもあって、位置誤差の範囲は約八浬圏（半径四浬）と推定した。それも南北よりも進行方向の東西が大きいと判断し、パラオに近づくにつれて、各艦の航海長にたいし、艦位について充分警戒をするよう注意した。

パラオの西水道から入港する予定で、八月十八日早朝、パラオ北西に到達するよう航路を定めてあったが、不幸にも八月十八日午前一時十二分、左前方に位置していた五月雨は、二十ノットで右に一斉回頭したとき、暗夜の海面で暗礁に乗りあげてしまった。これはパラオ島北方のガルアングル島の先端約三浬の水深三、四百メートルの海中に突出する、ベラスコ礁という暗礁であった。

しばらくして大音響とともに一号罐が爆発し、船体が中ほどで割れ、くの字に曲がって火災が発生した。はじめは敵潜水艦の襲撃があったものと思ったが、緊急の発光信号で状況が判明した。日の出を待って救難に赴いたが、危険で近寄れない。やむを得ず時雨を五月雨の乗員の救助と見張りに残し、鬼怒はひとまずパラオ港に入港した。港内には工作艦明石《あかし》が、昭和十八年の空襲でマストを海面に出したまま沈没していた。

一方、二十七駆逐隊の二艦は、ベラスコ暗礁の付近で五月雨の救難作業に懸命であった。五月雨は船体を離礁させる見込みが立たず、艦長以下の元気な乗員で、艦の沈没を防ぐべく全力をあげ、時雨は負傷した者を五月雨から移乗させて、パラオに引き揚げた。八月二十六日、第二十七駆逐隊司令はついに五月雨を放棄せざるを得なくなり、艦隊宛に報告の電報を打っている。

この間、鬼怒は在留邦人八四三名を収容し、急いで比島のセブ島に輸送すべくパラオをはなれた。この収容した邦人中、なんと女子供が七二四名にも達し、艦内のどこに落ち着かせるか、部屋の割当が大変であった。航海中、産気づいた婦人が二名出た。軍医長や看護兵曹の努力で二人とも無事に女の子を出産、艦長が一人は絹子、もう一人は衣子と命名した。この二人がいま生存していたら、四十四歳の良いお母さんになっていることだろう。

八月二十一日午前七時、スリガオ海峡を通過して、午後セブに入港した。ここで先行していた青葉と合同し、二十五日までガヤ湾に停泊した。このときすでに二十七駆逐隊（時雨）は、鬼怒艦長の指揮をはなれて原隊に復帰している。

単独部隊としてマニラ急航

その日、南西方面艦隊電令により第十六戦隊の青葉、鬼怒、第十九駆逐隊は、八月二十五日付で第一遊撃部隊・第一部隊に編入された。そしてレーダー等の増加工事を行なうため、シンガポールのセレター軍港に回航した。そして工事を終えたあと、八月三十一日から九月二十日までインド洋のアンダマン諸島、マレー半島西岸のメルギー（ビルマ）方面に警戒行動をして、二十一日にリンガ泊地において第一遊撃部隊本隊と合流した。

この少し前の九月十二日には、分離行動していた十六戦隊の駆逐艦敷波は、海南島の東方海面で米潜水艦と交戦して沈没した。

これより先の昭和十九年七月末、来るべき決戦に備え、連合艦隊は残存する海軍の部隊を整理して、新しく「捷」号作戦部隊を編成した。捷一号作戦は比島の防衛を主とした作戦で、九月なかばにリンガ泊地に集結した水上部隊は、帝国海軍最後の大部隊となった。残念ながらこれより以後、ふたたびこのような大艦隊の威容を見ることはできなかったのである。

このとき、リンガ泊地せましとばかり集まった艦艇のうち、先にパラオ進出のとき、五月雨とともに直衛をつとめてくれた時雨（第二十七駆逐隊）は、このとき第三部隊に編入されている。同艦は鬼怒が沈没する二日前の十月二十四日、スリガオ海峡における夜戦で米巡洋艦、駆逐艦、魚雷艇群と激戦を交えて全滅した西村部隊のうち、ただ一隻帰還した武運めでたい駆逐艦でもあった。

このほか、志摩清英中将の指揮する第二遊撃部隊に第二十一戦隊＝那智・足柄、第一水雷戦隊＝阿武隈・駆逐艦七隻があった。

ともあれリンガ泊地では停泊訓練が主であり、各術科の研究会もグループごとに活発におこなわれた。十月に入りフィリピンの風雲はいよいよ急をつげ、何か張りつめた気分で、決戦間近しという雰囲気に満ちてきた。乗員はみな緊張した顔つきになってくる。

十月十七日、捷一号作戦が発令され、十六戦隊（青葉、鬼怒、浦波）も第一遊撃部隊とともに十八日リンガ泊地を出港し、ボルネオの北岸にあるブルネイに向かった。しかし、十八日の午後になり、十六戦隊は第一遊撃部隊からのぞかれて第二遊撃部隊に編入、さらに南西方面艦隊の指揮下に入った。そして単独の部隊として作戦を継続し、ミンダナオ島の陸軍部隊を急ぎレイテ島に輸送するため、大至急マニラに進出するよう命令があった。

このためわが部隊は急遽ブルネイを出港、浦波を直衛として鬼怒、青葉の順に二十ノットでマニラに急航した。十月二十三日未明、マニラ湾の入口約十浬の地点に差しかかったとき、午前四時二十五分、青葉は敵潜水艦の雷撃をうけ、魚雷一本が前部右舷に命中し、航行不能になった。

鬼怒はマニラ湾外において急ぎ曳航準備をととのえ、青葉を艦首から曳きはじめたが、横波に妨げられて作業は困難をきわめた。午前七時半ころから、やっと本格的に曳航ができるようになった。この間、司令部は洋上で青葉から鬼怒に乗艦し、将旗を鬼怒に掲げている。

実速約四ノットで、その日の夕刻キャビテ軍港まで曳き、タグボートに渡してマニラに入港した。これで比島の決戦場に馳せ参じることができる十六戦隊の兵力は、わずかに鬼怒、浦波の二隻だけとなってしまったのである。

このとき（十月二十二日午後一時二十分）南西方面艦隊長官（十一月一日、三川軍一中将は大川内伝七中将と交替）からつぎの電令を受信した。この電令は、鬼怒のこの後の行動を決めたもので、本稿にきわめて関係が深いから、つぎに全文を記載する。

「NSB（南西方面部隊）電令作第六八四号
一、一〇一号、六号輸送艦は二十二日便宜マニラ発、二十四日夕刻までにカガヤンへ回航すべし。先任艦長指揮の下に回航するものとす。
二、九、一〇号輸送艦はセブにおける作業終了後先任艦長指揮、二十四日夕刻までにカガヤンに回航すべし。
三、十六戦隊は二十四日夕刻までにカガヤンへ回航すべし（状況によりマニラ寄港差し支えなし）。
四、前項各輸送艦カガヤン着後、NSB警戒部隊指揮官（十六戦隊司令官）の指揮下に入るべし。
五、警戒部隊指揮官はNSB第二一一九一〇番電による陸海軍協定に基づき歩兵二大隊基幹兵力をカガヤンより輸送、これをレイテ島に揚陸せしむべし。
六、右作戦終了せば各艦は警戒部隊指揮官所定によりマニラに回航、第二次陸兵輸送に備うべし。但し十六戦隊は決戦の状況により別命により一YB（第一遊撃部隊）の作戦に策応せしむることあるべし」
この命令にもとづき、第十六戦隊（司令官・海軍少将左近允尚正）はつぎの命令を出している。

「NSGB（警戒部隊）電令作第十三号
一、軍隊区分

本隊＝鬼怒・浦波　直率。第一輸送隊＝六、九、一〇輸送艦　先任艦長。第二輸送隊＝一〇一、一〇二輸送艦　先任艦長

二、輸送区分

鬼怒五〇〇名、浦波一五〇名。第一輸送隊＝各艦三五〇名。第二輸送隊＝各艦四〇〇名

三、予定上陸点＝レイテ島オルモック

四、ボホール海峡を経てカモテス諸島北方よりオルモックにいたる

五、行動予定＝各隊オルモック着を二十六日〇四〇〇、カガヤン発を二十五日とする」

この輸送作戦が第一次多号作戦となった。以後、オルモックへの陸兵輸送作戦を多号作戦と称し、十二月のはじめまでに第九次輸送まで行なわれた。

第一次オルモック輸送

鬼怒はその日のうちに陸兵揚搭用の小発二隻を後甲板に搭載し、十月二十四日午前七時、浦波とともにマニラを出て、ミンダナオ島中部北岸のカガヤンに向かった。しかし、われわれの行動は朝早くから敵に察知され、出港後三十分には、早くも戦闘機約三十機が来襲し、港口付近で対空戦闘となった。こうして激しい戦闘を繰り返しながら、マニラ湾口を出た。

さらにここで新手の戦闘機五機が加わり、艦橋のまわりにある機銃は、銃身が暗紅色になるまで撃ちまくった。このときは敵を六機撃墜したものの、わが艦は戦死八名、負傷十四名の被害をこうむった。幸い船体にはたいした被害はなかったが、コレヒドールをまわり約四

十浬ぐらい離れたところで、午前十時、再度、艦上爆撃機十数機が襲ってきた。数発の至近弾があったが、このときも船体に異常はなく、カガヤンに急行した。

この戦闘で艦橋は激しい掃射をうけ、私のすぐ後ろにいた掌航海長は直撃を胸にうけて戦死し、信号員数名が負傷した。私も足に小さい弾片数個をうけたが、包帯をぐるぐる巻いたまま、コンパスの後ろで操艦をつづけた。マニラに来て以来、毎日晴天がつづき、敵の飛行機は戦闘機一機の護衛もないわれわれに、縦横無尽に襲いかかって来る。戦闘配食もおちおち食べていられない。ようやく日が没して、今日の空襲は終わった。

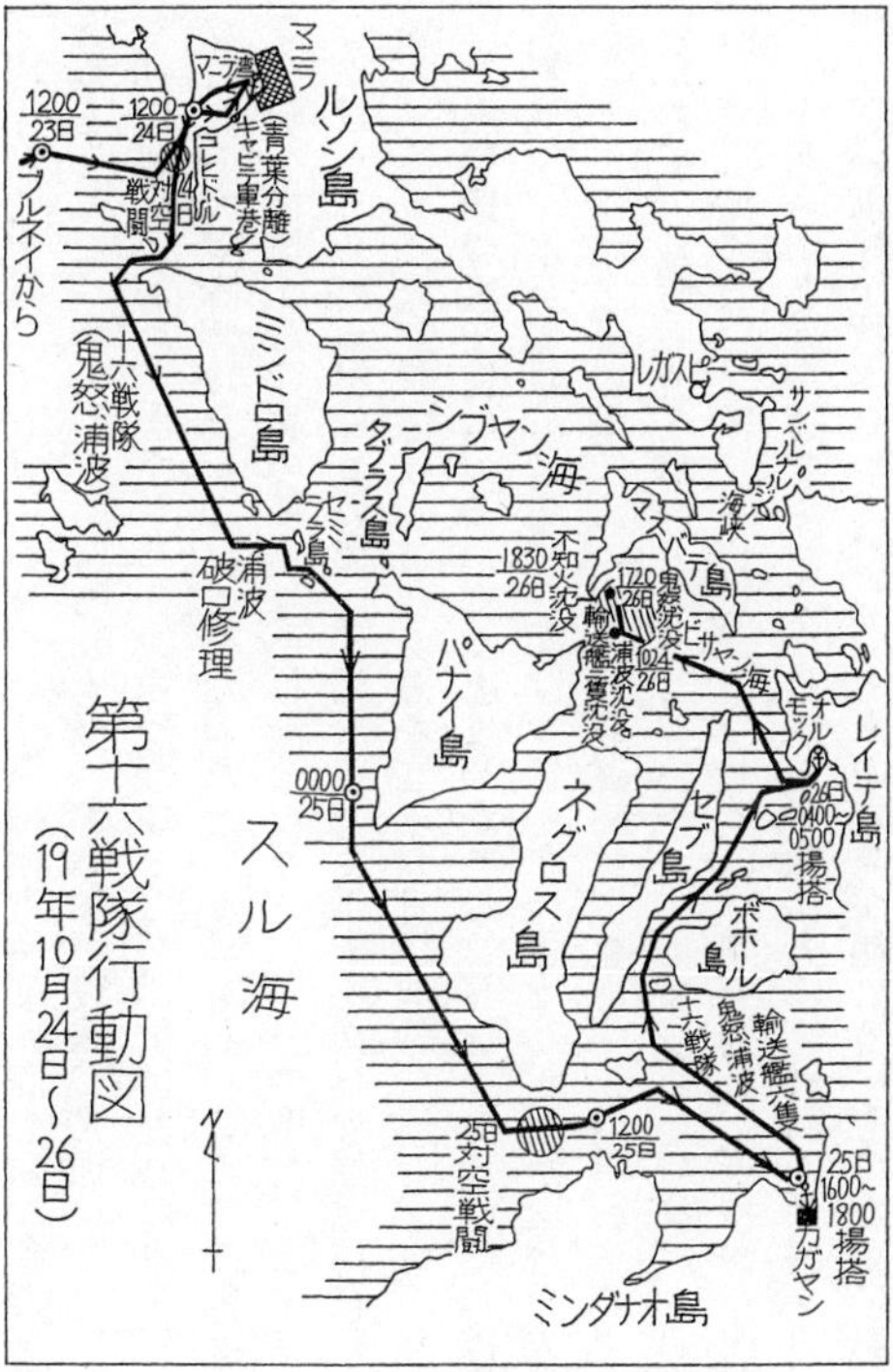

第十六戦隊行動図（19年10月24日～26日）

明くれば十月二十五日、ミンダナオ海の西方海面にさしかかった午前八時三十分ごろ、戦闘機をともなった大型爆撃機約五十機の大編隊が数隊、異様な爆音を轟かして三方からわれわれに襲いかかってきた。あとで知ったことだが、敵はわれわれを戦艦部隊と間違えて、これだけの大編隊で攻撃をかけて来たのだという。もし、ここで二隻とも撃沈されたならば、レイテへ増援する陸兵の輸送は不可能となり、わが方の戦況はますます不利となるだろう。ここはどうしても早くカガヤンに到着し、オルモックへの輸送作戦を全うしなければならない。

約三時間の大空襲は、まったく凄《すさ》まじかった。B24である。これはB29につぐ米軍の大型爆撃機で、水平爆撃ではあったが、つぎからつぎへと新手が交替で大型爆弾を雨のように落としてくる。水平爆撃にたいする回避運動は、航海学校の講習生のとき、その要領を習っていたので、秒時時計を持ってこさせ、一千メートルぐらいの高度から爆弾が機をはなれる瞬間を見張員に大声で報告させて、そのときに時計を押し、三秒から四秒で急速に大転舵する。二十四ノットの高速で走っているから、艦は大きく外側に傾斜するが、そのすぐあと、舷側に高い水柱が数本立って、ついで水中爆発が起こる。そのたびに艦はもの凄《すご》い振動を感じたが、幸いに命中していない。

敵は右から来襲したり、左から来襲したりするので、そのたびに艦橋を右舷から左舷と駆けまわって、取舵《とりかじ》一杯、面舵《おもかじ》一杯と大声で号令をかけること三時間以上におよんだ。あとからの報告によれば、至近弾は五十メートル以内約六発、百メートル以内約三十発、二百メー

トル以内約三十発、二百メートル以上約五十発という。もっと離れたところに落ちた爆弾は数知れずとのことだったが、それでも艦に一発も命中しなかったのは、まことに奇跡だった。

至近弾による艦の振動は、繰り返し繰り返し艦を大きく震わせ、艦内のあちこちの鋲《びょう》がゆるみ、電信機の真空管が切れて受信機が数台、送信機が二台使用できなくなってしまった。機械室の補助機械（ポンプ類が主である）で停止したものが数台あったが、航行には差し支えなかったのは幸いであった。しかし、艦橋と機械室を結ぶ太い伝声管のなかの錆《さび》が落ち、それが詰まって不通となるなど、予期しなかった故障が各所に発生した。もともと大正十一年にできた古い艦であるから、長い間に錆もずいぶん出ていたわけで、そのため伝声管が詰まってしまったのであろう。まったく経験しなかったことである。

艦艇の寿命は、平時ではおおむね二十年といわれる。艦齢二十年になると第一線から退いて予備艦となり、学生、生徒らの練習艦にまわされる。その後、数年で廃艦となる。いまの海上自衛隊では解体してスクラップとする。このときは戦時中だから、鬼怒より古い艦でも第一線で活躍していたし、同クラスの軽巡でこのとき、予備艦になっている艦はいない。

それでも艦橋では、機械室への伝声管は非常に大切な通信設備である。直径十センチもある太い物で、これが錆でつまるなどあまり聞いたことがないので、はじめは原因がわからなかった。カガヤンに入港して、機関長（広岡誠一機関少佐）からの報告でわかったのである。現在は艦内の通信装置は電話が主体となっているが、そのころの艦は各所に伝声管がよく使われていた。

さて、十六戦隊（鬼怒、浦波）は対空戦闘から解放されて、十月二十五日午後四時、ミンダナオ島のカガヤンに入港した。そして、直ちに待機していた陸兵約七〇〇名と物件数トン（主に弾薬）を搭載し、午後五時三十分に出港、レイテ西岸にあるオルモックに向かった。二十六日午前三時半、まだ真っ暗なオルモック港外に仮泊して陸兵と兵器弾薬を揚搭し、午前五時、終了とともにミンドロ島南方のコロンに向けここを出港した。このとき、十六戦隊その他海軍部隊との連絡の必要があるとのことで、司令部は士官一名を陸軍上陸部隊に同行させたいと、本艦の通信長（前掲、海兵六七期の山根孝雄大尉）を指名した。

彼は軍刀と弁当一食を持っただけで上陸して行った。その後、鬼怒もこの日の夕刻に沈んだし、山根大尉も艦に帰る手だてもなく、そのまま海軍第三十三特別根拠地隊付としてレイテの陸上戦に従事し、昭和二十年五月、レイテ島で戦死した。山根大尉は小柄なハンサムボーイで、士官室でもいちばん若く、私たちは仲の良い友人だった。シンガポールで上陸するときなどは一緒のことが多く、このときが永遠の別れになるなど夢にも思っていなかった。残念でならない。

最後の戦闘

夜が明けてレイテ北西ビサヤン海も明るくなってきた。今日も良い天気である。これではまた、敵の空襲があるだろう。乗員に早く食事をさせておく必要がある。艦橋に副長が上がってきたので「空襲があると思います。早目にみんなに朝飯を食わしておいた方が良いと思

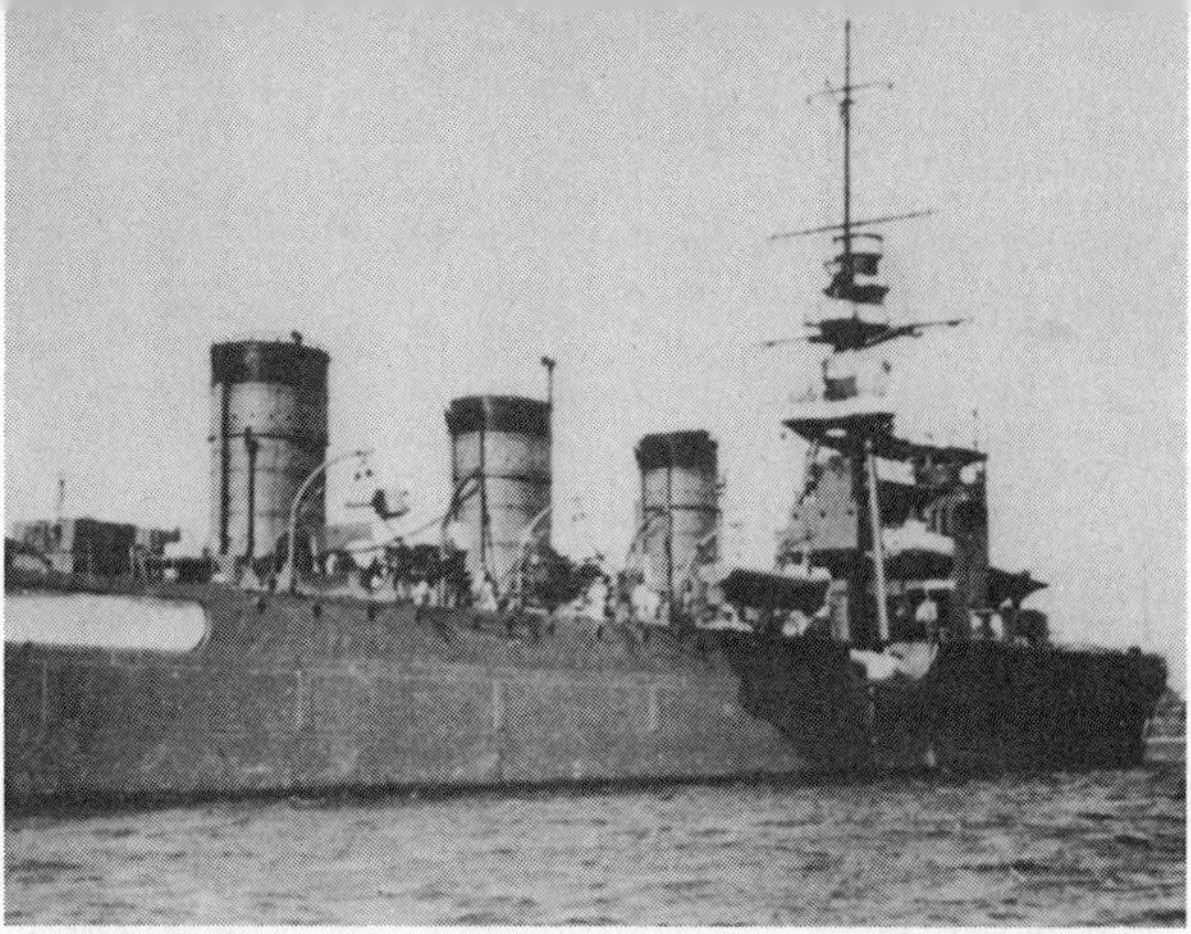

鬼怒の右舷中央から前方三脚前檣。雨水除けつき煙突２番と３番間に測距儀。常備排水量5570トン、全長162.15m、速力36ノット、14cm 単装砲７基、８ cm 単装高角砲２基、連装発射管４基

いますが」と申しあげたら「そうだなあ」ということで、烹炊所の準備が出来しだい食事ということになり、交代で朝食をとった。

十月二十六日午前六時三十分ごろ、敵哨戒機らしい飛行艇がはるか東方、高度三千メートルぐらいから近づいてくる。頭上の近くへ来ると、かなりの上空で悠々と大きく旋回しながら東の空へ飛び去った。これであと一時間もすれば、間違いなく昨日のような空襲があると思い、艦内哨戒を第二配備として、見張りを厳重にしていた。

このとき、もしセレターで搭載したレーダー、とくに一三号電探が十分使いこなされていたならば、きっとこのあとに来襲した航空機群を艦橋見張りよりも、ずっと早い前に発見していたであろう。しかし残念ながら、搭載して間もなく、電測員は初めての機器にたいして慣れていないため、まったく情報は得られなかった。前

にも述べたように、アンテナの方向を手動で旋回させながらAスコープに現われる反射波のピップを判別するのだから、かなりな訓練と経験を必要とする。もし米海軍のように全周を自動走査するPPIスコープであれば、確実に捉えることができたはずである。

さて、見張りが午前九時三十五分、敵味方不明の航空機群を北東方一万メートル付近に発見、午前十時二十分、われわれの上空に飛来して、襲撃がはじまった。その機数は戦闘機、艦上爆撃機混ぜて五十ないし六十機であった。敵は二手に分かれ、浦波と鬼怒にべつべつに襲いかかってきた。

戦闘すること一時間足らずで、浦波に命中弾があったらしく、火災を起こして中部からもうもうたる黒煙と火炎をあげはじめた。

鬼怒に襲いかかった敵機のなかには、急降下する爆撃機のほかに、水面近くまで降下して魚雷を発射した雷撃機が何機かいた。戦闘記録（十六戦隊司令部が昭和二十年のはじめに佐世保に帰ってから海軍省に提出したもので、戦後、米進駐軍により押収され、長くワシントン・フランコニヤ記録保管所に保管されていた。昭和三十三年三月、日本側に返却され、防衛研修所戦史室に保管されている）によれば、このときの空襲は昨二十五日とくらべ、艦上機の攻撃であったため、急降下爆撃で至近弾はもちろんのこと、命中弾がかなりあった。至近弾は五十メートル以内三発、百メートル以内約二十発、二百メートル以内約二十発、二百メートル以上約五発と報告されている。

ともあれ、浦波についで鬼怒の左舷後部に魚雷一発が命中して、後部マスト付近の左舷側は、水線付近に直径約一メートルの破口を生じたらしい。浸水がはじまったが、その他には被害はなかった。応急員がすぐ破口にたいして防水蓆《せき》の展張を開始したため、浸水はかなり喰いとめることができた。

艦は爆撃を回避するため二十四ノットに増速し、左へ右へと駆けまわったが、面舵をとる（右転舵すること）と艦は左に傾斜するので、左舷後部の破口からの浸水がひどくなる。したがって、面舵は小さく、取舵は大きくと使い分けをしながら、機銃の全力をあげて撃ちまくる。

午前十一時三十分ごろ、後部に大きな衝撃を感じたが、そのとき、やはり左舷後部に至近弾と直撃弾を三発うけた。これで後部機械室および士官室後方区画、一八〇番ビームから二〇五番ビームにいたる左舷外鈑が約三十メートルにわたり、ところどころ脱落し、右舷側の外鈑に凸凹のしわを生じた。また五番砲が浮きあがった形になってしまい、射撃ができなくなった。士官室は後部右舷にあるが、応急治療室となっているので、乗組の軍医中尉が詰めていた。しかし、彼も後部機械室にいた機械分隊長（予備機関大尉）とともに直撃弾をうけて戦死し、他にも多数の負傷者を出した。

五番砲が挙上したと同時に、後部マストは中ほどから折れ、アンテナ線等が垂れ下がり、そのまわりにある機銃台も飛ばされたり傾いたり、後部の被害は甚大であった。そのせいか、ひきつづき来襲する敵にたいする対空射撃も、弾丸の出方が急ににぶってしまった。前部機械室も、左舷にあたった弾片により数多くの破口を生じ、すこしずつ浸水がはじまった。

魚雷命中でできた破口のある付近にたいして追い打ちをかけるように、こんどは上空からの直撃による爆弾の炸裂による被害で、艦の運動力は大いに減殺《げんさい》されてしまった。そのうちに後部機械室から蒸気が噴出しはじめ、また浸水はもう防水蓆では防ぎようもなくなっていた。ついに艦尾にある舵取機械室まで浸水をはじめ、間もなく舵取機は動かなくなってしまった。

たまたま取舵に転舵中であったので、艦は右に傾いたまま大きく円を描いて左に回頭をつづけ、同じ海面をぐるぐる旋回して、もはやどうすることもできなかった。舵は航海長の所掌である。私は艦長に操艦をお願いして、航海士をつれて艦尾まで走り、舵取機室のマンホールのハッチを開き、足のすぐ下にある舵取機のそばまで降りた。

浸水のため、海水が腹のところまできた。手探りで人力操舵への切替え装置を求め、丸いハンドルを回そうとしたが、艦の傾斜と浸水のため足場がわるく、力が入らない。航海士がマンホールへ顔を出し「航海長、もう駄目だから早く上がってください。危険です」と怒鳴る。ハンドルが回らないので、私もこれでは駄目だと思い、甲板に上がり艦橋に走り戻った。

総員退去

昭和以後にできた新しい艦の操舵装置は、ジョンネー式とかヘルショー式とかの油圧式で、人力への切替えも二ヵ所あり、割合に小さい弁の操作でできる。しかし鬼怒は旧型の蒸気式舵取機で、蒸気ピストンで動かす。したがって人力への切替えは、まず蒸気弁を止めてから切替桿を人力の位置に倒して、止めピンをしなければならないので、手間がかかる。艦橋に戻ってみると、速力がだいぶ落ちたようだ。舵は左に約十五度で固定したまま、左旋回をつづけている。

午後十二時ごろには、前部機械室にも浸水がはじまり、ついに機関は止まってしまった。速力が落ち、旋回による右舷への傾斜が戻ると、左舷の破口は浸水による吃水の増大とあいまって、艦は左にだんだん傾斜しはじめ、約十度ぐらいにまでなった。

もはや艦を救う道は排水以外にない。しかし、排水ポンプも蒸気圧の低下で十分に運転できない。十五分ぐらいたつと、後部機械室火災の報告があり、隣接する区画が弾火薬庫となっているため、海水ポンプで隔壁の冷却につとめる。これを行なわないと、火薬庫が誘爆する危険がある。誘爆すればいまの被害状況では、一回で沈没してしまうだろう。

敵は鬼怒が動かなくなり、大きく左に傾斜しつつあるのを見て、攻撃をやめ、いずれへか立ち去って、上空に敵機の姿はなくなった。このため、一時射撃を中止し、午後十二時二十分、一部の機銃員や見張員をのぞき「総員防禦部署につけ」の号令がかかる。このころ、見張りの報告によると、約一千メートルばかり離れたところで苦戦していた浦波は、爆発して大きく艦首を持ちあげて沈没してしまったという。

鬼怒は復原も重油移動ポンプが作動しなくなって、艦の重心の移動がうまくできなくなり、傾斜は十五度ぐらいにまで徐々に増えていった。十分ぐらいすると、いずこからともなく敵の艦爆が数機来襲した。残った火力の全力で射撃をはじめた。また艦の被害をこれ以上大きくしたくないので、搭載魚雷と爆雷の全部の投棄が令された。しかし、敵はわが方を攻撃することなく立ち去った。

午後一時をすぎるころ、排水、復原、重油移動等の処置が効を奏したのか、艦の傾斜は左へ九度と減った。そのうち、各所で火災が発生し、その消火のため艦内の海水の量が増えたのだろう、吃水はまた少しずつ増えてきた。後部で起きていた火災はおおむね鎮火したが、艦は徐々に沈んでいくような気がしてきた。とくに後部の沈下は目に見えて大きくなってきた。

二時間もしただろう。「前部機械室、排水不能」という報告があった。午後五時ごろになると、艦の傾斜は急速に大きくなり、左へ約三十度ぐらいにまで近づき、艦長も司令部も、もはやこれまで、という気にならざるを得なかったと思う。左近允司令官も「もう駄目だね」と先任幕僚に話していたのを覚えている。

艦橋に立っているためには、コンパスにしがみついていても、大変な力がいる。艦長は副長に「総員退去」を命ずるように伝え、副長は甲板士官にカッターを降ろせと命じた。カッターが二隻降ろされた。もうこのときは、降ろすというようなものではない。左舷のものは繋止帯をはずせば海面に浮かぶ状態である。右舷のものはとても降ろすことはできない。

私は機械室、罐室へ伝令を走らせて総員退去を伝え、速やかに上甲板に上がらせ、海に飛び込むよう命じた。艦橋にいる信号員、前部電信室にいる電信科員は私の部下であるから、皆にすぐ海へ飛び込むよう指示した。また航海士に機密文書、図書、海軍信号書、暗号書等の処分を指示した。艦内の図書等は航海長の所管である。

司令部の職員や艦長には、甲板士官や航海士候補生などの若い士官をつけて、万が一のときは救助に手を貸すよう指示し、艦長とともにカッターに乗せた。

甲板にいた乗員のほとんどが入水して、あちこちで泳いでいるのが見える。そばにいて一緒に総員退去を見守っていた副長と私は、もう上甲板に乗員があまりいないのを確認して、ともに飛び込もうと言い合った。しかし、その前に私は、傾いて伝って行けるまでになってしまったマスト（前檣）の先端に掲げてある戦闘旗（海軍では戦闘開始前に、後部の軍艦旗を前檣に掲げる。これを戦闘旗という）をおろしに行き、腹に巻きつけて副長のところまで戻ってきた。

艦の傾斜はどんどん増して、左舷はもう水の中に没している。二人は艦橋の右舷のブルワークに立っているのが精一杯となった。もう海中に飛び込むしか手はない。副長が「もう行くか」と私に声をかけた。「はい」と答え、副長にしたがった。右舷の舷側上部と甲板とのつながるところは、ほとんど直角となっている。ここにハンドレールがついている。二人はここまで来て、あと右舷の外鈑の上を腰を屈めて歩いた。

赤く塗った水線より先の艦底の方にくると、蠣殻《かき》がついていて歩きにくい。その先に約六十センチも張り出しているビルジキールが外舷に直角に立っている。これを跨《また》ぐと外鈑のカーブは急に大きくなり、水の中に入っている。

漂流者に機銃掃射

艦はもうまったく横倒しになってしまった。副長が「ここから飛び込むが、飛び込んだら百メートルは夢中で泳いで艦から急いで離れろ。艦に巻き込まれるな」と大声で怒鳴りながら飛び込んだ。副長の田島信俊少佐とは兵学校のとき一号、三号生徒で、同じ四分隊でお世話になった間柄で、艦内でも意気の通じた先輩であった。水泳は得意で、二号のときから特級の腕前である。私は一号生徒のときに、やっと一級になった程度であるが、ビルジキールを跨いだところで、副長につづいて飛び込んだ。

夢中で一分も泳いだろうか、頭を上げて艦の方をふり返ると、艦尾が沈みかかっている。距離は五、六十メートルぐらいしかない。副長はと見ると、彼方で手を上げて、おいでおいでをしている。また急いで泳いだ。まもなく副長の近くまできたところで、顔を上げてふり返ると、ほとんど同時に鬼怒は艦首を高く上げて、艦尾の方から沈んでいった。あとに大きな渦巻を残しながら、ビサヤン海の海底深く消え去ったのである。

海水はそんなに冷たくなかった。少し泳ぐうちに、あまり身体を動かすことはエネルギーを消耗して、早くまいってしまうことを思い出し、波風のままに流されることとした。はるか彼方にはマスバテ、パナイの島々が見えるが、とても泳ぎつくことはできそうもないと思った。空を見あげると青々として、あちこちに千切れ雲が浮かんで美しい。急に腹が減ってきた。考えてみれば、今朝、艦橋で握り飯を二個食べただけである。

いつの間にか、五、六名の乗員が付近に泳いでいるのと一緒になった。副長は見当たらな

戦艦榛名(左手前)に横付け補給中の鬼怒。5番砲と6番砲の間に設けられた射出機上に九五水偵。3番煙突前方に測距儀、後方は従来の菱形からリング状に変わった方位測定儀用アンテナ

い。あたりに艦から流れ出した応急用材や、糧食を入れた木箱の空箱が流れている。数人でこの角材につかまり、まわりにいた何人かに、これに摑まれと呼びかけ、皆で声をかけ合いながら、きっと助けに来てくれるから安心しろ、と励ます。どっかで「航海長」と声をかける兵員がいる。

日没が近いのであろう。水平線がうす赤くなってきた。この方向が西となるはずだ。そのうち爆音がして、頭の上に戦闘機が二機、低空で近寄って来た。と思うと、われわれ海面に浮かんでいる者にたいして機銃掃射をしかけてきた。危ない。大声で「早く水に潜れ」と怒鳴るとともに、私は深く頭を

海の中に沈めた。

　爆音が遠ざかって、ふっと海面に頭を上げて大きく息をする。まわりを見ると、私と同じように方々に西瓜《すいか》のように人間の頭が浮かんでいる。やれやれと、ひとまず安心する。こんなことが二、三回あった。戦闘力を失い、漂流する者に銃撃するとは何事か、と一人で憤慨してみたがはじまらない。海面を見渡すと、あちこちで、機銃掃射をして飛び去る敵の戦闘機が見え、海面に小さな水柱が一列につづいて上がる光景が見られる。あとで聞いた話だが、この掃射で何人かの乗員が頭や首を射ぬかれ、付近の海を血で染めて死んでいったという。まことに痛ましいことである。

　話は戻るが、この戦闘の前後、司令部が南西方面艦隊長官に打電しているが、その報告電報の一部を左に記載する。それは生き残ってビサヤン海に漂流するわれわれの救助に来てくれた艦の行動に関係するからである。

　二十六日一二一〇発電の次の電報は、十六戦隊の被害報告の第一電である。

「NSGB第二六一二一〇番電　鬼怒至近弾により両舷後機使用不能。通信途絶の虞《おそれ》あり。浦波被弾のため停止、状況不明。地点N一一度五六分、E一二三度一五分」

　二十六日一四四七発電の第二報
「NSGB第二六一四四七番電　一二三四浦波沈没。地点N一一度五六分、E一二三度二三分。鬼怒後部機械室被弾、火災、浸水のため目下航行不能。第一〇、九、六号輸送艦を合同して警戒中」

二十六日一六五五発電の第三報
「NSGB第二六一六五五番電　鬼怒全力応急作業中なるも浸水、火災未だ収まらず。自力航行の見込みなし。通信不能。輸送艦にては曳航不能につき曳航艦の派遣方手配ありたし」

二十六日午後五時四十六分、GKF（機動艦隊本隊・小沢治三郎中将）は第五艦隊長官（第二遊撃部隊・志摩清英中将）にたいし次の救難要請をしている。

「GKF第二六一七四六番電　鬼怒航行不能、同艦の曳航に関し然るべく配慮ありたし。一六五五鬼怒地点N一一度四四分、E一二七度一七分」

この電報により第一水雷戦隊・第十八駆逐隊の不知火《しらぬい》は鬼怒救援のため、パナイ北方海面に来航してくれたが、到着したときはすでに日没後三十分も経過し、鬼怒はすでに沈没していた。そこで同艦は、海面に漂う生存者を救うべく付近を遊弋したが、われわれの目の前で艦上爆撃機の攻撃を受けて爆沈した。カガヤンからオルモック、パナイ島の北まで、ともに行動していた輸送艦四隻も、鬼怒と同じような運命に遭った。二隻は激しい攻撃を受けて沈没し、あとの二隻の行方はわからなかった。

輸送艦に救助されて
不知火の来航から沈没まで、私たちの目に焼き付いている当時の状況は、以下のとおりである。

日が沈んで、付近がようやく薄暗くなろうとしていたころ、西の方面から駆逐艦一隻が現われて、われわれの方に近づいて来る。まぎれもなく日本の駆逐艦である。あとからわかったが、これが不知火であった。私のところからはずいぶん離れていて、とてもこの駆逐艦のそばまで泳いで行くことは無理であった。仕方がないから見ているだけだったが、突然、敵の爆撃機とおぼしき飛行機が数機やってきて、この駆逐艦にたいして攻撃をはじめた。猛烈な対空射撃がはじまり、砲声が殷々《いんいん》ととどろく。同時にすさまじい爆撃の有様が見える。どうか無事でいてくれ、と心で一生懸命祈りつづけた。

しかし、だいぶ時間がたったころ、命中弾があったらしく、駆逐艦は真っ赤な火を吹き、黒煙とともに真っ白な蒸気を天高く吹き上げて、垂直に立ち、見る見るうちに沈没してしまった。これでもうわれわれへの救助の道は断たれたと思った。あとは運を天にまかせるほかない。

日はとっぷり暮れて薄暗くなったが、南の海は空気が澄んで、割合に視界がよかった。このときも月があったのか、かなり明るくて、大きな島がはっきりと見えた。

しばらくすると、彼方から艦尾が沈んだように見える輸送艦らしい比較的小さい船が二隻、こっちに向かって来るのが見えた。私たち十五名か二十名ぐらいの漂流する集団は、一斉に声を合わせて、「おーい、おーい」と何回もこの船に向かって叫んだ。船は警戒航行だから、甲板に灯火は出していない。それでも黒い艦影がだんだん近くなって来ると、一緒に行動していた輸送艦であることが、はっきり分かるようになった。しばらくすると、そのうちの一隻がスピードを落として、一千メートルぐらいのところで止まった。

われわれはまとまって、また何回も声を上げた。艦の方でもようやく気がついたらしく、二、三百メートルぐらいまで近づいてくれた。集団のみなは、一緒に船に向かって泳ぎ出した。うまく泳げない者をみんなで助けながら、艦に近づくことができた。舷門に綱梯子がおろされている。しかし、かなり疲れているので、手を伸ばしてこれに摑まっても、上がれるかどうか自信がない。私は「艦尾にまわれ」と大声で叫びながら、付近にいる者を集め、順に尻を押して後部の甲板に押し上げた。艦からは、たくさんの兵員が索や手で引き上げてくれた。

何人押し上げただろうか。私は最後にもう近くには誰もいないのを確かめると、水まで入っている「滑り」のような甲板の端に手をかけた。上から引き上げられかかったとき、「ああ、これで助かった」と思った瞬間、そのまま意識がなくなった。気がつくと私は、部屋のなかのデッキに寝かされて人工呼吸をされている。胸のところが痛い。見ると皮膚が真っ赤になっている。そばで「おお、気がついたぞ」という声がする。

これで、はじめて助かったと思った。後に乗員が気つけ酒を少し飲ませてくれ、やっと生気にもどったのである。一緒に泳いでいた鬼怒の乗員は、だいたいみな助かっていた。しかし、その中に士官は私だけだったらしい。

いま何時ごろでしょう、と尋ねると、九時前だという。水に入ったのは五時ごろだから、四時間ばかりビサヤン海を漂流していたことになる。遠泳では似島《にのしま》から江田内の学校まで、八時間も泳いだことがあるが、水泳帯一本で、途中に何回も食事がとれる。それに年も若く元気だった。しかし、今日は朝飯を早く食べただけで、服も着たままであり、しかも水面に浮かぶ艦から流れ出た重油を何回か飲んでいるので、身体の調子は悪かった。ふらふらしてどうにもならずに、士官室のソファーに横になったままだった。

司令官や艦長はどうしたろう。一緒に飛び込んだ副長はどうしたろう。他の艦に助けられたのだろうか、などと考えているうちに眠ってしまった。夜が明けたらしく、艦のなかで号令の声がする。外へ出て見ると、艦はどこかの水道を通っているようだった。

どのくらい時間がかかってマニラに入港したのか、記憶が朦朧《もうろう》としていて、よくわからない。沈没した地点からマニラまでは三百浬近くあるから、途中で敵の襲撃はうけなかったのだろうか。

とにかく、十月二十九日にはマニラに上陸していた。海岸の近く、窓から港がよく見えるホテルのホールのようなだだっ広い部屋の、家具や調度品は何もないところに、鬼怒の乗員は全部まとめて収容された。艦長は病院に入り、副長が指揮をとっていた。私をはじめ、重油を飲んでいる者がかなりおり、みな口のなか、食道、胃などをやられていた。はじめの日は食べた物を戻してしまい、元気が出なかったけれど、そのうちに治った。

十一月一日になり、南西方面艦隊司令部から呼出しがあった。陸軍部隊のオルモックへの輸送作戦会議に出席し、レイテ西方の敵情、オルモック上陸に関する体験、注意等について説明することを命ぜられた。私たちのクラスは十一月一日付で海軍少佐に進級したが、階級章が手に入らない。そこで副長の新しい少佐の襟章一個をもらい、胸につけて出席すること

左舷後部７番砲脇から撮影した鬼怒。３番煙突右手前の真ん中がつぼまった枠状のものは５〜６番砲間にある方位測定用のアンテナ。煙突の向こうの前檣上に円筒状の射撃指揮所が見える

とし、二日、ジープが迎えに来たのでこれに乗り出席した。

大川内司令長官以下、幕僚全員と、陸軍の参謀連が五、六名いならぶ席で、いろいろ質問が出た。このとき、台風らしい強い低気圧が比島を東から西へ横切るかたちで通過する気配がある、との気象幕僚からの説明があり、作戦はこれが通過してから、ということになった。しかし陸軍の参謀は、これこそ天佑神助だから、荒天を衝いてこそ行くべきだと主張する。連れて行くのは低速の六ノット船団で三隻である。せまい海峡をいくつも通らねばならず、六ノットの一、二千トンの商船が、横風と潮流の早い海峡で、もしも浅瀬(オルモックまで航路は海峡も多く方々に暗礁がある)にひっかけでもしたら、貴重な増強部隊が犠牲になり、戦局はますます不利になる。

航海、輸送の完全を期するためにも、荒天を冒しての出撃は絶対反対します、と私は陸軍の早期出撃に断固反対した。長官は私の意見に同意して、台風の通過をまって出港することに決定されたのである。このとき先任幕僚が私に耳打ちして、数日前に到着した駆逐艦竹《たけ》の艦長が急に入院したので、飯村少佐を竹の艦長に臨時に任命するから、すぐ着任してこの作戦の護衛指揮官としてオルモックに行ってくれ、といわれた。

かくして私は、十一月四日朝、駆逐艦竹《たけ》艦長として着任した。着任の翌五日から三日間、マニラは連日、朝から夕刻まで湾内の大銃爆撃があり、重巡那智が湾外に逃れたが撃沈され、駆逐艦曙《あけぼの》、その他、輸送艦が湾内で被弾し、航行不能あるいは沈没した。

竹は猛烈な防空戦闘を繰り返し、幸いにも無傷で、空襲の終わった十一月九日、第三次多号作戦として陸軍「泉」兵団約二千名をオルモック泊地に輸送すべく、マニラを出撃した。

使命に殉じて南溟の海に

比島作戦の第一線部隊が、東京の郊外の日吉台の地下室からの作戦指導で、かくも凄惨な戦闘を繰り返しつつあったことは、今日数多くの実戦の記録、手記等を見てもよくわかる。しかし、第一線の将兵は、いつでもわが航空部隊が、あるいは機動部隊が敵の有力部隊を撃破したような報道しか知らされなかったのである。一部の上級指揮官や幕僚たちは、わが兵力の劣化と、消耗の激しさを承知していたのだが、与えられた使命の遂行にあらゆる犠牲を惜しむことなく、いや、やぶれかぶれの気持も手伝って猪突猛進したのである。

捷一号作戦は、ガダルカナルにおける数次の海上戦闘とともに、日本海軍が戦った戦闘のうちで、もっとも凄惨な海戦であった。第一、第二遊撃部隊が、敵の優勢な航空部隊に支えられた有力な大部隊と正面から衝突して、海戦史上稀に見る、華々しくも凄惨な海上戦闘を展開したことは、周知のとおりである。しかし、そのかげに、裏方として戦史にもあまり記録されていないような地味な努力をして、悲惨な結末を強いられた中小の多数の艦艇とその乗員が、数多く南溟の海に沈んで行ったのである。そのことを考えると、胸がかきむしられる思いがする。

毎日消耗して、残り少なくなった兵力をいかに有効に運用して戦果をあげるか、作戦指導部がそのことにどれほど、苦心惨澹していたかは知るよしもないが、精神力だけで、優れた機械力とこれを支える物資、物量の力に対抗する愚かさを、二度と繰り返してはならないと思うのみである。あのとき受信した「天佑と神助を確信し全軍突撃せよ」というGFからの命令が、まだ頭の中に焼きついて離れない。

巡洋艦「大井」南西方面 丸通作戦の果てに

四連装発射管十基を擁した重雷装艦も出番なく遂に敵潜の餌食に

当時「大井」航海長・海軍少佐　谷井徳光

谷井徳光少佐

巡洋艦大井（球磨型三番艦）は大正八年、神戸の川崎造船所で起工、同九年に進水した二等巡洋艦で、私は昭和八年から十一年にかけてたびたび練習艦として乗艦した、もっとも馴染み深い艦であった。呉鎮守府の警備艦として、各地の監閲点呼などに任ずることも多かった。それが開戦前、同型艦の北上（球磨型四番艦）とともに選ばれて、重雷装艦に大改装されていたのである。

私が海軍に入ってはじめて艦内生活を体験し、艦砲射撃に胸を躍らせたときは、一四センチ砲七門を装備、また魚雷発射に眼を見張った発射甲板には、五三センチの空気魚雷用二連装発射管が、片舷二基ずつ装備されていた。しかし改装後は、主砲の一四センチ砲は四門に減らされたものの、九三式酸素魚雷用の発射管は、四連装片舷五基、計四十門の発射管を備

えるにいたった。

九三魚雷は昭和十五年の艦隊には四戦隊、七戦隊の大巡、二水戦の特型駆逐艦に搭載され、その長射程と高雷速が連合艦隊の戦術に一大変革を招来したのは、あまりにも有名である。予想される戦闘場面に展開すべき九三魚雷網をいかに構成するか、連合艦隊の魚雷部隊の網の目をいかに濃密ならしめるか。改装が企画されるについては、これらについて随分と検討されたことであろう。

所望の発射点において発射し得たとしたら、その構成する魚雷網の威力は、大井、北上各一隻で大巡二・五隻分に相当した。これは日本一の魚雷戦力保有艦であり、当然、世界に類を見ない戦力を秘めた艦であった。問題は航続力であった。熊野型、利根型とは行動をともにできず、作戦時、後方に待機のやむなき場面も生起する。さらに貴重な装備を守るべき水中探信儀は装備されず、遠距離魚雷戦にはもっとも重要な測的兵器は、改装前と同じであった。

さて、大井は北上とともに開戦前の昭和十六年十一月二十日付で、第一艦隊第九戦隊として連合艦隊主力部隊に部署されており、十二月八日の開戦は広島湾泊地で迎えた。明けて昭和十七年一月、陸軍の輸送船団護衛のため、台湾海峡方面に出動したが、約二十日間の行動ののち、柱島泊地にもどっている。

ミッドウェー作戦当時は、主隊の警戒部隊として柱島泊地から出撃したものの、主作戦のあのような経過から、途中、敵潜望鏡らしきものに爆雷を投下したのみで、六月下旬にはむなしく柱島泊地にもどったのであった。ミッドウェー作戦の帰趨いかんによっては、大井、北上の名を世界の海戦史上にとどめるような戦闘が生起したのでは？　と思うのは私のみではなかろう。

昭和十七年も九月になって、横須賀に回航、舞鶴第四特別陸戦隊を輸送して、はじめてトラックに進出した。ミッドウェー海戦後、戦勢は移りつつあった。長射程魚雷の濃密散布帯を活用する好機把握への期待は、急速に薄れつつあった。十月からはソロモン方面の戦況急迫にともない、トラックからラバウルへ、マニラからラバウルへとあわただしく基地物件や陸兵の輸送に駆けまわった。

十二月末、戦場を離れ、ひさしぶりに呉に帰投、入渠修理整備を行ない、奇しくも在籍港で昭和十八年の正月三日間を過ごすことができた。一月四日、鎮海に向けて呉を出港する。以来、わが大井は永遠に呉に姿を現わすことはなかったが、当時、誰がそのような運命を予想し得たであろうか。一月七日、鎮海をへて釜山に入港。陸軍を輸送してニューギニアのウエワクへ。折り返して、さらに青島からふたたびウエワクへ向かう。ガダルカナル撤退作戦後の、ニューギニア防衛態勢の急速な強化に、その快速は貴重であった。

昭和十八年一、二月のウエワク方面陸兵急速輸送作戦が一段落して、トラックに帰着。連合艦隊の主隊に合同したのは三月三日であったが、越えて十日、トラック在泊中に南西部隊東印部隊となり、十一日にはトラックをあとにして、バリックパパン、ついでスラバヤに入泊した。そして三月三十一日付で、南西部隊主隊となり、大井の南西方面における活動の第一歩を踏み出すことになる。

南西方面の丸通部隊

昭和十八年四月に入ると、さっそく人員、物件をスラバヤからマカッサル経由ニューギニア西部南岸のカイマナまで、五月の中旬までに三回にわたって輸送している。さらに、その後、ミンダナオ島ザンボアンガ、セレベス島マカッサル、ボルネオ南東岸バリックパパンと駆けまわって、五月末にジャワ東部北岸スラバヤに入泊した。ここで小憩を得、しばらくぶりで修理および整備作業の時間がとれるようになった。

南西方面は内地やトラック方面と異なり、燃料補給の心配は少ないので、高速は使いやすいし、行動計画にも制約事項が少なかった。しかし、高温多湿の海域とあって、その連続行動は乗員、ことに機関科員の疲労が大きく、機関の整備も思うにまかせない。そんなわけで、スラバヤでの小憩は貴重な整備期間であった。

六月六日付で、大井は南西部隊警戒部隊に部署される。同月中旬、マカッサルに回航、同港を基地に出動訓練を実施した。昭和十七年九月に内地をあとにしてから、訓練のために出動できたのは、これが初めてであったろうか。重雷装艦たるもの、当節の輸送任務繁忙の間にも、本来の威力発揮の日に備えて技をみがかねばと、魚雷戦関係員の髀《ひ》肉《にく》の嘆《たん》もひさしかった。

六月二十三日、マカッサル在泊中に突如、Ｂ24十数機の空襲を受けた。幸い、敵機の爆撃は及び腰の拙劣なものだったので、艦体にはなんの被害も受けなかった。しかし、たまたま岸壁上を通りかかった機関長の三浦文徳少佐が被弾し、開戦後、本艦の戦死第一号となった。

昭和十八年七月一日、大井は南西方面艦隊第十六戦隊所属となった。七月はバリックパパン、ハルマヘラ島カウ湾、ボルネオ北東岸タラカン方面を行動し、警戒訓練に任じつつ待機状態にあった。八月一日、はじめて昭南軍港（シンガポール、セレター旧英海軍軍港）に入泊、爾後、昭南を母港として行動することとなる。十六日間の入渠修理もでき、さすが東洋一の英海軍基地の遺産は大したものであった。

ともあれ南西部隊警戒部隊は、その任務として敵艦隊撃滅、敵海上交通破壊、陸軍部隊の人員物件の急速輸送が与えられていた。世界に冠たる長射程を誇る魚雷をもってしても、その有効距離内に敵艦を捕捉しうる機会は、ますます遠のきつつあった。そんな昭和十八年秋の時点では、乗員の口から「われわれ丸通部隊は……」との自嘲的な言葉が出るのも、いたし方ないところであった。しかも人員物件の輸送効率をあげるため、本艦の主兵器たる魚雷発射管は、片舷四連装五基を三基に減らされた。それでも水雷科員たちは、あすの会敵に備えて、熱心に酸素魚雷の調整に余念がなかった。

なお、私は山本連合艦隊長官戦死後の、悲壮感あふれるラバウルから横須賀の航海学校における四ヵ月の学生生活を経て、昭和十八年十一月はじめ、シンガポールで大井に航海長として着任した。当時、太平洋方面における米海軍の攻勢がしだいに激しさを増すとともに、インド洋方面の敵情も動きつつあった。離島の防備態勢の増強が急がれたのである。

大井。のちに改装されて重雷装艦となるが活躍の場もなく、昭和19年７月19日、米潜の雷撃により撃沈された。新造時にくらべて艦容が一変しているが、三脚前檣上の円筒状は射撃指揮所

かくて十月から十一月にかけて、シンガポールからベンガル湾上カーニコバルに二回、その北方アンダマン諸島ポートブレアに一回、陸軍部隊やその物件の急速輸送が実施された。当方面の関係部隊に、離島防備能力再構築に果たしうる能力を示すとともに、その期待にも応えたわけである。これが強大な魚雷戦力を示し得たのであったならば、どんなに嬉しかったであろうか。新母港セレターに帰投して、ふと心によぎる思いであった。

昭南軍港は英海軍が長年、東洋の最大拠点として整備していただけあって、ドックはもちろん、造修施設も立派なものであった。海軍工作部は、英軍降伏時の破壊のあとを修理して、日々その基地能力を増強しつつあった。

補給についても、われわれ艦側から見れば、まず不足のない状況であった。

背後の市街は、当時はまだ平穏であり、上陸休養にも好適であった。基地内の宿泊施設は、乗員に広々とした芝生のなかで蘇生の思いを与えた。また、由緒あるグッドウッドパークホテルを占有した水交社に泊まると、緑の森の中の部屋で、朝は可愛らしい小鳥のさえずりで起こされるのであった。ふと、戦争中であることを忘れるいっときであった。そして先年、往来したソロモン戦域の険《けわ》しさが頭をよぎって、胸が痛むのであった。

ペナン発ジャカルタ入港

十一月いっぱい、セレターで船体機関の整備をし、兵器の整備調整に念を入れたうえ、ひさびさに乗員の休養もおえた大井は、重巡足柄に将旗を掲げた左近允尚正第十六戦隊司令官に率いられて、十二月一日、昭南港を出港した。第十九駆逐隊の浦波・敷波も一緒であった。インド洋において、敵艦船撃滅ならびに敵海上交通破壊に任じようというものである。マラッカ海峡を北上して七日、当時、南西方面艦隊司令部があったペナンに入泊した。インド洋出撃に備えて、司令部において情報の収集整理が行なわれ、入念な作戦打合わせが実施された。

当時、インド洋方面を逐次、東進のきざしを見せはじめた連合軍勢力に対処すべく、高須四郎南西方面部隊指揮官は、担当海域西端に近いペナンに将旗を進めていた。しかし、艦隊司令部の内情はいざ知らず、ペナンの港も街もシンガポールと同じく、あるいはそれよりも一段と静かで、平和な装いであった。ドイツ海軍の潜水艦が港内のブイに繋留しており、金髪の水兵たちが甲羅干《ぼ》しをしているのが見られた。彼らの潜水艦は、わが海軍の艦隊型潜水艦よりはるかに小型であり、しかも遠くインド洋の東端まで作戦してきたというのに、少しも疲れ果てたような様子は見受けられなかった。艦内の施設もいいのかも知れないが、食べ物がまるでちがうんだと、取り沙汰されていた。

当時、欧州戦線での独軍の退勢は覆うべくもなく、その潜水艦をもってする通商破壊作戦も、連合軍の対潜作戦が逐次効果をあげるにともない、しだいに困難の度を加えつつあった。しかし目の前にハーケンクロイツの軍艦旗を掲げて停泊するドイツ潜水艦を見、その甲板上で上半身裸《はだか》で日光浴を楽しむ水兵たちの色つやのよい笑顔を見ていると、なかなか頼もしい感じがするのであった。

当時、すでにペナンの港外間近では、敵潜水艦による雷撃被害が出はじめていた。そんななかを、ペナンの水偵隊による空からの警戒を受けながら、昭和十八年十二月十一日、ペナン水道をインド洋に向けて出撃した。スマトラ北西端沖のサバンを経て十四日、スマトラ西岸北部のシボルガに入泊する。静かで平和な港の印象は、急迫するインド洋情勢にチグハグな感じでさえあった。十六日から十八日、スマトラ西岸中部最要衝のパダンに入泊する。在スマトラの陸軍第二十五軍司令部所在のブキチンギの外港として、シボルガの長閑《のどか》さとはいささか異なってはいたが、まだまだペナンの司令部で聞いてきた、情勢の変化を反映している状態には見えなかった。

敵潜水艦の蠢動《しゅんどう》しはじめたペナン港外を出てから、警戒を厳にしながら会敵の好機を期待しつつ、スマトラ西岸を南下した。しかし、その機会にめぐり会うことなく、スマトラ南端スンダ海峡を通過して十二月二十一日にはジャワ島ジャカルタに入泊した。私にとってはシンガポール出港以来の航海が、巡洋艦大井航海長としての初航海であった。そのため、直接的な戦果こそなかったが、敵のスパイも網を張っているであろう各寄港地等に威力顕示を行なって、一応の安全圏たるジャカルタに無事に入港できて、やれやれとの思いであった。

ジャカルタはまた、シンガポールやペナンよりさらに平和であり、にぎやかであった。ひさびさに陸上に求めた宿は、陸軍占有ときくデスインデスホテルであった。

大井の士官室における食卓で、少し臭みのある南方米の中から、色白の細長い米虫を一匹ずつ取りのぞきながら食べていると、「虫が気にならなくならなきゃ、南西方面勤務に馴染んだとはいえないな」と笑われた。それでも、空腹感になやまされた内地の学生生活四ヵ月ののち、酸っぱいパパイヤの漬物《つけもの》をそえて、腹一杯食べられる艦内食事に感謝していた身である。ホテルの食事が、なんと素晴らしいものに見えたことか。そして食堂の設備もサービスも、びっくりするほどであった。聞けば、占領直後はもっと豪華な食事ができたそうで、これでも次第に落ちてきたのだそうだ。

ひさしぶりの美味に満腹した私は、シンガポール出港以来の疲れが、どっと出てしまった。割り当てられた寝室で、ダッチワイフもはねのけて、すぐに寝込んでしまったらしい。早や窓が白み、生理的要求に目覚めて用を足してベッドに戻ろうとすると、ドアがノックされた。返事をする間もなく、入って来たジョンゴス（従僕）君は、手にはうやうやしく帽子をかぶせたような物をのせた大きなお盆を持っている。熱い牛乳をいれた大きな瓶に、濃いコーヒーである。怪訝《けげん》な顔をする私に、ジョンゴス君は、大きなコップに満々と牛乳を注ぎ、トロリとしたコーヒーを、私の顔を見ながら、このくらいで……と確かめる仕草で、入れはじめるのであった。

これは、まったく素晴らしい飲み物であった。目覚めて間もなくのコーヒーサービスの不思議さに、あれこれ聴いてみると、ジョンゴス君は受持ちの宿泊客の部屋の戸口に早朝から待機して、室内の気配を察し、客の起床をたしかめて朝のコーヒーサービスをするのだそうである。これは、戦前のオランダ領植民地時代のサービス方式だそうで、いまもなお残っていたのである。

赤レンガから来た新艦長

十二月二十三日、ジャカルタを出港し、二十五日にシンガポールのセレター港に到着した。ここで川井繁蔵艦長が、パラオの根拠地隊参謀長として転出し、かわって柴勝男大佐が、軍務局二課から新艦長として着任された。柴艦長は、開戦前からの長い軍務局勤務から、ひさびさの海上勤務として来られたのであった。うかがったところでは、揚子江で砲艦の艦長をやられたあとはドイツ駐在、軍務局二課と、まことに潮気と縁のうすい年月が長かったらしい。戦前の連合艦隊五ヵ年の勤務を通じて聞いたことのないお名前であり、これは噂によくきく赤煉瓦《れんが》育ちの〝山船頭〟のお仲間かな、とまことに失礼な想像をしたものである。

柴艦長の初航海は、セレターの浮標から南方のリンガ泊地までであった。航海計画・予定錨地などの報告は、問題なく承認された。回航途中の操艦についても、何もいわれなかった。泊地に近づき旗艦足柄の影がしだいに大きくなって、入港用意が令されるころ、突如、旗艦から手旗信号があった。

「旗艦の右舷《まか》に横付けせよ」とっさに私は、「艦長、もって行きましょうか」ときいていた。当然、私は任されるものと思っていたのだ。

「いい、俺がやる。三〇〇、三〇〇でいいな」「はいっ！」

動ずるふうもなく、艦長は悠然とコンパスの前に立った。傍から「艦長、六〇〇、微速の時機」などの進言もスンナリと受け入れられ、近接角度、舵の効かせ具合もほどよく、後進のかけ方、停止も絶妙であった。ピタリと錨泊中の足柄の右舷に横付けした。

足柄の上甲板には、左近允第十六戦隊司令官の白防暑服姿が入港前、遠くから見えていたが、大井のヤードに整備旗があがると見るや、司令官は大井の艦橋を見上げて、「柴、うまいぞ」と大音声をあげた。新着任艦長へ贈る歓迎の第一声であった。艦橋左舷から身を乗り出すようにして、挙手の礼をもって着任を報ずる艦長の晴れやかな面持ち。ピタリと決まった満点の着任劇であった。

君が代への反応

戦雲は南西方面にも不気味な遠雷をとどろかせていたが、まだ稲妻を見るまでには至らなかった。そんな状態のまま昭和十八年も暮れた。大井は、セレターでふたたび整備補給休養にあたりつつ、昭和十九年の新年を迎えた。そして、この迎春が、大井の最後の新年となった。

太平洋正面の戦勢から推察しても、このつづく一年が、大井にとっても波静かなものになるとは考えられなかった。いつどのような作戦があり、どのような行動をとらされるか。艦もそうだが、われわれ乗組員も同様であった。心身ともに、万全の準備をしておかねばならない。新年の三日間を休んで、四日、セレターを出て、シンガポール南方のリンガ泊地に向かう。ひさびさに個艦の作業地訓練を実施するためであった。今年こそ、大井ならではの威力を発揮できるような戦運に恵まれますようにと祈りつつ、基礎訓練から応用訓練へと各科とも訓練に精進した。

泊地は広く、水深もほどよくあり、錨地は自由に選定できた。難をいえば、目立った入港目標を得がたかったことだが、いずれにしても赤道付近である。よし、いっそ赤道上に錨地を選ぼう。そして近くのビンタン島のわずかな物標を入港目標に選定した。錨地選定、入港針路などを艦長に報告すると、「なんだ、赤道上か。航海のいたずらだな」と、バレてしまった。

碇泊中、凪《なぎ》潮の影響でふれまわるたびに、「いまは北半球に入ったぞ、さっきまでは南半球にいたが」と一日に数回の赤道越えを楽しんでいた。ただし、これは投錨位置が理論上の赤道の十数メートル以内におさまっていた場合にのみ起こり得ることであった。もっとも、当時の投錨精度を確認する手段はなかったが。

二週間余の訓練期間を経たおり、電報でシンガポールに呼び帰された。陸兵と武器弾薬等を搭載して、一月二十三日に出港、ニコバル諸島ナンコウリまで昭和十九年第一回目の丸通任務に従事した。二十七日にはセレターにもどって待機した。この頃になると、乗員にとってシンガポールは、しだいに母港らしい親しみが濃くなったようである。在泊中はつぎの行動に備えて気分転換をはかろうと、私も暇を見つけてはよく出かけた。

繁華街に三百名ぐらい収容できる演奏会場があって、昭南交響楽団と称する三十数名編成のオーケストラが演奏をしていた。団員は街を歩く人々と同じく人種の展覧会であり、聴衆も街頭一般よりはぐんと身なりはよく（着飾って来るのであろう）、これまた同様に人種の展

大井。大正10年10月竣工の球磨型３番艦。排水量5500トン、全長162m、速力36ノット、14cm 砲７基、８ cm 高角砲２基、連装発射管４基、魚雷16本。開戦時には重雷装艦に改装されていた

覧会の様相を呈していた。憲兵席の憲兵をのぞいて日本人らしい聴衆はほとんど見受けなかった。コンダクターはタクトを持たず、コンサートマスターを兼ねてか、弓をふるいつつバイオリンを弾いた。クラシックの名曲の一楽章を二つばかりと、小曲を一つ二つ演奏した。

聴衆は楽しんで盛大に拍手をしたが、演奏会のはじめに演奏される「君が代」のときの拍手は小さく、明らかにお義理の感じであった。当時の日本軍による占領が、解放されていた現地の民衆にどのように受け入れられているかを微妙に示しているように思われて、そのあとにつづく演奏を聴きなが

ら、なにか充分に楽しめないものが残った。

店の名前は忘れたが、ベートーベンのシンフォニーやコンチェルトのレコードをそろえた喫茶店があった。コーヒーを前に何時間もねばって聴いている客のなかに、何回か見る顔がある。どうも海軍だな、と見当をつけて聞いてみたら、某艦の軍医長であった。戦後、某医大病院の教授として新聞紙上で再会した。

さて、いつもベートーベンなので「モーツァルトかショパンのレコードはないの」ときいたら、男まさりの女将《おかみ》は昂然と「ベートーベンが最高よ。ベートーベンさえ聴いていれば、他の曲は聴かないでいいのです。だから、他のレコードは置かないわよ」と、のたまった。

セレターからほど近く、海峡にかかる橋を渡ってジョホールに出ると、緑の丘の上に王宮が見える。そこのサルタンの寝室など、広々としたお城のあちこちを見てまわっていると、お伽話の世界が想像された。昨日まで、艦橋で真っ暗闇の海面をにらみながら眠気に堪えていたのは、本当だったのか。別の自分がここにいるのではないか、と思われるのであった。

王宮の庭の真っ紅なカンナの花がいまだに眼前に浮かぶのだが、一緒に訪れたはずの某君に、そんな思い入れを語ると「そうかなあ、カンナが咲いていたかなあ」その反対に彼が語る「書斎がどうで、あんな絵が掛けてあって云々」は、いっさい私には記憶がない。

深夜の艦長戦略講座

そんな作業地での碇泊訓練がつづいた日、私室のベッドでタラタラと汗を流しながらも、疲れからようやく眠りにおちたころ「航海長、艦長がお呼びです」と起こされることがたび重なった。艦長は一杯きこしめしながら、先着の副長や通信長、主計長ら、その夜お呼び出しを受けた連中を前に、時局を談じておられる。南東正面の退勢、国力の減耗、決戦兵力整備の遅延、さらには欧州戦線におけるドイツ軍の予想外の不振など、私どもが暗号もしくは新聞や電報等を通じて漠然と受けとめていた一般情勢の推移より、数段も深刻な見通しをうけたまわるのが常であった。

時すでに、開戦時、無敵を誇った母艦機精鋭部隊は消耗しつくし、過去数年間、鍛えに鍛えた九三魚雷・夜戦部隊はソロモンの海に消え、夜間視力の自信はレーダーの前にあえなくも潰《つい》え去っていた。当時、私どもが、唯一の期待されるべき新鋭戦力と思っていた銀河部隊の増勢、戦力化も、予定よりはるかに遅れているようであった。陸海軍の枠をこえ、国をあげて、いま放胆な戦略の大転換を断行しなければ、戦力回復のチャンスは永遠に失われるであろう。しかし、現下の東条内閣ではやれることではない、と力説された。

柴艦長が長いあいだ勤務された軍務局二課が、海軍省内でいかなる役割をするのか、当時の私はまったく無関心であった。そして艦長が二課の局員として、いかなる影響力を持っておられたのか、おおよそのことを知り得たのは、戦後もよほど後になってからであった。若干の資料の語るところによれば、柴大佐は石川信吾大佐らとともに、海軍のなかでは少数派に属する「枢軸派」の代表であられた由。国策担当の二課で、いちばん大事な時機に先任課員を勤めたあと、開戦後二年を経た今日、一艦長として広大な戦域の片隅から、くずれゆく当初の計画をかえりみるとき、その胸はまったく張り裂けんばかりであったろうと思われる。深夜の柴戦略講座のなかで、つぎのことは、艦長の語り口とともにいまも鮮やかに思い出されるのである。すなわち、開戦時、軍務局員は全員、徹夜をしつつ固唾《かたず》を呑んでハワイ空襲の第一報を待っていた。「われ奇襲に成功せり」の報が入ると、一同歓喜したが、ふと見ると岡敬純《たかずみ》軍務局長はひとり沈痛な面持ちで、ハラハラと落涙しているのであった。「局長、涙は不吉ですぞ」とはいったものの、永年にわたり苦悩懊悩の末に開戦やむなきに至った今日、たとえ緒戦の第一撃が成功ではあっても、限りない前途の艱難が予感されるのであろう。そんな局長の胸中を察して、粛然たる気持にさせられたという。

当時、これらのことを酒に託しつつ、夜半にわれわれに訴えようとした柴艦長の胸のうちが、四十年余を経て、しみじみと察せられるのである。

二月に入って、さっそく第二回目の輸送任務を命ぜられた。二日にセレターを出発、三日にペナンに回航して、南西方面艦隊司令部員および物件を搭載したのち、五日にペナンを出港した。八日、ジャワ東部北岸のスラバヤ着で人員、物件の揚搭を終え、ただちにシンガポールに向かった。かくて南西方面部隊指揮官は、将旗をスラバヤに移揚した。この時期、各方面の戦況を綜合して、南西方面海軍部隊の作戦中枢の西方偏在（ペナン所在）は不利、と判断されてのことであろう。

その後、大井はリンガ泊地で短時日の訓練を実施したあと、二月十八日から二十四日まで、シンガポール商港にあった海軍工作部の運営するドックで渠中作業を実施した。出渠後は、スマトラ南部東岸沖のバンカ泊地で数日の単独訓練を行なったが、三月三日にジャカルタに入泊した。その後、三月中はバンカ泊地、リオ泊地等で訓練をかさね、ジャカルタやシンガポールで補給休養しながら、作戦待機の日を送った。

昭和十九年三月上旬、重巡利根、筑摩を加えた十六戦隊で、インド洋の通商破壊作戦が計画されていた。ここのところ、大井の専業と化しつつあった丸通作業と異なり、心が躍ったが、結局、足の短い大井は足手まといになるとのことで、ジャカルタ港内で警戒待機（十五日から十九日）することになった。

十六戦隊司令官は、前述の臨時編入の二隻の重巡のみを率いてインド洋上はるかに作戦し、幾多の戦果が報ぜられた（サ号作戦）。当時、私たち大井の乗員は、通商破壊作戦研究会に列席して、優秀な雷装に不似合いな短足のため、みすみす戦列に加わり得なかったとあって、髀肉《ひにく》の嘆《たん》をかこち合ったものであった。

赤痢発生で決戦不参加

昭和十九年も四月に入って、またもや輸送作戦の開始であった。二日、シンガポールで基地物件を搭載して出港し、途中、バリックパパンで燃料を補給した。そのあと、ダバオに進出して物件を陸揚げし、すぐに出港する。八日にはタラカンに入港した。途中、機関科員の当直には無理を強いつつ、二十八ノットぐらいで突っ走ったが、すぐに燃料をタンク一杯に補給できるのは、当方面の行動にのみ許された贅沢であった。

その後、バリックパパン～シンガポール～ペナン～シンガポール～タラカン～マララグ（ダバオ南方）～ダバオ～タラカンと、せわしなく動きまわった。かえりみるに昭和十九年四月は、航泊日誌に航海記事のない日は一日もなかったことになる。

四月二十三日の午後、マカッサル海峡をタラカンに向かって北上中、大井の右正横六百メートル付近を併走中の駆逐艦天霧《あまぎり》に、突如、小爆発が発生した。天霧はみるみる行き足が落ちた。水深から見て、敵潜水艦による雷撃とは考えがたかった。となると、機雷か？　天霧からの手旗信号も、原因不明の爆発なる由であった。不安のひろがるうち、防水作業の効果もなく天霧は海没するにいたった。風浪もない晴天のマカッサル海峡で、突如出現した「悪夢」としかいいようがなかった。遭難者を救助してタラカンに向かった。

その後、五月も丸通業務は繁盛した。十三日から二十四日にかけて、パラオからニューギニア西北岸のソロンへ陸軍部隊を二回輸送した。二回目のときに、ソロン入港後、いざ上陸しようとする陸軍の部隊長の「海軍の方はご苦労ですな。われわれは、もう大地の上に足をおろすから大丈夫ですが、あなたたちはこれからも、いつ潜水艦に狙われるか。ご武運を祈ります」との別れの言葉を忘れることはできない。

六月上旬、バリックパパンに入港中、乗員に赤痢患者が発生した。赤痢の蔓延《まんえん》を防止するため、患者を隔離するとともに、健康者の一部を陸上に移して、艦内の消毒を徹底する措置がとられた。動くに動けなくなったのだ。こうしたなかで「渾」作戦が発動された。十六戦隊司令官は、駆逐艦のみを率いてビアク島救援に向かった。柴艦長は地団駄を踏んでくやしがった。

しばらくして、「あ」号作戦が発動となった。動けないまま、艦長を中心にマリアナ方面の戦況を伝える暗号電報をむさぼり読んだ。じつに切ない、やり場のない思いであった。やっとのことで赤痢も終息して、艦長からそのむね電報報告されると、さっそく輸送任務が下令された。戦況にかんがみ、南西方面部隊指揮官は司令部をマニラに移すことになり、司令部員と物件を二回に分けて急速輸送することになった。

第一回は無事終了。第二回は七月十日、スラバヤを発ってシンガポール経由、十六日にマニラ着で輸送任務を終了した。当時、マニラの街は東方から迫りくる戦雲を映して、なんとなく騒然とした趣きを呈しはじめていた。それはシンガポールやジャカルタとはおよそ異なった空気ではあったが、まだ特産のマンゴーを味わえる余裕はあった。

ひとまずシンガポールに帰り、十六戦隊に合同せねばならない。つぎにいかなる任務が待っていることであろうか。スラバヤ〜マニラ間、高速連続二往復の間の、艦橋休憩室と旗甲板折椅子での仮眠には、さすがに疲労の蓄積を感じさせられた。

シンガポールに向かうにあたって、七月十七日いっぱい、艦隊司令部と根拠地隊司令部で、最近の敵潜情報と友軍部隊の協力可能の情況を検討した。その結果、パラワン水道、ボルネオ北西海面には敵潜の出没の疑いはあるが、連綴航空基地からの飛行警戒が期待できるのと、北方航路より航程が短いのを利として、ボルネオ北西岸航路をとることになった。

七月十八日午前五時、随伴の駆逐艦敷波《しきなみ》とともに出港して、いったん港外に出たが、敷波に機関故障が発生して、高速力航行不能となった。そこで、ともに湾内に引き返して仮泊し、敷波の故障復旧を待った。故障は重油に海水が混入したため、焚火汽醸困難ということであった。仮泊のあいだに入電した敵潜情報を整理検討した結果、パラワン水道からミリ沖にかけて、少なくとも三隻の敵潜の伏在が予想された。そこで当初の予定を変更し、新南群島（南沙諸島）の北西海面を経由して仏印サンジャック沖にいたり、ここで仮泊して大井から敷波に燃料を補給したのち、シンガポールに向かうことになった。

昭和５年頃の大井艦橋。天蓋は帆布張り。その下の円筒司令所内に操舵室。正面１番砲と艦橋両脇に３番４番砲。前檣上の円筒は方位盤装備の射撃指揮所

その予定変更を発電して、午後二時、マニラ湾仮泊地を発進して、掃海水道を出た。出撃直後、敷波を大井の左六十度、三千メートルに占位せしめ、速力二十二ノット、之字運動を実施しつつ針路二四〇度とした。午後六時四十五分にいたり、敵潜情報により基準針路を二七〇度にしている。

出撃後、ときどき豪雨が襲い、南西の風は十六メートルを記録し

ていたが、その後、風速はしだいに増加した。敷波は連続して艦橋に波浪をかぶる情況のため、夜半に速力を二十ノットに、十九日午前三時三十分には、さらに十八ノットに減速した。視界の悪化も考慮して、大井先頭、開距離千メートルの単縦陣とした。

爾後《じご》、入電する敵潜情報にもとづいて、基準針路を二六〇度、ついで二五〇度、さらに午前九時には二三五度に変針した。波浪は相変わらず高く、視界はいくぶん好転していたが、鉛色の空を背景に強風はハリヤードで泣きわめいていた。艦内哨戒第三配備で、見張員は十六名を数えたが、動揺は大きく、海面は白波のすじを引き、気泡、雷跡の発見はきめて困難を思わせた。

悲運を招いた一発の魚雷

午後十二時十四分、艦橋の見張指揮官が突如、「雷跡右艦尾」と大声で叫んだ。ほとんど同時に掌航海長も「雷跡艦尾近い」と報告した。一瞬、雷跡はどちらか迷ったが、発見者がいずれも左舷に位置していたため、哨戒長は左舷の誤報と判断、「面舵《おもかじ》一杯」を下令した。

舵がまだ動きはじめないうちに、左舷後部からズシンという腹にひびくような衝撃音が伝わり、船体をふるわせた。さらに白い雷跡が一本、左舷至近を前方に抜けた。やられた。とうとうやられた！　ただちに「配置につけ」「防水」を下令。みるみる速力は低下し、ついに停止した。

後部機械室の左舷に魚雷一本が命中、室内の当直員は全滅した。ただちに隣接区画の補強、漏水防止等、けんめいの防水作業が開始された。こんな海面で魚雷一本で沈められてたまるか。総員必死であった。初期の浸水により後部が約二メートル沈下したので、前部の注水可能区画に注水を行なった。

十三分後に後機右舷に重油火災が発生したので、消火作業を行なった。かと思うと、被害部から蒸気が噴出するので、主蒸気両舷交通弁を前機で遮断する。それでも、漏洩はなかなか止まらない。全艦をあげてのけんめいな奮闘にもかかわらず、防水作業は一進一退をくりかえし、そのまま時間は経過しつつあった。艦齢も古いとあって、魚雷の一撃はあちらこちらに漏水を生じ、被害はじわじわと拡大するようであった。

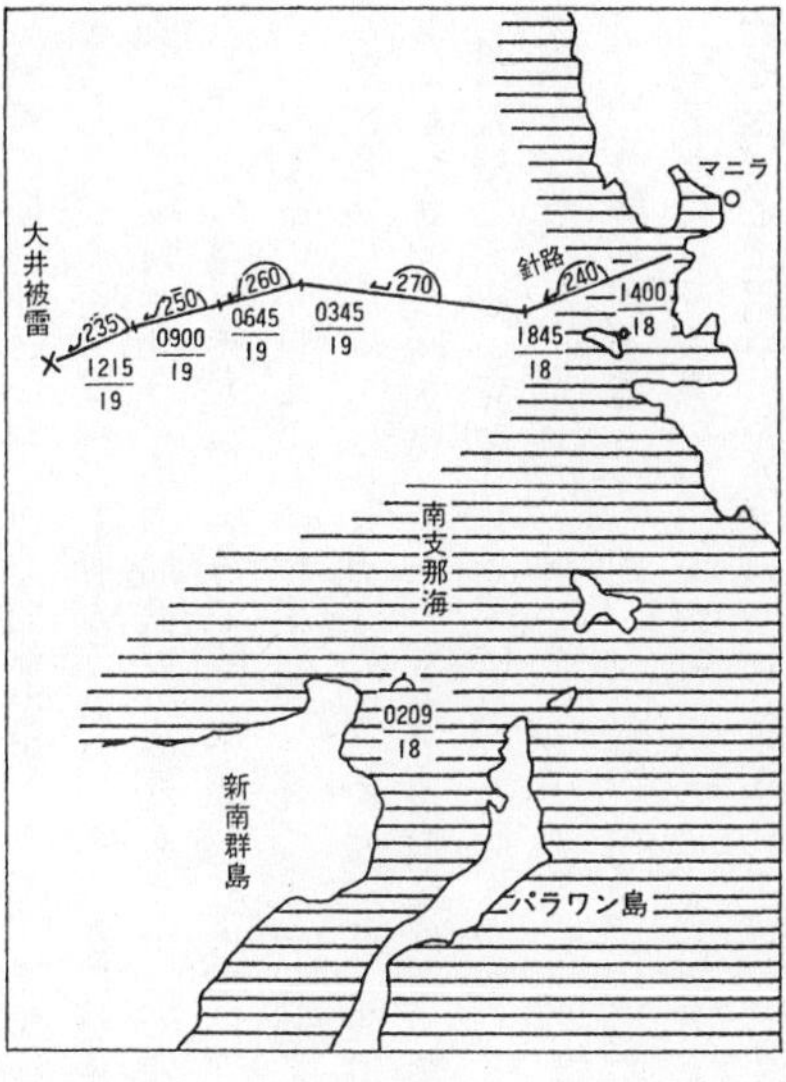

敷波は大井の周辺を警戒し、敵潜の制圧につとめていたが、効果は認められないままである。被雷後、二時間余、前部機械室におよんでいた浸水の排除に成功し、左舷外軸のみ使用可能との報告を受けたときは、危機脱出の希望も生じたかに見えた。

風浪に横倒しとなっていた船体を風に立て、まず作業を容易ならしむべく、左舷前進半速を令した。やがて異様な震動が伝わり、わずかに行き足が生じたかに見えたが、機関科指揮所から「震動が大きく損傷部拡大の恐れあり」との報告を得て、機械を停止せざるを得なかった。その後、まもなく午後二時三十分、左正横付近から本艦に、魚雷がボラ飛びしつつ向かってくるのが見えた。絶体絶命、これで止めを刺されるのかと、身を固くして見守る。跳出魚雷は三本で、カスカスに艦首をかわって走り去った。ホッとすると同時に、射点とおぼしき海面に向かい、主砲をもって砲撃を行なった。実際の効果はともかく、やられっ放しの気持をふるい立たせる効果は見落とせなかったであろう。敷波は射点付近に向首、爆雷攻撃を行なった。先刻の、機械の使用による振動により、ふたたび前部機械室に浸水がはじまり、全機使用不能となった。自力航行の希望は断たれたのである。

敵潜が再度、攻撃の機会をねらっているものと考えられ、風浪は依然強烈で、作業はきわめて困難と予想されたが、残された唯一の手段として、敷波による曳航を決意した。かくて両艦にたいして曳航、被曳航準備が下令され、まもなく曳索等の準備が完了し、機をうかがいつつあった。

船体はしだいに後部を沈下しつつあったが、午後五時二十五分にいたって、無気味な破壊音を立てながら損傷部から船体は二つに裂けてしまった。終始、艦橋にあって指揮をとっていた柴艦長は「もう、いかんな。止むを得ぬ」とつぶやいて「総員上へ」を令した。艦内の各部で防水応急作業に全力をつくしていた乗員は、つぎつぎと上甲板に集まって来る。

両舷のカッターをおろし、御写真と御勅諭は衛兵副司令が捧持してカッターへ乗り移る。ひとりでは脱出困難な病人や負傷者が、優先してカッターに収容された。永島軍医長は、まだ負傷兵が病室にのこっているとして艦内に入ったが、これが軍医長を見た最後であった。五時二十八分、切断部から徐々に沈下しはじめた。「総員退去」を下令。時に、午後五時二十八分、雷撃から五時間十四分後であった。艦首が上がるにともなって、みな艦首へと集まる。私も艦長に従って前甲板に出た。見張員長の西川上曹が、主砲用の空の薬嚢包を救命衫代わりに体を結びつけていたが、ほとんど無理やり私の体に結びつけた。

昭和３～５年頃の大井艦尾。軍艦旗両脇の機雷投下台の向こうは７番砲で、後檣上に見える探照灯の前方が前檣

　ますます傾斜は急となり、錨口付近でハンドレールを摑もうとしたが、もう支え切れなかった。だれかが落ちて来て体に当たった。もう真っ逆さまに落ちてゆく。海面が見えたように思う。落ちるの

に時間がかかったようにも思う。着水の感触は忘れてしまった。どこまで沈んで行くのか？真っ暗なあたりに少し白い泡が、そして明るさが見えたと思ったら、突然、海面に放り出された。何十メートル落ちていったことか。わが大井の姿は、もはや見当たらなかった。海水も飲んでなく、どこも痛くなかった。落下前、西川上曹が結びつけてくれた仮製救命衫はどこへ飛んでしまったのか。脱いだおぼえのない靴下もきれいになくなっていた。

見渡すと、荒狂う波間に乗員の顔が見え隠れしている。たがいに声をかけ励まし合う。空箱や円材が浮いていて、それに取りつくが、狂濤の力に何度もふり放された。視界内に見え隠れしていた頭が、強大な波頭をくぐって見渡すたびに、少しずつその数が減っていった。

敷波が行き足をとめては、乗員救助にあたっているのが見えていたが、いつしか風下側にしだいに遠ざかっていた。左足がつった。やっと治ったと思ったら、こんどは右足である。いよいよ最後か、何という呆気なさだろう。

と、かなたに遠く見えていた敷波の内火艇が急にこちらへ近づいて来、間もなく艇内に引き揚げられた。大井沈没後、敷波は単艦で敵潜による攻撃を警戒しながら勇敢に溺者救助に任じ、艦長以下三六八名を救助した。戦死者は、被雷直後は後部機械室当直員七名のみであったが、覆没後、副長の藤田虎次郎少佐以下一五一名に達したのである。

大井の最後を見送って四十年余、思い出すのは、はじめての乗艦実習に胸をときめかして舷梯を上がった江田内の大井であり、それはさらに海図室の狭さ、烹炊所の匂い、後甲板にあったガンルーム厠《かわや》の「匂い消し」の香りである。さらには艦橋から見る、高速で切りわけた波であった。そして辛《つら》かったのは、なんといっても被雷停止後の五時間の苦闘であった。大井が練習艦として送り出した学生、生徒、練習生、さらに戦時輸送した大勢の海軍や陸軍の将兵たち。そのだれ彼が、どこかで大井で過ごした日を、時間を、思い出すことがあるだろうか。

四水戦旗艦「由良」全艦火だるまの最後

総攻撃に策応すべく白昼堂々ガ島沖に突入した由良を襲った艦爆五機

当時「由良」機関科先任分隊長・海軍大尉　上村　嵐

昭和十六年十二月八日の開戦時、私は戦艦長門の分隊長であった。当時、長門は連合艦隊の旗艦であったので、連合艦隊司令長官山本《やまもと》五十六大将が座乗されて、全軍の指揮をとっておられた。緒戦時にはハワイの奇襲作戦をはじめとしてマレー、フィリピン等、各方面からつぎつぎに勇ましい戦捷の電報が入って、大いに士気があがっていた。ところが、長門は連合艦隊の旗艦であるため、前線には出動することなく、内地（瀬戸内海の柱島沖）にあって指揮に当たっていたのである。

上村嵐大尉

当時、私はまだ若く士気旺盛であったため、こんな情況では金鵄勲章がもらえないかも知れないと思い、第一線部隊の勤務を熱望した。そのかいあってか、昭和十七年五月一日、海軍大尉に進級と同時に、巡洋艦由良《ゆら》（長良型四番艦）の分隊長を命ぜられた。私は勇躍、佐世保の海軍工廠で修理整備中の同艦に着任し、機械分隊長（機関科先任分隊長）を命ぜられたのである。

当時、由良の艦長は佐藤四郎大佐（海兵四三期）で、機関長は佐藤義公中佐（海機三一期）であった。それから昭和十七年十月二十五日、ソロモン群島ガダルカナル島沖において、敵機の熾烈なる攻撃を受けて沈没するまで、約六ヵ月間にわたり同艦に勤務して、各方面の作戦行動に従事し、その最後を見届けたのである。

短期間の勤務であったが、私にとって今次大戦中の第一回目の遭難艦でもあり、いろいろな意味において、たいへん印象に残った艦である。同艦とともに戦った個人的な思い出を述べる前に、まず、ざっと開戦時からの由良の経歴をながめてみよう。なお、軽巡洋艦由良は、佐世保海軍工廠において建造され、大正十二年三月二十日に竣工している。同型艦は長良、五十鈴、名取などである。

開戦時の由良の航跡

昭和十六年、日米の風雲急を告げるころ、由良は第二十八、二十九、三十潜水隊の三隊をもって編制された第五潜水戦隊（司令官醍醐忠重少将）の旗艦（艦長三好輝彦大佐）として、いわゆる月月火水木金金の猛訓練に従事し、そのまま十二月八日の開戦を迎えたのである。以後、第一次マレー半島攻略作戦時には、マレー攻略部隊に属し、子隊《ねたい》とともに敵海上兵力撃滅、海上封鎖、海上索敵の任にあたった。

第二次マレー攻略、ボルネオ攻略作戦時には、ボルネオ上陸支援部隊に編入されてボルネオ作戦に従事した。これまでは潜水戦隊の旗艦として、潜水艦作戦の陣頭に立って活躍していたが、つづいて行なわれた昭和十七年二月四日のジャワ沖海戦のさいに、はじめて第五水雷戦隊の旗艦となり、西部作戦部隊に属して水上部隊の指揮をとったのである。

当時の由良艦長は、前述した三好輝彦大佐であり、機関長は佐藤義公中佐であった。そして、つづいて行なわれたインド洋、ベンガル湾方面の掃蕩作戦には、第一南遣艦隊の直率部隊の一艦として、敵艦隊の撃滅に従事した。この作戦終了後、四月十日付をもって由良はマレー部隊からのぞかれ、母港の佐世保に帰投した。

由良は開戦以来、ずーっと潜水戦隊あるいは水雷戦隊の旗艦として戦場にあり、各方面に行動して多大の戦果を挙げたのである。その間にあって船体、兵器、機関等にこれはという損傷を受けることもなく、大任を果たし、九州男子をもって編成された乗組員の士気はきわめて旺盛であった。なお、この間の由良の行動について、当時、由良機関長であった佐藤義公中佐は、つぎのように回想されている。

「――昭和十六年十一月二十八日、第五潜水戦隊旗艦として馬来部隊に編入され、十二月一日ごろ、どうしたことか比島方面に出動するということで、佐世保在泊艦船のなかでは最も早く出港したように思う。所属の潜水艦は、みな出動したあとであったのだろう。出港後、米英と戦争になることを（最後まで外交交渉はされるものの）艦長より聞いた。間もなく十二月八日の開戦を迎え、ニイタカヤマノボレとハワイ空襲、そして、つぎつぎに真珠湾攻撃の大戦果を洋上にて聞き、艦を挙げて喜び合ったものである。

それ以後、由良は急遽、比島方面の行動からボルネオ油田地帯、ミリ、クチン占領の陸軍上陸船団の護衛任務につくことになった。そしてカムラン湾に待機中の船団をボルネオ北岸に護衛、進攻作戦に従事した。途中、ボルネオ近海の海上には、毒々しい色をした海蛇が多く、驚かされた。いずれも艦が近くを通ると、垂直の格好になって海中にもぐり込んだ。

いよいよボルネオ北岸にいたり、陸軍部隊は船団から上陸したが、その上陸後の二、三の船が敵潜の攻撃を受けて炎上しているのを遠望した。由良も警戒を厳にして、終始停止することなく行動した。魚雷攻撃も二、三度受けたが、いちはやくこれを発見して急遽変針し、魚雷と併行に走って、危うく難をのがれたこともあった。

十二月二十七日、馬来部隊よりのぞかれ、南方部隊乙潜水部隊に編入された（一月に馬来部隊に復帰）。そして、第五潜水戦隊司令部は、由良よりペナンに移転し、旗艦としての任務は解かれた。爾後、エンドウ上陸作戦、アナンバス攻略作戦、バンカ・パレンバン上陸作戦に従事し、昭和十七年二月二十一日には、馬来部隊よりのぞかれ、蘭印部隊に編入された。そして、ジャワ上陸作戦に従事したあと、ふたたび馬来部隊に編入、引きつづきスマトラ北部上陸作戦、アンダマン攻略作戦、インド洋機動作戦等に従事した。

第五潜水戦隊司令部がペナンより由良に移転したのは、昭和十七年四月十一日のことであった」

良き上官たちの想い出

由良が久しぶりに戦地から佐世保に帰投し、佐世保海軍工廠で整備修理に従事しているころ、私は同艦に着任したのである。戦艦長門から転勤してきた私の眼には、由良は当初、三本煙突のスマートな軽巡には映ったが、その装備された兵器類はなんとなく旧式のものが多く、これはたいへんな艦に赴任したぞ、という感が強くした。しかし、艦内と乗組員には「常在戦場」の気分が充満しており、九州男子の本領を発揮するのはまさにこの艦であると痛感、武者ぶるいするのを感じたものである。

私が、昭和十七年五月に由良に着任したとき、すでに艦長は三好輝彦大佐から佐藤四郎大佐に代わっていた。佐藤艦長は潜水艦畑出身の偉丈夫で、堂々たる体格の持ち主であった。どことなく人を引きつける魅力を身につけた指揮官でもあった。この佐藤艦長については、私には忘れ得ぬ思い出がある。

それは私が勇躍、佐世保で修理整備中の由良に着任したときのことである。副長のとりはからいで「本艦はしばらく修理に従事しているから、その間に休暇をいただいて帰郷し、孝養をつくすとともに英気を養ってこい」とのことであった。私は開戦前から長いあいだ郷里（鹿児島）に帰省していなかったので、ちょうど良い機会だと思って、休暇をいただくことにした。そこで艦長のところに行って、着任の挨拶と同時に休暇のお願いをしたのである。

私は艦長の佐藤四郎大佐には、このとき初めて伺候したのであるが、私の着任の挨拶を聞いたあと「そうか、機関科の仕事は大変だと思うが、しっかり頼むぞ」と言われ、私が引き

由良。大正12年３月竣工の長良型４番艦。14cm 砲７基、速力36ノット

下がろうとすると「ちょっと待て、お父さんへのお土産にこれを持って帰れ」と、ニコニコ笑いながら机の引出しから布袋を出されて、私にくださった。

私はありがたく頂戴して引き下がったが、その袋のなかには、なんとその当時きわめて貴重なものとして誰もが欲しがっていた砂糖が入っていた。私はビックリした。まるで長年仕えていた部下にたいするように、着任したばかりの私に貴重なものをくださったのである。私はこの一事で、着任早々から佐藤艦長にたいして親近感と尊敬の念をおぼえた。おかげさまで私は、思わぬ親孝行をすることができたのである。

佐藤艦長は、つねに悠々として細事にこだわらず太っ腹の持ち主で、武人の風格があった。戦闘航海になると、常時艦橋にあって指揮をとっておられたが、部下にとってはじつに頼もしい艦長であった。

また、佐藤機関長は温厚篤実、きわめて真面目な先輩で、部下の長所を引き出して活用するという立派な方であった。若輩でまだ経験の浅い私は、佐藤機関長からいろいろと指導していただいた。また、機関科の電気分隊長も罐分隊長も、ともに特務士官出身の方ではあったが、二人とも非常によく出来た、しっかりした方だったので、私は気持よく勤務することができた。

同年輩の士官には、通信長の国生直扶大尉（海兵六五期）と飛行長の時枝重良大尉（海兵六六期）がいた。時枝大尉は、私とはコレスの間柄で同室だったので、意気投合していた。彼は文武両道の武人で、ときどき私に得意の謡《うたい》を聞かせてくれた。

なお、ついでに触れると、私が乗艦した昭和十七年五月ごろ、由良は第四水雷戦隊の旗艦で、司令官は西村祥治少将（海兵三九期）であった（六月二十日、高間完少将に交替）。そして機関参謀は前田馨少佐（海機三八期）で、私が生徒時代にお世話になった教官であった。前田参謀はじつに明るい、包容力のある立派な先輩であった。まだ分隊長勤務の浅い私にたいしても、いろいろと教えてくださった。また、由良の前に四水戦の旗艦であった軽巡那珂《なか》が、はじめて雷撃を受けて損傷したときの戦場体験や戦訓等についても、いろいろと教えていただいた。

そんなことで、公私ともにたいへんお世話になった前田参謀であるが、性格的にも意気投合して、一緒に戦い、一緒に上陸し、一緒に一杯やったりした。まるで私と血液型が同じではないかと思うほどの親しみを感じ、尊敬の念を抱いた方である。前田参謀とは内海西部からミッドウェーに出撃し、戦いに敗れて小松島に帰投するまでのわずかな期間ではあったが、いっしょに勤務してたいへん愉快な思い出をつくることができた。

後年、私が母校の海軍機関学校の教官になり、第五十五期生徒の後任学年監事を命ぜられ、海軍時代最高のやりがいを感じて全力を傾注し、最高の楽しい思い出をつくることができたのも、まさしく前田参謀のおかげだった。というのは、前田参謀は四水戦の機関参謀のあと、再度、機関学校の教官になられ、五十五期生徒の先任学年監事に任命されたとき、私を後任学年監事に推選してくださったのである。そのきっかけとなったのは、軽巡由良時代に前田参謀と意気投合したことにあった。

前田教官は現在も健在で、われわれ後輩の面倒を見ておられる。とくに私にとっては忘れることのできない海軍時代の大恩人のひとりである。

伝統の機関科魂

さて、緒戦時の作戦はきわめて順調に経過して、わが方が戦前には予想もしなかった戦略展開となった。ハワイ作戦や南方攻略等の第一段作戦は、事前によく研究され綿密に計画されていたので、うまく行ったのである。しかし、そのために戦局の進展が予想よりもずっと早くなり、第二段作戦においては、事前に十分研究する暇もなかったようである。そのうえ戦勝の勢いに乗って敵戦力を過小評価し、計画が杜撰《ずさん》になった傾向が認められた。

これが、その後の作戦において、大きな蹉跌《さてつ》を招く原因となった。南方作戦の終わった連合艦隊の大部の兵力は、南方から内地に引き揚げて、次期作戦の準備に入った。そして、つぎに策定されたのがミッドウェー海戦である。この作戦で軽巡由良は、第四水雷戦隊の旗艦として、第二艦隊を主力とする攻略部隊に編入された。第四水雷戦隊は第二駆逐隊（駆逐艦四隻）と第九駆逐隊（駆逐艦三隻）をもって編成されていた。

攻略部隊の目的は、内地およびマリアナ方面から出撃して洋上で合同し、六月七日、目指すミッドウェー島に陸上部隊を揚陸して同島を攻略し、航空基地および潜水艦基地を整備するという大きなものであった。攻略部隊の艦艇は、それぞれ本籍軍港での整備を終了して、五月中・下旬には内海西部に集結して待機した。そして五月二十七日、空母と攻略部隊が瀬戸内海の柱島を出撃し、二日後の二十九日には主力部隊が出撃して、ミッドウェーに向かったのである。

ところが、この作戦は敵側の事前察知による見事な逆襲をうけ、あっという間に空母（赤城、加賀、蒼龍、飛龍）四隻および重巡三隈《みくま》沈没、飛行機三二二機喪失という大敗戦となったのである。戦死者も搭乗員一二一名を含む三千名におよんだ。これは、今次大戦中におけるわが海軍の最初の大敗戦である。私はこのとき、これで一勝一敗となった。だから、これからが本当の決戦だという具合に考えていたが、どうもこの敗戦の傷は深く、その後、戦力の回復は容易ならぬものがあった。

軽巡由良は、この作戦では直接損傷を受けることなく、無事であった。ミッドウェー作戦の中止にともない、攻略部隊は戦場を離脱して内地へ帰投した。その母港の佐世保に帰投し

昭和５年、艦橋前方の滑走台上に射出機を試験的に装備、車輪つき艦上機を搭載した由良。艦橋構造物を格納庫とした。これは昭和８〜９年の近代化改装のさい撤去、後部に射出機を装備

たときのことであるが、印象深いエピソードがあるので、それを披露しよう。

佐世保に入港したその日、私は機関科の当直ではなかったが、当直であった特務士官の分隊長に代わって私が当直することにした。旧海軍においては、母港に帰投したときの当直士官は、兵科においても機関科においても、若い分隊長が当直士官をやるならわしになっていた。

ところで、機関科の仕事（機械、罐、電機等）は、兵科の仕事（砲術、水雷、航海等）に比してきわめて地味であるが、艦船行動の原動力であることはいうまでもない。今次大戦において、機関科の所掌事項にまずい点があって、艦船の行動に支障をきたしたことは一度もなかったのである。

ミッドウェー作戦のあと、由良は無事に母港の佐世保に入港したので、乗組員はそれこ

そ嬉々として上陸したが、私は当直につきながら（よくもまあ、生きて帰ってこれたものだなあ）と思った。そして、この艦が無事に帰ってこれたのは、戦闘航海中に由良の機械が一度も故障を起こさなかったからであることに気がついた。旧式の機械であったにもかかわらずである。

なんとなく、機械にお礼を言いたいような気になった。艦内にはその日、当直員だけが残っていた。私はまず機関科指揮所（操縦室）に行って見ようと思って、機械室に降りていった。すると機械室に明かりが灯《とも》っていて、室《へや》全体が明るく見える。誰か人のいる気配がした。私はいったい誰だろうと思って見ていると、その人は一升ビン（清酒）をぶらさげていた。

その人は、機械室装備の各種の補助機械を手でなでながら、何かつぶやいていた。耳をすまして聞いていると、「こんどの作戦行動でも、故障もせずよく作動してくれた。おかげで佐世保に帰投することができた。ありがとう。本当にありがとう。次回また出撃したら、よろしく頼むぞ。何もないが一杯飲んでくれ」と言いながら、その機械に酒をふりかけているのだ。私はそれを見て、ジーンと感動するものがあった。まるで生きている人間に話しかけているようであった。これぞ、まさにわが海軍の機関科魂そのものであった。

その人は、私の部下にあたる機械長であった。彼は、上陸して自分の家に帰る前に所掌の機械にたいし、それまでの労を多として、清酒をかけながらお礼をいっていたのである。機械というものは、いわば鉄製品の結合体である。したがって、人間のように心というものはない。だから使いぱなしにしてもよいと思われるが、そんなものではない。人間と同じように愛情をそそいで使用すれば、よく人間のいうことを聞いて作動してくれるのである。

一発できいた鉄拳療法

機関科魂のことについて触れたので、ついでにもうひとつ機関科員のエピソードを書きとめておこう。これはもっとあとの、由良がガ島戦に参加するようになってからのことである。ガ島輸送の往復のときのことか、ショートランドに待機中のことか、記憶がハッキリしないのであるが、いずれにせよ、敵機の熾烈な攻撃を受けたときのことである。

そのとき、機関科にあっては全力即時待機の状態にあったので、直ちに高速を出し、対空戦闘を行ないつつ投下された敵弾を回避したのである。ところが、機関科にあっては戦闘中、来襲した敵機はもちろんのこと、投下された敵弾は全然見えない。艦橋からの電話や伝声管によって、その概況を知るだけである。そのうえ戦闘中は、自艦の対空砲火のすさまじい音響で、まるで艦全体がおどらされているような状態になる。おまけに高速発揮によって、エンジンやボイラーは唸《うな》るような激しい音をひびかせている。そんななかで、それぞれが戦闘配置についているのである。

私は機関科操縦室にあって、眼では装備のあらゆる計器の動きを見ており、耳では艦橋からの指令を聞きながら機械音の異常の有無に注意し、軀体《からだ》の全機能を使って指揮をとっていた。しかし、恐怖心がないわけではない。じっと下腹に力を入れて、戦闘配置を死守すべく頑張っていたのである。そのような重苦しい雰囲気につつまれていたとき、機械室の配置についていた下士官の一人が、突然、恐怖心のあまりパニック状態におち入り、見る見るうちに顔面蒼白となり、ものが言えなくなった。

さあ、大変である。このまま放置すると、恐怖心が他の者に伝染して、とんでもないことになるのは明白である。さればといって、これを防止するのにはどうすればよいのか。なにせ初めてのことで、その処置がわからない。その時である。私は反射的に操縦室から飛び出して、その下士官のところに行き、それこそ無意識に大きな声で、「何をやっているのだ、しっかりしろ」と怒鳴りつけると同時に、思い切って一発ぶん殴ったのである。

すると、どうしたことか、その下士官はパッと眼をさましたように元気をとりもどし、動きはじめたではないか。まさに電撃療法一発の効果は甚大なものがあった。どうしてそんな処置をとったのか、まったく無意識的にとった処置であったが、思わぬ効果があったのである。

戦場にあっては、来襲する敵機を見ながら戦闘に従事する兵科の者も、恐怖心がともなわないことはないと思うが、敵機の姿を全然見ることのない機関科の者は、兵科の者以上に恐怖心をともなうものである。したがって、それを耐えしのぶだけの精神力が、とくに機関科の者には必要であるといっても過言ではあるまい。

四水戦旗艦としてソロモン進出

さて、ミッドウェーで思いがけない大敗を喫したため、連合艦隊が立ち直って次期作戦を検討策定するためには、相当の時間を必要とした。一方、わが方の戦力維持増強上、絶対必要な南方資源の輸送および南洋群島や占領地域の防備強化の点から、海上交通路の安全確保は必要欠くべからざるものがあった。ところが、あまりにも長く広くなった海上交通路は、防備用艦艇の弱体と相俟《あいま》って重大なる弱点となっていた。

そんなことで、昭和十七年五月ごろから房総沖から紀伊水道にかけて、アメリカ潜水艦の活動が認められた。そして紀伊半島沿岸には、あいついで被害が発生していた。そこで連合艦隊長官は六月十八日に第二、第三、第四水雷戦隊にたいして、内戦部隊と協力して本州南岸の敵潜掃蕩を命じた。

当時、由良は母港の佐世保にあって、休養整備に従事していたが、ふたたび出撃して、四国の小松島を基地として、子隊《ねたい》の駆逐艦とともに紀伊水道外方海域の対潜掃蕩作戦に従事した。ところが、たまたまこの時期にはアメリカ潜水艦の出現は少なく、珍しく「戦争とは退屈と見つけたり」といったような感がした。

各駆逐艦は輪番で出動した。由良もときどき出動して対潜掃蕩を行なったが、敵潜の出現がなかったので、これはという戦果もあがらなかった。由良にとっても乗組員にとっても、この時期はもっとも余裕のあったときである。戦争中ではあったが、このときばかりは余暇を楽しむことができたのである。

そうこうするうちに、連合艦隊は七月十四日付をもって編制の改正を行なった。これで由良は、四水戦の旗艦として当分のあいだ内地にあって、整備訓練に従事することになった。

このとき新しく編制されたのが第八艦隊（司令長官三川軍一中将）である。三川長官は旗艦鳥海を率いて七月十九日、内地を出発して南方に進出、三十日にラバウルに到着した。

ちょうどこの頃、ガダルカナル島のルンガ地区に陸上飛行場を造成することになり、つぎつぎに設営隊が送りこまれて、飛行場建設作業に従事した。そんな飛行場の完成を目前にした八月七日、それこそ突如として、米軍のソロモン反攻の大作戦が開始された。米軍がガ島とその対岸のツラギに上陸してきたのである。これから以後、日米間に史上有名なガ島の攻防戦が展開され、大激戦が長期にわたって繰りひろげられることになったのである。

八月七日早朝、ツラギとガ島に上陸を開始した米軍は、八日の夕方までに滑走路および主要施設を占領した。連合艦隊長官は、敵の本格的反攻と判断して直ちに対応策をとり、南東方面部隊を編成してこれに当たらしめた。それと同時に、前進部隊（第二艦隊基幹）と機動部隊（第三艦隊基幹）に南洋方面進出を命じた。また大本営と協議して、陸軍部隊派遣の準備を進めた。

基地航空部隊は、ラバウル所在の兵力に内南洋方面から増援した兵力を加え、反復してガ島泊地の敵艦隊を攻撃した。この攻撃では相当の戦果を挙げたが、わが方の被害も大きかった。第八艦隊は八月八日夜、泊地を夜襲して敵艦船に大打撃をあたえた。これが第一次ソロモン海戦である。それ以後、泊地に敵水上艦船が見えなくなったことから、敵の残存兵力は少なく、敵主力は撤退したものと考えられた。

その間にあって、陸軍部隊の上陸作戦が行なわれ、一木支隊先遣隊がトラック島において駆逐艦六隻に移乗して、八月十八日、ガ島に上陸した。さらに後続の一木支隊と横五特（海軍特別陸戦隊）が引きつづいて上陸すべく準備中のところ、敵機動部隊が出現し、八月二十四日、彼我の機動部隊が激突した。これが第二次ソロモン海戦である。この海戦で敵空母に損傷をあたえたが、わが方の航空母艦龍驤《りゅうじょう》が沈没し、飛行機隊の損害も少なくなかった。

内地にあって待機中の前進部隊は、南東方面の新情勢に応ずるべく南進行動を指令された。四水戦旗艦の由良は子隊《ねたい》とともに八月十一日、内地を発って十七日にトラックに進出した。そして、ソロモン方面に出現した敵機動部隊を撃滅すべく、さらに南下してソロモン方面に向かったのである。

かくして、ラバウルに進出した四水戦（旗艦由良）は、外南洋部隊に編入され、子隊とともにガ島にたいする陸軍部隊の増援作戦に従事することになった。当初、ガ島への陸軍部隊の輸送には、輸送船が使用されていたが、情勢の悪化にともなって駆逐艦を充当することになった。ラバウルに集結した陸軍部隊を駆逐艦に乗せて南下し、ショートランドを中継基地として、つぎつぎにガダルカナル島へ陸軍部隊を送りこむのである。いわゆる〝増援作戦〟の展開である。

これには、鼠《ねずみ》上陸作戦（駆逐艦輸送）と蟻《あり》上陸作戦（舟艇輸送）があった。由良はラバウルに待機してこの任にあたっていたが、ついには九月二十三日、ショートランドに進出した。九月に入ってから、敵B17のショートランドへの来襲は規模も頻度も増大していた。早朝の日出時と夕方の日没時には、定期的に来襲するようになった。

ショートランドの災厄

九月二十五日の早朝にも、敵機の来襲があった。当日は天候不良で、視界が悪かった。この日、午前六時三十分ごろ、私は機関科の当直勤務が終わったので、機関室から上甲板にあがり、朝食をとるべく後部中甲板にある士官室に入った。ちょうどそのとき、艦橋の当直を終わった通信長の国生大尉も入って来たので、二人で向かい合って食事をとった。当時、軽巡由良はこの最前線基地のショートランドに待機中で、第一警戒配備（機関科の方は全力即時待機）のままであった。

二人でそろそろ定期便（敵機の来襲）が来るころだなと話し合っていたら、思いたがわず、けたたましく「敵機来襲、総員配置につけ」のブザーが鳴りひびいた。それッというわけで、通信長は後部のラッタルから、私は前部のラッタルからそれぞれの戦闘配置につくべく、大急ぎで士官室から飛び出した。

私は上甲板に出たとき、ちょうど小便がしたくなった。そこで、戦闘配置につく前にすましておこうと思い、上甲板にあったトイレに飛び込んだ。

というのは前述したように、ショートランド待機中は、毎日のように早朝日出のころと、夕方日没のころに敵機の来襲があった。そして敵機を発見するや、直ちに総員配置について増速し、敵機が上空に達するころには、艦はもう相当の速力を出して敵機の投下爆弾を回避できる態勢になっていた。このとき、敵機発見から敵機が上空に達するまでには、だいたい四～五分を要していた。そんなことをくり返していたので、私はまだ小便をすます時間があると思い、トイレに飛び込んだわけである。

ところがである。私が急いで小便をしているとき「ドカン」と、それこそ百雷一時に落ちるような大音響とともに、物凄い爆風によって、私はそのままの姿で吹き飛ばされてしまった。まさしく敵弾が命中したのである。私は入口の扉に額をぶっつけて怪我《けが》をし、顔面が血だらけになった。しかし、それ以外はなんともなかった。

「しまった」と思って外へ出たとたん、今度はザーッと頭から海水をかぶって、ずぶ濡れになった。私はとっさに「これは大変なことになった。艦が沈むかも知れない」と思って、それこそ大急ぎで機関科指揮所へ走ろうとしたら、私の前を佐藤機関長が、血だらけになって走っていかれた。

私は機関長に飛びついて「機関長、大丈夫ですか。ひとまず手当をしてください。私が代わって指揮していますから」と言って、近くにあった戦闘治療室にかつぎ込んだ。それから私の戦闘配置である機関科指揮所に急いで走り込み、機関科の指揮をとった。なお、このときのことを佐藤機関長は次のように回想されている。

「朝食のあと甲板に出ていた私は、空襲警報で中甲板の機関長室へ手袋をとりに行き、机上にあった手袋を掴んだ瞬間、爆発の強い衝撃を感じた。そして室外に出ると同時に膝の下、足首の上に海水が浸水し、十数人の兵がザブザブと水の中を士官室前方の昇降口に向かって走っていくので、自分もそのあとにつづいて上甲板に出て、数歩あるいたところで機械分隊長（私のこと）に声をかけられた。それから、すぐそばを通っていた兵に左右から肩を抱きかかえられて、治療室に連れていかれた」

ところで私は、あれだけ上甲板が海水《みず》びたしになったので、艦が沈むのかもしれないと覚悟していたが、いっこうにその気配はなかった。どうなったのやらさっぱり分からないまま、重苦しい気分がつづいた。まもなく対空戦闘も終わり、空襲警報が解除されて、第一警戒配備にもどった。しかし、機関室から上甲板にあがってみて、びっくりした。なんと敵弾が後部砲塔、というよりも大砲の真芯に命中して爆発し、後部に戦闘配置のあった者全員が、壮烈なる戦死をとげていたのである。直撃弾とその物凄い爆風のため、軀体全体がやられたらしく、何ひとつ残るものがなく、全員が瞬時に消え去っていた。私と同時に後部のラッタルから戦闘配置につこうとして上甲板に飛び出した国生通信長も、もちろん、あとかたもなく壮烈な戦死をとげていた。

もしもその爆弾が、大砲の真芯からはずれて上甲板を貫通していたならば、その下部にあった弾火薬庫に命中、炸裂して、それこそ艦全体が轟沈していたはずである。あとで判明したことであるが、爆弾が命中した砲身には、ハッキリしたくぼみが認められていたのである。私が頭から海水をあびたのは、至近弾の海中爆発によるものであった。

今次大戦中に、敵機の投下した爆弾が大砲の真芯に命中、炸裂したという例は他にないと思う。それにしても前部のラッタルから上甲板に出てトイレに入っていた私は、爆風で吹き飛ばされたものの、さしたる怪我もなく生き残ったのである。まったく幸運であったと思わざるを得ない。

この九月二十五日は、前述したように天候不良で、曇って視界が悪かった。そのため敵機を発見して、総員配置が下令されたときには、すでに敵のB17二機は上空に飛来して、爆弾を投下していたのである。私はこの九月二十五日を、私個人の記念日の一つとして、毎年、しかるべき慰霊の儀を行ない、戦死者の冥福を祈っている。

大破炎上のはて砲雷撃処分

十月に入って、各駆逐隊の各艦は輪番輸送の任にあたり、その活躍はめざましいものがあった。由良も何回か陸兵を輸送したが、不眠不休の戦闘で、しかも高速を発揮しての往復行動で、まったく大変なものであった。この間にあって、敵の戦意もすさまじく、毎回空襲が続行された。そして、わが精鋭の駆逐艦の勇戦敢闘のかいもなく、つぎつぎに撃沈され、多数の将兵を失うに至ったのである。

一度こんなことがあった。十月十七日のことであったが、早朝、増援部隊の全力を挙げてショートランドを出撃し、ガダルカナル島に向かった。この作戦はじまっていらいの大部隊で、軽巡三隻（由良、川内、龍田）、駆逐艦十五隻による編成である。この大部隊が高速を発揮して南下するその様子は、じつに勇壮なものであった。

この日は珍しく敵襲もなく、午後八時三十分には泊地に進入して、揚陸を開始した。大発の協力を得て揚陸は順調に進み、わずか一時間にして終了した。その帰途の十月十八日、由良にとっては幸運なことが起きた。敵潜水艦の攻撃をうけ、由良の前部左舷側に魚雷が命中したのだが、不発だった。このときには、全艦が無事ショートランドに帰投している。

ともあれ、果てしもない攻防戦が連日つづいて行なわれていたが、その間にあって、陸軍の精鋭部隊による総攻撃が、十月二十二日と予定された。連合艦隊長官は、これに策応するよう各部隊の行動を命じた。このとき、由良は外南洋部隊第二攻撃隊の一艦として、敵艦船の東方脱出の阻止撃滅にあたることになり、状況によっては突撃隊（駆逐艦三隻）の支援を行なうことを命ぜられたのである。

ところが、陸軍部隊が二十一日早朝、攻撃発起のための展開線に向かったところ、地形が予想以上に嶮阻で、前進は困難をきわめた。そのため二十二日の攻撃は、まったく見込みが立たなくなった。そこで攻撃開始日を二十三日に延期、さらに二十三日の午後になって、二十四日にふたたび延期された。

海軍の各部隊は二十三日夜の、ついで二十四日夜の総攻撃に策応するよう行動した。第二攻撃隊の由良は二十三日ショートランドを出撃したのち、いったん帰投して二十四日午後、ふたたび出撃してガ島近くの突撃待機点に向かった。

二十四日午後十時三十分、ガ島の陸軍連絡参謀から「二一〇〇飛行場占領」の報が入った。そこで由良は勇躍ルンガ泊地に急進撃を開始した。ところが二十五日午前二時三十分、連絡参謀より「飛行場はいまだ占領しあらず」との報があった。そこでやむなく反転して、待機点に引き返した。作戦司令部は午前五時ごろ、敵陣地爆撃の要望と、敵軽巡一隻がルンガ入泊の情報があったので、いま一押しすれば陸上戦闘は成功するものと判断して、突撃隊に砲撃を下令した。

この状況を見て、第二攻撃隊の由良は、再反転してガ島に進撃した。

突撃隊は若干の敵機の攻撃を突破してルンガ泊地に突入、敵艦艇を掃蕩したあと敵砲兵陣地を砲撃した。このとき、敵陣地からの反撃と敵戦闘機の銃撃をうけて若干の被害をうけたが、引き上げた。

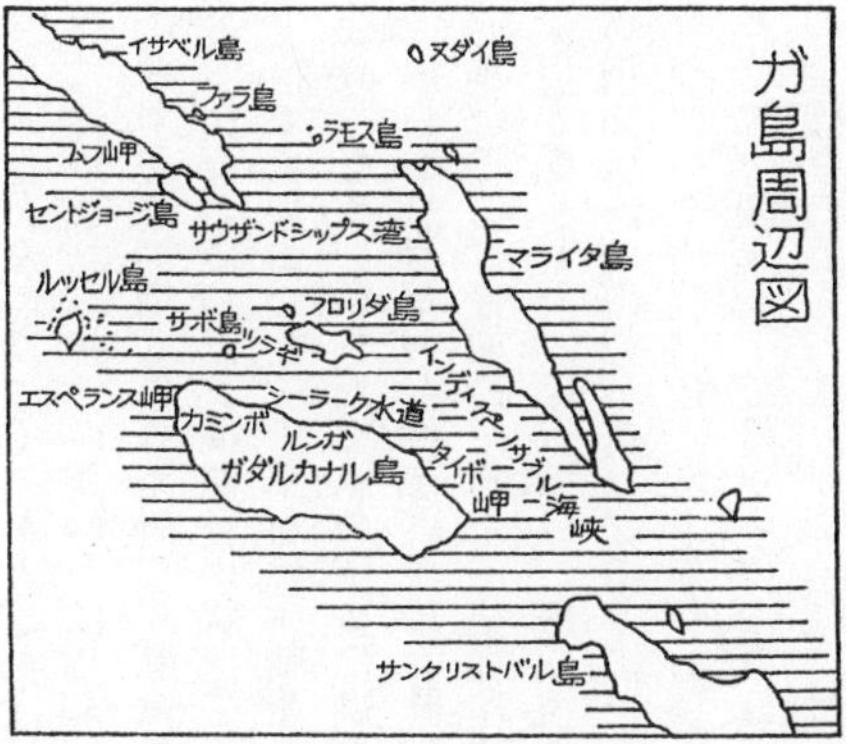

第二攻撃隊の由良は、午前十時五十五分、インディスペンサブル海峡を進撃中、敵艦爆五機の攻撃を受けた。艦は高速を発揮してこれに対応し、激烈なる対空戦闘を行なったが、最初の二弾が命中した。艦橋と中央部煙突である。瞬時にして、前部マストが吹き飛ばされた。

このとき、私は機関科指揮所（機械室）にあって運転指揮にあたっていたが、罐室が直撃をうけたらしく、見る見るうちに蒸気圧力が低下して、高速発揮が不可能になった。敵は集中的に由良に攻撃をしかけてきたらしく、こんどは後部機械室に命中弾をうけて、後機が使用不能となった。つづいて前機も使用不能となった。そのあと、一度に四発命中して、ついに各所に火災を発生、艦橋付近は火につつまれ、弾薬の誘爆がはじまった。

総員退去の命があったので、私は最後に機械室から上甲板に上がったところ、全艦が火だるまになっていた。機関科の状況を艦長に報告しようと思ったが、火災のため艦橋に行くことはできなかった。上甲板は、戦死者や戦傷者でいっぱいで、その凄惨なる有様は表現のしようもなく、いまだに私の脳裏に焼きついている。

由良掌航海長の今村徳夫氏によれば、由良は空襲をうけた直後に魚雷を海中に投棄したという。そして最初の一弾が、後部左舷発電機室付近に命中して爆破し、そのため中部甲板に火災が発生した。第二弾は、艦橋後部にある砲戦指揮所に命中した。そのため砲術長をはじめ指揮所内の砲術科員は、あとかたもなく吹き飛んでしまった。

つづいて煙突周辺に命中弾があって、罐室と機械室がやられたので、全機が停止した。これで二十四ノットで航走中の由良は、完全に停止してしまった。そのあと、こんどは爆弾が四番砲を直撃し、これが弾薬に誘爆した。これで由良は、もうどうにもならぬ状態におちいったが、佐藤艦長は艦橋上部甲板にあって、敵機をにらみつつ指揮をとっておられた。つぎつぎに戦死者、負傷者が出たため、艦橋内も出血のため歩けないほどであったという。

そのうちに、ついに総員退去の命が下った。私は上甲板に出て、しばらく激戦の模様を見ていたが、いまはこれまでと思って後甲板に走り、左舷後部に横付けした駆逐艦夕立に乗り移ろうとした。そのとき、ハッと気がついて後部の機関科事務所に飛びこんで、分隊員の考

昭和17年10月25日、大破炎上する由良。このの\ち航行不能となり駆逐艦春雨と夕立の攻撃により処分された

課表だけを持ってきた。そして、いちばん最後に夕立に飛び乗ったのである。

夕立の艦上から由良を見れば、まだ佐藤艦長は艦橋上部にあって指揮をとっておられた。私は悔し涙にくれ、茫然としてその姿を見ていた。残念無念とはまさにこのときのことである。

まもなく、停止している由良にたいして船体処分の命が下った。戦死をまぬがれた由良の乗組員は、大部分が夕立に救助され、一部は他の駆逐艦に救助された。春雨が処分艦に指定されたが、魚雷の一発目は自爆、二発目は艦尾に命中したが、なおも由良は沈まない。ついで夕立が砲撃して、ついに処分した。このときの状況を、由良の処分にあたった駆逐艦夕立の乗組員三木喜三郎二等兵曹は、次のように述べている。

「巡洋艦由良の最後が迫ったとき、夕立は直ちに横付けして乗員の救助につとめた。弾薬が誘爆し、火災の燃え盛る中に由良艦長一人が、艦と運命を共にすべく艦橋に立って指揮して居られたが、その雄姿は、到底言葉に尽くし得ない。ただ合掌したことであった」

佐藤艦長は、由良沈没の最後まで指揮をとられ、そのあと救助されたらしいが、その後、南方の根拠地隊司令官として活躍された。そして終戦後、従容として自決されたのである。

かくして軽巡由良は、昭和十七年十月二十五日の日没のころ、ガダルカナル島沖インディスペンサブル海峡において、建造いらい二十年にわたる歴史を閉じて、護国の捨石となったのである。私は味方の手によって処分され、くの字になって沈んでいく由良の姿を見て、言いようのない悔しさと燃えるような敵愾心をおぼえた。

由良の生存者はその夜、夕立から秋月に移乗した。そして翌日ラバウルに至り、陸上に収容されて次の行動を待ったのである。その後、ラバウル待機中の由良の生存者は、病院船に便乗してトラックに至り、ここで修理のため佐世保に回航する重巡妙高に移乗した。佐世保に帰還したのは、十一月下旬のことであった。

他艦から見た由良の最後

最後に、由良の最後を目撃した人たちの証言を幾つか引用させていただく。最初は第二攻撃隊の一艦として由良とともに戦った駆逐艦夕立の砲術長椛島千蔵大尉の十月二十五日の戦闘日誌から――

「――黎明いたる。然るに何ぞ。敵飛行場は今尚《なお》占領しあらざるものの如しと。何たることか。反転。続いて電あり。敵飛行場内にて敵味方激戦中なりと。敵駆逐艦及び輸送船団入泊、荷役開始の報により、第六駆逐隊突入す。これが支援及び陸戦協力のため、再び反転、急速引き返す、ガ島へ。第六駆逐隊は敵駆逐隊を追いはらい、輸送船三隻を撃沈。殊勲、殊勲！　敵は飛行場を尚使用しつつあり。一〇三〇頃、敵艦爆四機来襲。由良、秋月被爆。由良は射撃指揮所大破。航行の自由あやうし。一四ノット程度にて全軍反転す。ここフロリダ島なるに、残念至極。あと一歩というところ。しかし敵機が跳梁するとならば、水上艦艇のこれ以上の深入りは自滅以外の何ものでもなし。

第二次艦爆九機の爆撃、続いてB17六機編隊猛爆。いかんせん由良は運動の自由なし。由良火災、爆煙に包まれ凄絶。（中略）

由良猛炎に包まれ、加えて高角砲、機銃の弾薬に引火し、間断なく爆裂四散し、乗員は必死に消火に努むれど手の施しようなく、如何ともなしがたし。遂にこれが救助の命下り、吉《きっ》川《かわ》艦長敢然として燃えさかる由良の左舷後部に夕立を横付けし、後部に集合した乗員の救助に当たる。紅蓮の焔に包まれた艦橋上、佐藤艦長毅然として指揮に当たり、後部砲塔上に田中副長、沈着に現場の指揮に当たる。乗員また冷静に配置を守り、敢然として防火に努め美事なり。

ついに総員退去が令せられ、軍艦旗は降下されたり。

由良の船体処分の命が下され、暮色ようやく迫り、僚艦の見守るうちに春雨の放った魚雷命中。なお沈みやらず。夕立、さらに雷撃、轟然命中、船体は折れて沈下すれども、全没するに至らず、艦尾わずかに水上に浮かぶ。最後の介錯を小官うけたまわり、砲撃、処分す。（中略）

由良乗員三一九名を収容、隊を整えて配備点に向かう。深更、由良乗員を秋月に移す」

つぎに同じく駆逐艦村雨の砲術長であった鹿山誉大尉の十月二十五日の戦闘日誌から——

「——飛行場はどうしたことか占領していなかった。陸軍部隊は飛行場に突入しなかったらしい。しかし、第六駆逐隊が陸戦に協力するのに呼応し、われわれも秋月、由良、第二駆逐隊は、フロリダ島北方海面より、ガダルカナル東方海面に進撃せんとした。

敵の基地はすぐそこにある。陸軍が飛行場に突入しなかったため、敵は再度飛行場を使い始めて、一二〇〇頃には敵の艦爆六機が来襲。全機由良に喰いさがり、指揮所から上の前檣楼は吹き飛ばされた。一時間も経たないうちにまた三機、これも由良に集中した。回避しきれなくて、後部機械室に命中弾を受け、後機使用不能、前機もまた使用不能となる。各艦が直衛について警戒しながら十四ノットで西に向かう。更に艦爆三機来襲。今度は由良はねらわず各艦をねらった。（中略）

日没せんとする頃、由良、万策尽く。第二駆逐隊の各艦から、内火艇及びカッターを送る。

夕立は火災を起こしている由良の左舷後部に横付けして後甲板の乗員三〇〇余名を移乗させた。本艦の内火艇、カッターも重傷者十二名、その他十六名を救助したが、重傷者をハンモックで運び上げるのも大変である。

由良の火を吐く艦橋から士官が下り、軍艦旗を降ろして、前部から後部に廻されたカッター に乗員の移乗が終わった時には、日はとっぷりと暮れてしまった。司令官は将旗を村雨に移揚し、春雨が由良の処分艦に指定された。一発目は自爆、二発目は艦尾に命中したが、変化なし。処分艦は夕立に変更されたが、一発目は大偏射、二発目は後部に命中したが、目的を達せず。夕立は遂に大砲をもって砲撃、開始以来二時間を要して処分した」

また、由良の処分について、夕立水雷長の中村悌次中尉は次のように回想している。

「――燃え盛る艦橋に毅然として留まっておられた由良艦長の姿と、弾薬が次々と誘爆する後甲板に敢然と横付けして、多数の乗員を救出された夕立吉川艦長の決断は、今思い出しても感銘が深い。続いて夕立は、由良の処分を命じられ魚雷を発射することになった」

最後に同じく夕立電信員の宍戸善江兵長の記録によると――

「――一〇四五敵七機の攻撃を受け、巡洋艦由良艦橋及び中央部に爆弾命中、瞬時にして前部マストを吹き飛ばされる。敵は連続攻撃をしかけてくる。二回目、三回目は事なきを得たが、四回目の来襲で又も一弾命中、更に七回目に至り一度に命中弾四を受け、遂に火災発生、艦橋付近は火に包まれた。弾薬の誘爆が始まった。小さな爆発が連続するなか、本艦は、燃えさかる由良の艦尾に〝横付け〟を敢行し、乗員の救助に当たった。各駆逐艦からも、内火艇やカッターが矢のように集まってくる。

一五五〇に至り、乗組員をほとんど救助するも、艦長以下四人の幹部士官は、燃えかかっている最上艦橋に自若として動かず、最後の一兵が無事退去するの見届け、やっと猛火の中を短艇に移った。見る者のすべてに、深い感動を覚えさせた。

由良乗員五五〇名中、本艦が救助した者、実に三〇一名、あとは春雨、村雨、秋月とで各五十名内外。戦死は約四十名、重軽傷者は、本艦のみにても約三分の一に達した。夜に入り、由良は大半火に包まれたが、少しも沈む気配がない。やむなく、本艦と春雨の魚雷によってこれを沈めたのである。時に一八〇〇。（中略）思うに由良沈没の最大の原因は、陸軍の不確実な戦況通報にあって、占領せりという敵ルンガ飛行場は健在だったのである。だからこそ七回にも及ぶ反覆爆撃を受けたのである。敵の爆撃圏内に、しかも昼間堂々と突入してしまったのである」

航跡でたどる軽巡二十五隻の栄光と悲惨

戦史研究家　伊達　久

川の名で知られている軽巡洋艦（軽巡）の歴史は、大正初期に天龍型が設計されたときに始まる。

本格的な軽巡の型式をそなえ、水雷戦隊の旗艦にふさわしい新様式の軍艦は、タービン機関の発達により三十ノットていどの速力の軽巡が建造されるようになったので、大正四年に天龍、龍田が設計され、同六年に起工、大正八年に初めて軽巡として誕生した。

この両艦は、常備排水量三五〇〇トン、速力三十三ノットで、船体構造は当時の大型駆逐艦をそのまま拡大したようなものであった。兵装は一四センチ砲四門、発射管は五三センチ三連装二基、高角砲一門を装備していた。両艦とも竣工後の数年間、水雷戦隊の旗艦として就役したが、のちにこの任務を五五〇〇トン型にゆずり、中国方面の警備や防備部隊の旗艦に使用された。

大正六年に八四艦隊の建艦計画で天龍型六隻と、七二〇〇トン型軽巡三隻が建造の予定で

5500トン型の先頭をきって竣工した球磨型軽巡。上が球磨で下はの多摩

あったが、三五〇〇トンの天龍型では洋上で敵の巡洋戦艦に遭遇した場合、速力が不充分で逃げられぬから、一層高速化し、また砲力をさらに強化したいということになり、結局、七二〇〇トン型を中止し、三五〇〇トン型にかわって五五〇〇トン型八隻を建造することとなった。

大正七年いらい、八六艦隊、八八艦隊計画によって合計十四隻の五五〇〇トン型が建造され、多年、水雷戦隊の旗艦や主力艦の直衛巡洋艦として、わが巡洋艦の中堅勢力となった。この十四隻は大別すると、つぎの三型に分けられた。

▽球磨型五隻＝球磨、多摩、北

上、大井、木曾
▽長良型六隻＝長良、五十鈴、名取、由良、鬼怒、阿武隈
▽川内型三隻＝川内、神通、那珂
阿武隈と那珂は、建造中に大正十二年の関東大震災のため工事がおくれ、竣工期が遅延したため、それだけ細部ではいろいろと改正された。したがって、完成時の排水量の増加はほかの同型艦よりも大きかった。

五五〇〇トン型十四隻は、第一艦の球磨が大正九年八月に完成し、最後の那珂の竣工は大正十四年十一月であった。このように軽巡が整備されると、連合艦隊は夜間水雷戦の伝統の猛訓練をかさねた。夜戦訓練は暗夜、多数の艦艇がいりみだれ、高速で同時に目標の一点に肉薄殺到する行動は危険きわまりないもので、昭和二年八月、美保ヶ関で神通、那珂が訓練中に衝突により艦首を損傷し、駆逐艦一隻が沈没、一隻が損傷した。

五五〇〇トン型の建造が終わったとき、実戦能力においてほとんど五五〇〇トン型に劣らないで、排水量三一〇〇トンの小型新式軽巡夕張《ゆうばり》が大正十二年に竣工した。

夕張以後、軽巡はひさしく建造されなかったが、従来から水雷戦隊の旗艦として就役していた五五〇〇トン軽巡が旧式となり、昭和十五年に阿賀野型（阿賀野、能代、矢矧、酒匂）四隻が建造に着手された。この型は水雷戦隊の旗艦として、当時すでに一隻の大きさ二〇〇〇トンをこえていた新式の駆逐艦をひきいて、太平洋上においてアメリカ艦隊にたいして夜間強襲戦をこころみることを目的としたので、魚雷兵装も重視された。

基準排水量六六五二トン、速力三十五ノット、主砲一五センチ砲連装三基であった。阿賀野は昭和十五年六月、佐世保で起工、十七年十月に完成し、ひきつづいておなじ船台で矢矧、酒匂が順次建造され、能代のみ横須賀で昭和十八年六月に完成した。

GF旗艦をつとめた大淀の出現

阿賀野型とほぼ同時に大淀が設計され、潜水戦隊の旗艦用として当初は五〇〇〇トンであったが、昭和十八年二月、呉工廠で完成したときは、基準排水量八一六四トン、速力三十五ノット、兵装は一五・五センチ砲三連装二基、一〇センチ高角砲二連装四基が装備された。大淀は艦隊司令部の施設があり、通信兵装も完備していたので、当時、連合艦隊旗艦は武蔵であったが、行動に多量の重油を食う戦艦を旗艦につかうことは困難になり、大淀を連合艦隊旗艦とすることになり、横須賀で改造されて昭和十九年三月末に完成して、五月四日、連合艦隊旗艦となった。

つぎに、これまでとちがった型で練習巡洋艦（香取、鹿島、香椎）が開戦前に完成した。これは少尉候補生の練習航海に使用される目的で建造された。この型は戦闘を主任務とせず軽巡というよりも、むしろ潜水母艦に似ていて、速力は十八ノットしか出ず、基準排水量五八九〇トン、兵装は一四センチ連装砲二基、一二・七センチ連装高角砲一基を装備していたにすぎなかった。

特殊例として大井、北上が開戦直前に重雷装艦に改装された。

後部主砲三門をとりのぞき、煙突の両側から後方へ上甲板の高さに張出しをもうけ、片舷五基、合計十基の四連装発射管を装備した。魚雷四十本を搭載して、太平洋上における日米主力艦隊の決戦において、敵主力艦に重大なる一撃をくわえて味方の砲戦を有利にしようとする計画であったが、その威力を発揮する機会がなかった。

このように逐次整備と訓練をかさねてきて、太平洋戦争の開戦をむかえた軽巡は、水雷戦隊旗艦六隻、潜水戦隊旗艦二隻、巡洋艦戦隊八隻、艦隊旗艦三隻、遣支艦隊一隻に配備されていた。そして開戦と同時に第一水雷戦隊旗艦阿武隈《あぶくま》はハワイに、第二、四、五水雷戦隊旗艦神通《じんつう》、那珂、名取はフィリピン攻略作戦に、第三水雷戦隊旗艦川内《せんだい》はマレー作戦、第六水雷戦隊旗艦夕張《ゆうばり》はウェーク攻略作戦にスタートをきり、約一年間、南はソロモン、北はアリューシャン、東はミッドウェーと太平洋を縦横に活躍をつづけ、一隻の沈没艦もださなかったが、昭和十七年末に二隻が沈没した。

▽由良＝潜水戦隊旗艦としてマレー攻略作戦、バタビア沖海戦、第四水雷戦隊旗艦としてミッドウェー海戦に参加したのち、ソロモン方面に進出して第二次ソロモン海戦に参加、昭和十七年十月二十五日、ガダルカナル島の敵艦隊攻撃にむかったが、敵の艦上機とB17の攻撃をうけ航行不能となり、フロリダ島沖において友軍の魚雷と砲撃により沈んだ。

▽天龍＝ウェーク攻略作戦、珊瑚海海戦、第一次、第三次ソロモン海戦に参加。昭和十七年十二月十八日、ニューギニアのマダン攻略作戦時、マダン港外にて米潜水艦アルバコアの雷撃をうけ沈没した。

昭和十八年に入ると戦況はガダルカナル島の撤退、アッツ島の玉砕と南と北から連合軍は反攻してきた。ことにレーダーの出現により、わが水雷戦隊が得意とする夜戦もその実力を発揮することができなくなったが、昭和十八年における喪失は海戦で二隻だけであった。

▽神通＝第二水雷戦隊旗艦として、フィリピン攻略作戦、スラバヤ沖海戦、ミッドウェー海戦に参加。昭和十八年七月十三日、ソロモン諸島コロンバンガラ島に陸兵輸送中の駆逐艦四隻の警戒隊として、駆逐艦五隻をひきいて出撃、コロンバンガラ島沖で軽巡三隻、駆逐艦十隻と遭遇、コロンバンガラ島沖夜戦が開始され、神通は危険をかえりみず探照灯を照射したため集中砲火をあびて火災をおこし、沈没するまで砲撃をつづけたのち、ついに船体を切断されて、チョイセル島沖に沈没した。

▽川内＝第三水雷戦隊旗艦としてマレー作戦、ミッドウェー海戦、第三次ソロモン作戦に参加。昭和十八年十一月一日、ブーゲンビル島タロキナ岬に米軍が上陸してきた。これを迎え撃つため、五戦隊（妙高、羽黒）、十戦隊（阿賀野、駆逐艦三）とともにラバウルを出撃、ブーゲンビル島沖海戦となり、翌二日、敵艦隊を発見して魚雷戦をおこなった。発射後まもなく川内は集中砲火をうけ、大火災をおこして航行不能となり、さらに砲撃でタロキナ岬沖に沈没した。

大半は米潜水艦の餌食に

川内。大正13年４月竣工の5500トン型の最精鋭軽巡で、昭和18年11月の沈没まで３水戦旗艦。同型艦と異なり第１煙突を他の３本と同じ高さに短縮

昭和十九年に入ると米軍の反攻が激しくなり、マーシャル諸島への進攻、トラック空襲、ついでマリアナ進攻、レイテ湾上陸と米機動部隊の跳梁と潜水艦部隊の増強により、わが軽巡は半数以上の十四隻が喪失した。

▽球磨＝フィリピン攻略作戦後、南西方面第十六戦隊で同方面の輸送作戦に従事していた。昭和十九年一月十一日、マレー半島西岸のペナン沖で航空部隊の雷撃目標艦として航行中、英潜水艦タリホーの雷撃をうけて沈没した。

▽阿賀野＝昭和十八年十一月一日のブーゲンビル島沖海戦に参加後、ラバウルで損傷。ついでトラックに向かう途中、敵潜の雷撃をうけ能代や長良に曳航されてトラックに入港。応急修理後、昭和十九年二月十五日、トラックを出港し内地に向かったが、翌十六日、米潜水艦スケートの雷撃をうけ、十七日、北緯一〇度一〇分、東経一五一度四〇分にて沈没した。

▽那珂＝第四水雷戦隊旗艦としてフィリピン攻略作戦、スラバヤ沖海戦に参加。昭和十八年四月、第四艦隊第十四戦隊に編入され、同方面にて輸送作戦に従事中、昭和十九年二月十七日、前記の阿賀野を救助すべくトラックを出港したが、一足おそく阿賀野は沈没していたので、トラックに帰投中、北水道において敵艦上機の攻撃をうけ、雷撃により船体を切断して沈没した。

▽香取＝第六艦隊旗艦として潜水艦作戦を支援。昭和十九年二月十五日付で海上護衛総隊司令部に編成替えとなり、内地へ帰ることになって、船団を編成して十七日、トラックを出港、北水道を通過してまもなく敵艦上機の攻撃をうけ、雷撃により航行不能となった。さらに米

阿賀野型２番艦・能代。神通の沈没に伴い竣工（６月末）後まもなくの18年８月より２水戦旗艦となりマリアナ沖レイテ沖に戦い、19年10月26日沈没

重巡ミネアポリス、ニューオルリーンズと駆逐艦二隻の砲撃をうけて、北水道北方十浬《かいり》の地点に沈没した。

▽龍田＝ウェーク島攻略作戦、珊瑚海海戦に参加。昭和十八年四月、第十一水雷戦隊旗艦として内地において教育訓練に従事。昭和十九年三月十二日、内南洋方面基地を強化するため輸送船十二隻をひきいてサイパン島に向け木更津を出港、明くる十三日、八丈島西方四十浬にて米潜サンドランスの雷撃をうけて沈没した。

▽夕張＝第六水雷戦隊旗艦としてウェーク島攻略作戦、第一次ソロモン海戦に参加。昭和十九年三月二十二日、龍田よりも十日おそくサイパン島に向け船団を護衛して出港、サイパン島で一ヵ月待機後、パラオよりソンソロル島（パラオ南南西方）へ輸送を命ぜられ、四月二十七日、ソンソロルにぶじ輸送物件を揚陸、パラオにむけての帰途、米潜水艦ブルーギルの雷撃をうけて沈没した。

▽大井＝重雷装艦として洋上決戦を期待されたが、もっぱら輸送作戦に従事していた。昭和十九年七月十日、南西方面艦隊司令部人員と物件輸送のため、スラバヤを出港、シンガポールをへてマニラに到着。人員、物件を揚陸して十八日、マニラを出港、明くる十九日、米潜水艦フラッシャーの雷撃をうけ、北緯一三度一三分、東経一一四度五二分の地点で沈没した。

▽長良＝フィリピン攻略作戦、ミッドウェー海戦、第二次ソロモン海戦、南太平洋海戦、第三次ソロモン海戦など多くの海戦に参加後、輸送作戦に従事した。昭和十九年八月七日、沖縄輸送作戦をおえて鹿児島より佐世保へ向かう途中、米潜水艦クローカーの雷撃をうけ牛深

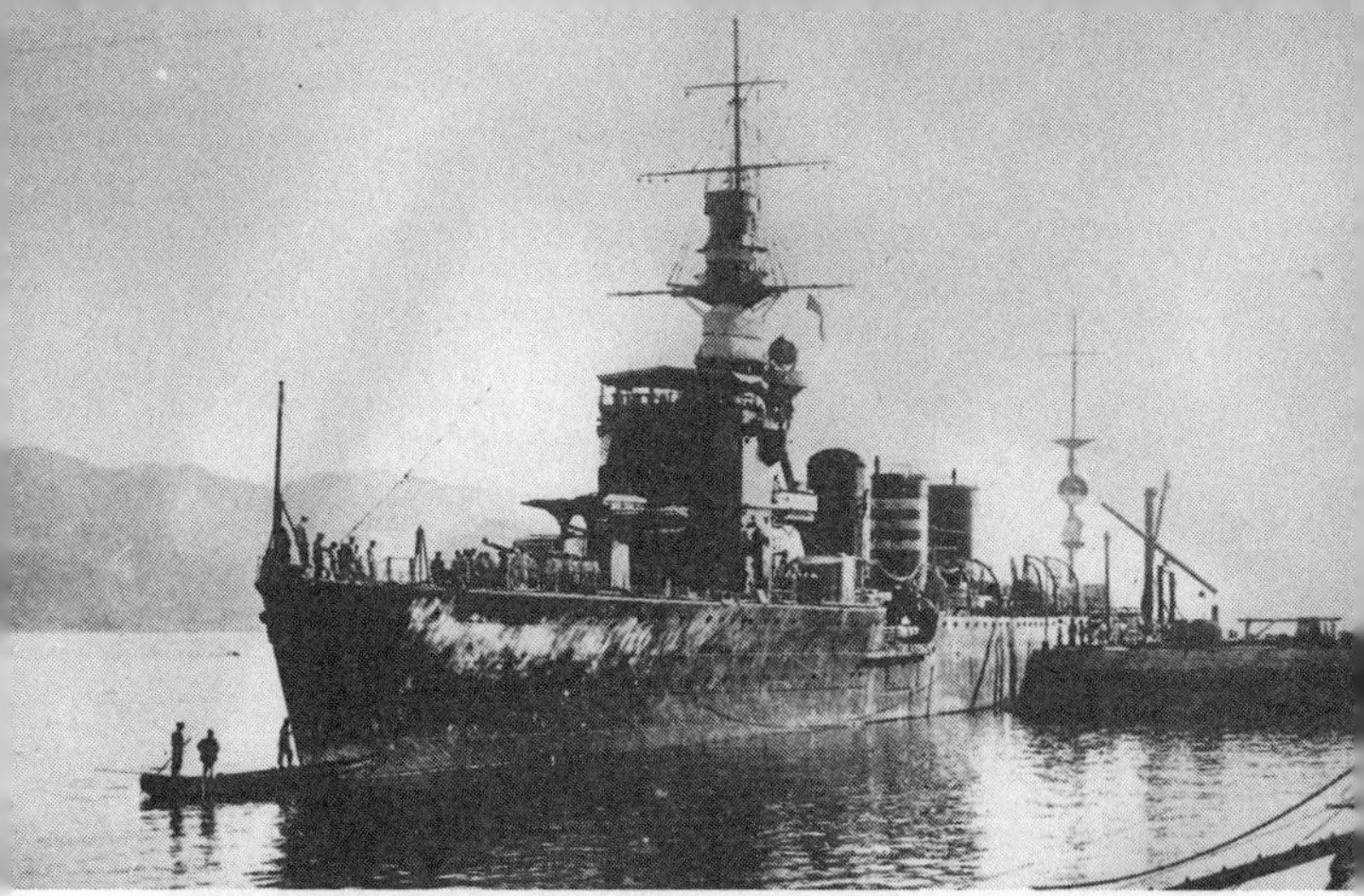

魚雷兵装＆航空兵装を強化した5500トン軽巡の中核戦力・長良型。上より長良。中段は名取。下はキスカ撤収作戦当時の阿武隈

（天草）の西方十キロの地点で沈没した。
▽名取＝第五水雷戦隊旗艦としてフィリピン攻略作戦、バタビア沖海戦に参加。昭和十九年八月、パラオに緊急輸送を命ぜられた名取は、マニラを出港したが、敵機動部隊来襲の情報により約一週間セブで待機したのち、八月十六日、セブを出港、サンベルナルジノ水道をとおり一路、パラオにむけ航行中の十八日、米潜水艦ハードヘッドの雷撃をうけ、ミンダナオ島ダバオの北東三八〇浬（北緯一二度四一分、東経一二九度二六分）において沈没した。
▽阿武隈＝第一水雷戦隊旗艦としてハワイ攻略作戦、アリューシャン攻略作戦、アッツ島沖海戦、キスカ撤収作戦など戦歴は輝かしいものであった。昭和十九年十月二十五日、比島沖海戦で志摩艦隊に属し、西村艦隊のあとにつづいてスリガオ海峡に進入、敵魚雷艇の攻撃をうけて魚雷一本が命中した。反転してミンダナオ島西北部ダピタンにて応急修理をしたのち、ミンドロ島南西方のコロンに向かう途中の二十六日、Ｂ24の攻撃をうけ爆弾三発命中、さらに魚雷四本が誘爆してネグロス南方に沈没した。
▽能代＝比島沖海戦に栗田艦隊第二水雷戦隊旗艦として参加。レイテ湾に進入したのち反転し、サンベルナルジノ海峡を通過して西航中の昭和十九年十月二十六日、艦上機八十機の攻撃をうけ、北緯一一度四二分、東経一二一度二一分の地点で沈没した。
▽多摩＝開戦いらい北方作戦に従事。昭和十九年十月二十日、比島沖海戦に小沢艦隊の一艦として内海西部を出撃、二十五日、敵機の攻撃をうけ魚雷命中により艦隊より落伍してしまった。単艦で航行中、米潜水艦ジャラオの雷撃をうけ、北緯二一度二三分、東経一二七度一

九分の地点で二つに切断され沈没した。
▽鬼怒＝潜水戦隊旗艦や輸送作戦に従事。昭和十九年十月二十六日、レイテ島オルモック輸送作戦でオルモックへの揚陸に成功し、その帰途、敵機の攻撃をうけパナイ島北東方の北緯一一度五〇分、東経一二三度一四分の地点に沈没した。

香取型３番艦の香椎＝昭和16年７月竣工。18年４月、セレター軍港在泊中で艦橋には防弾鋼鈑、前檣上に対潜見張所

▽木曾＝開戦いらい北方作戦に従事。昭和十九年十月二十九日、佐世保を出港して空母隼鷹とともにボルネオ島北岸ブルネイへの輸送任務に従事し、帰途マニラに入港待機中の十一月十三日から十四日にかけて、マニラ湾で敵機の攻撃をうけ沈没した。

昭和二十年になると、軽巡はわずかに七隻が残存するのみであった。制海空権はほとんど連合軍に帰し、行動する範囲はごくわずかであったが、軽巡は身軽さを買われて行動しなければならなかった。そしてさらに喪失を多くした。

▽香椎＝南遣艦隊の旗艦として南西方面において輸送に従事。昭和十九年五月、第一海上護衛隊に編入される。昭和二十年にはいると内地より船団を護衛して仏印に到着、帰途ふたたび船団を護衛して内地にむかったが、一月十二日、仏印キノン湾付近において敵艦上機の攻撃をうけ、船団もろともに沈没した。

▽五十鈴＝南太平洋海戦、第三次ソロモン海戦、比島沖海戦（小沢艦隊）に参加。昭和二十年四月七日、チモール島より陸軍部隊を輸送後、スラバヤに向かう途中、スンバワ島沖にて米潜水艦ゲビランおよびチャーの共同攻撃により沈没した。

▽矢矧＝第十戦隊旗艦として比島沖海戦（栗田艦隊）に参加。昭和二十年二月、第二水雷戦隊旗艦となる。四月六日、大和、矢矧、駆逐艦八隻は海上特攻隊として沖縄をめざして徳山を出撃した。明くる七日の午後、敵艦上機の攻撃がはじまり、矢矧は魚雷七本、爆弾十二発をうけて北緯三〇度四七分、東経一二八度八分の地点に沈没した。この大和、矢矧の最後が日本海軍の最後でもあった。

▽大淀＝連合艦隊旗艦、比島沖海戦（小沢艦隊）に参加後、江田島湾に停泊していたが、昭和二十年三月十九日、七月二十四日、同二十八日と三回にわたり艦上機の攻撃をうけ転覆沈没した。

終戦を迎えたとき、それまで二十五隻保有していた軽巡は、北上（航行不能）、酒匂、鹿島三隻が残存するだけであった。二十二隻が太平洋に沈んでいったのである。ちなみにアメリカ軽巡の太平洋方面の喪失はわずかに三隻であった。

残存の三隻は復員輸送艦（北上は輸送艦用の工作艦）となり、多くの復員者を内地に輸送した。酒匂は長門とともにビキニ環礁で原爆実験艦となり、昭和二十一年七月一日、原爆が酒匂の近くで爆発したため、爆発直後に大火災をおこし、一日中燃えつづけて翌日二日に沈没した。北上と鹿島は昭和二十一年、スクラップにされて、日本軽巡の歴史は終わった。

十八戦隊「天龍」マダン沖に消ゆ

ニューギニア方面攻略に奔走、敵潜魚雷に斃れた十八戦隊旗艦の航跡

当時「天龍」機械分隊長・海軍大尉　三浦　治

三浦治大尉

昭和十七年四月十五日付で、私は重巡鈴谷の罐分隊長から天龍《てんりゅう》機械分隊長へ転勤となった。転勤命令を受けとったので、さっそく人事部に出頭したところ、近く天龍は舞鶴へ入港するので、そのとき乗艦するようにとの指示があった。その間、思いがけない休養をとることができた。

五月二十三日、天龍が舞鶴に入港してきて、前任者の近藤一久機関大尉と交代、入渠整備に専念することになった。艦長は浅野新平大佐。背の高い貴公子のような人である。機関長は飯川秀喜機関大尉（広島県出身）、機関長付は布施谷機関少尉（京都府出身）であった。

整備と補充交代を終えた六月十三日、天龍は第十八戦隊司令部をむかえた。司令官は松山光治少将。参謀は篠原多磨夫中佐、星野清三郎大尉、恒住一夫機関大尉の三

人。そのほか暗号係の辻亀三兵曹長と司令部職員の下士官十名、兵十名などである。松山司令官は小柄で田舎の村長さんを思わせた。それに煙草をつぎからつぎへと吹かすのが気になった。篠原先任参謀は勝気な性格が全身にあふれていた。一方、星野通信参謀は何事にも冷静そのものであった。

このあと第十八戦隊の天龍と龍田とは、南洋部隊指揮官の命により、六月十八日、トラック島に集結することになった。そのころのトラック島は、前進基地として軍港以上のにぎわいが見られ、はじめて入港した艦船乗員にとっては、その雰囲気に圧倒されて、素直にとけこめないものがあった。

五月七日の珊瑚海海戦、六月五日のミッドウェー海戦の結果、米豪連絡線の遮断のためには、南東方面の航空基地の強化を急ぐ必要があった。そのため第十八戦隊は、他の水上部隊とともに、設営隊がラバウル、ラエ、カビエン、ツラギ、ガダルカナルの基地を整備するのを支援することになり、六月三十日、第十八戦隊は第六戦隊とともにトラック島を出撃した。

七月五日、ブーゲンビル島東部のキエタに入泊、燃料補給ののち、チョイセル島レカタ湾に入泊した。もっとも心配していた設営隊のガダルカナル島進出のメドがついたので、七月九日、つぎの作戦準備のためラバウルに入港した。

ラバウルは最前線基地としての緊張感が漂い、市街地は気味が悪いほど静まり返っていた。その街かどに、華僑の家族連れを見かけたが、このような遠くまで進出している彼らの生活力の旺盛なことに驚かずにはいられなかった。

また原住民は、野菜や果物をカヌーに積んでやってきて、物々交換をはじめる。みごとな鼈甲《べっこう》や鰐革《わにがわ》を手に入れた者もいる。彼らは煙草や日用品を喜んだようだ。

ラバウルに入港して間もなく、クラスメートの泉田清機関大尉が、めずらしい洋酒を持って陣中見舞にきてくれた。横浜航空隊の整備分隊長であった彼は、ツラギの本隊と離れてラバウルに来ていたとのことである。このあと各地を転戦して昭和二十年六月十六日、南シナ海で戦死をしている。

第一次ソロモン海戦を闘う

昭和十七年七月十四日、第八艦隊が新編され、南東方面の作戦を担当することになり、同三十日、ラバウルに進出した。鳥海、第十八戦隊（天龍、龍田）、第七潜水戦隊、第七根拠地隊、第八根拠地隊と付属艦船部隊とから成っている。

僚艦の龍田には、クラスメートの油井三郎機関大尉が分隊長として乗艦しており、第七潜水戦隊に属する伊一二三号潜水艦には、海軍機関学校へ入校したとき、同じ分隊の一号生徒として可愛がってもらった繁田実成機関大尉が機関長をしている。海軍で可愛がるということは、きびしく指導することを意味し、鉄拳を喰らった思い出もある。その機関長は、フロリダ島イースト岬見張所に糧食補給のあと、米駆逐艦の爆雷攻撃により、八月二十八日に艦と運命を共にしている。

七月四日「リ」号作戦協定が締結された。その大要は、海軍部隊護衛のもとに陸戦隊がブナに上陸し、陸軍は工兵隊を主力とする先遣隊をもって作戦路の探査開拓を行ない、陸戦隊が上陸地点を確保し、設営隊が作戦路を補修構築する、というものであった。

　東部ニューギニア攻略部隊指揮官である第十八戦隊司令官は、上陸日を七月二十一日夕刻と予定した。七月二十日朝、天龍以下が輸送船綾戸山丸、良洋丸、金龍丸を護衛して、ラバウルを出撃した。ひきつづいて龍田艦長指揮のもとに、第二次輸送が実施された。当時、敵大型機の行動はきわめて執拗をきわめた。第一次輸送のときは、高々度水平爆撃を行なっていたが、わが防空兵装の貧弱なことを看破したためか、第二次輸送においては、大型爆撃機でさえも銃撃をくり返し、急降下爆撃機を集中するようになった。

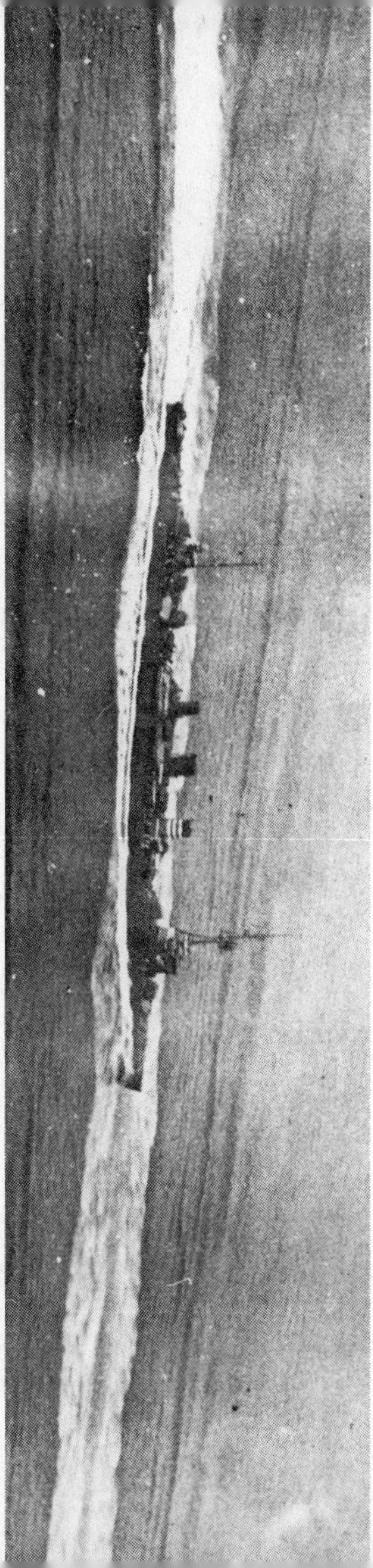

トラック方面を高速航行中の18戦隊・天龍。日本軽巡の先駆けで大正8年11月竣工。3500トン、全長142m、速力33ノット、航続力14ノット5000浬

しかし、横山先遣隊（独立工兵連隊）は二十九日朝までに、ココダおよび同飛行場を占領することができた。陸軍は研究作戦のあと、ポートモレスビーを陸路攻略する方針であったようである。詳しいことはわからなかったが、期待と不安とが入りまじった気持で、事態の推移を見守っていたのが思い出される。

昭和十七年六月から七月にかけての基地航空部隊の出撃は、ポートモレスビーに十四回、ラエ陸戦協力四回、その他七回におよぶ。また敵機の来襲は、ラバウルにたいし十一回、ツラギおよびガダルカナルにたいし二十回の多きに達した。このことから、敵の作戦指向がどこに向けられていたか、推察できたように思われる。

八月七日午前四時三十分、ツラギから敵来攻の緊急電が入った。つづいて六時十分、横浜空司令・宮崎重敏大佐からの「敵兵力大、最後の一兵まで守る、武運長久を祈る」の電報を最後に、連絡は途絶えた。これによって司令部も天龍士官室も騒然となった。そのうち鳥海、第六戦隊（青葉、加古、衣笠、古鷹）、第十八戦隊（天龍）、夕張、夕凪の計八隻が出撃した。これが第一次ソロモン海戦である。天龍は大正八年建造の老朽艦であるため、機関使用上の制限があった。鳥海、第六戦隊の各艦は三十ノット以上出せるが、天龍は二十六ノットが精一杯であった。そのため戦闘被害にたいしてはもちろんであるが、それよりも長時間の全力運転に耐えられるかどうかと、機関故障への不安が最後までつきまとっていた。

「リ」号研究作戦につづき、（一）ブナ輸送およびブナ飛行場整備を促進して、ポートモレスビー陸路攻略を支援し、（二）サマライ（ニューギニア東南端ミルン湾南方沖の小島）およびラビを攻略確保して、ポートモレスビー海路攻略部隊の推進基地とするための作戦を、第十八戦隊司令官が担当することになった。これは第一次ソロモン海戦の前のことだが、設営隊および陸軍糧秣の輸送につづいて、南海支隊主力の輸送が実施された。このとき天龍は、第二護衛隊として七月十七日夜半にラバウルを出撃し、バサブアに向かった。（一五九頁地図参照）

この日は、陸攻二十五機が零戦二十二機の掩護のもとにポートモレスビーを攻撃し、多大の戦果をあげた。翌十八日は、零戦のべ二十九機、艦爆三機および水偵が船団の対空、対潜警戒にあたった。このため二十一日夜明けまでに荷役を完了して、全部がラバウルに帰着することができた。敵の機影を見なかったのは七月二十日で、ブナ輸送をはじめてから最初であり、最後であったという。

ラビ飛行場の攻略

ラビの敵飛行場は、チャイナ水道を経由して、ポートモレスビーへ海路進出しようとしているわが軍にとって、重大な障害となる。また、ラビ岸壁があるミルン湾は、大艦隊の入泊に適しており、敵がこれに前進基地を置いた場合には、ラビ飛行場とあいまってブナはもちろん、ラエ、サラモア、さらにラバウル防衛の戦略態勢を崩壊させる恐れがあった。

このため八月十八日の一木支隊先遣隊のガダルカナル島上陸成功によって、同方面の情勢も好転するものと思われ、ラビおよびサマライ方面の作戦が開始された。こうしてラビ派遣

天龍後部。後檣と探照灯をはさんで14cm 4番砲と3番砲。その前方に方位測定アンテナ、煙突前部と後部に3連装発射管、魚雷6本、艦尾に8 cm 高角砲1基。昭和17年12月18日、被雷沈没

隊の護衛部隊指揮官の麾下部隊として、天龍は最初から終わりまで深い関わり合いをもつことになる。その天龍の乗員として、私には悪夢のような記憶が、断片的であるが思い出されてくる。

陸戦隊（呉五特）がラビに上陸する予定の前日にあたる八月二十四日は、陸攻機十四機が零戦と合同してブナに向かったが、途中、天候不良のため、引き返さざるを得なかった。また、上陸予定の二十五日午後、ようやく零戦六機がブナ基地を発進したが、密雲のため、船団上空に達することができなかった。

さらに二十五日以降、ブナは連日にわたって激しい空襲をうけ、零戦も減少してきた。このため、ブナ進出中の零戦および艦爆もラバウルに帰投したため、航空部隊のラビ上空制圧、陸戦協力はますます困難となった。

これが大きく影響したためか、二十五日の

夜襲失敗、揚陸物資焼失、大発全部使用不能と、明るい情報は伝わってこなかった。そのため二十八日、増援部隊として呉三特（呉第三特別陸戦隊）司令の矢野実中佐以下五七六名、吉岡中尉以下二〇〇名がくわわり、ラビ攻略部隊を編成し、態勢を建て直すことになった。

最初、ラビを奇襲占領するためのラビ派遣隊は、呉五特司令の林鉦次郎中佐を指揮官とする呉五特六一二名、佐五特の一部二二八名（指揮官藤川薫大尉）、十設の一部三六二名（指揮官新島技師）、計一二〇二名をもって編成された。また、ブナにあった月岡部隊（佐五特）三五三名は、舟艇機動によりグッドイナフ島経由タウポタに上陸、ラビの背後から突入するよう計画された。Y日は八月二十五日であった。これにたいする連合軍は着々と増強されて、豪州軍歩兵二個旅団七一二九名、工兵および高射砲隊からなる米軍一三六五名、航空部隊六六四名、計九一五八名であった。しかも装備は充実しており、飛行機はP40一個中隊および偵察機中隊の一部が進出していたらしい。

今度こそはと期待した八月三十日の夜襲も、堅固な陣地からの十字砲火により阻まれてしまった。零戦七機がラビを攻撃したとき、飛行場の北西に日章旗および爆撃中止板を認めた報告があったので、月岡部隊がしたものと思われた。九月一日には再度、夜襲を行なうことになり、安田部隊（横須賀鎮守府第五特別陸戦隊＝横五特＝司令・安田義達大佐）の二百名がラバウルを出撃した。

このときまで暗かった天龍の士官室も、急に明るい気分になり、さすがは月岡司令だと思った。佐世保第五特別陸戦隊（佐五特）司令の月岡寅重中佐は、私が鈴谷分隊長のときの砲術長で、夜間訓練のあと巡検までのわずかな時間を、士官室でトランプに興じた仲である。その副官の岡林一夫大尉は少尉候補生のとき八雲、磐手の練習艦隊で一緒に遠洋航海をした仲である。頑張れ、と思わずつぶやいたが、この月岡部隊のラビ進出は、誤りであったらしい。

九月二日夜の呉三特司令の電報により、敵は反撃に転じてきて、少数の陸戦隊の増援では戦況を有利に導くことは困難とのことで、安田部隊の増援は一時中止となった。三日夜、駆逐艦嵐《あらし》および浜風と陸戦隊との連絡がとれて、持久戦必ずしも不可能でないということになった。そこでまた安田部隊を再派遣して、陸軍の青葉支隊が来着するまで持ちこたえることになった。

九月四日夜、駆逐艦弥生《やよい》がミルン湾に進入し、糧食を渡したのち重傷者をふくむ二二四名を収容して五日、帰途についた。そのときの陸戦隊の状況は、食糧品の欠乏、医薬品の不足、疲労のほかに、足が腫《は》れて歩行困難の者が多く、戦意をなくして自分は重傷者と思い込んでいる者もいたようだ。誰を収容して帰るか、その判断には苦労したらしい。陸戦隊が上陸してきたミルン湾北岸は、千メートル以上の高い山が海岸に迫り、山と海とのあいだは、深い湿地帯で密林となっていた。付近は降雨量が多いうえに雨季に入っていたので、道はぬかるみと化した。昼は敵機に追いまわされて、衣服を乾かすこともできず、それらが原因で足が腫れてきたのではないかといわれた。

この地方は雨季になると密雲、スコール、晴れ間が交互にやってきて、味方飛行機は密雲

天龍、月岡部隊救出関係図

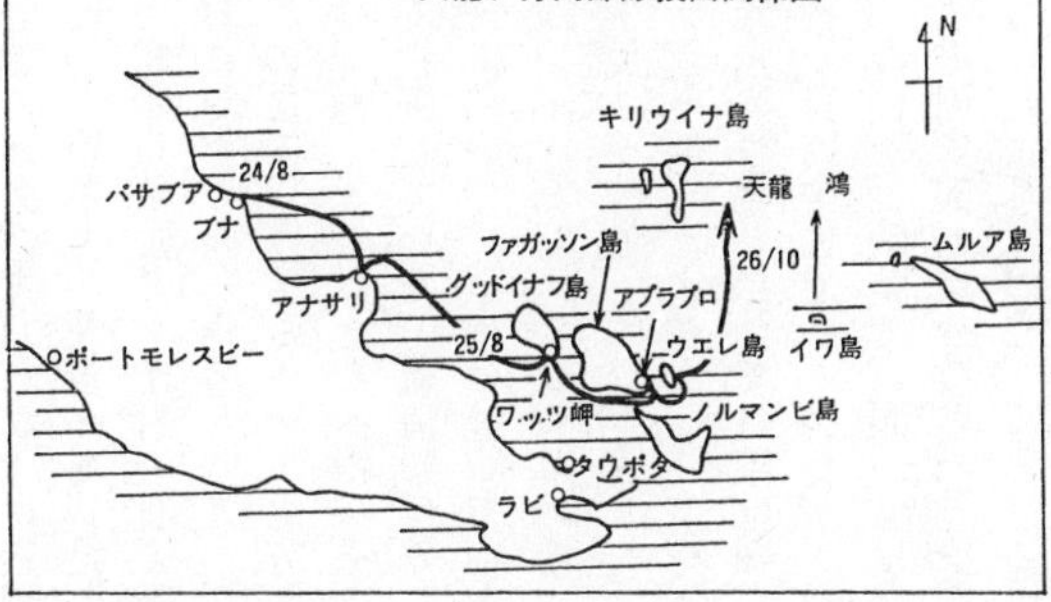

に妨げられることが多かった。一方、敵の航空機は晴れ間をみて飛び立ち、銃撃を加えていた。このような状況では、戦局の好転は望めないと判断されていたのか、安田部隊の増援をとりやめ、九月五日、全員を撤収することになった。このあと査問委員会ともいうべき事情聴取が行なわれたようだが、天の時地の利を得ず、しかも敵を甘く見すぎていたようだ。

月岡部隊の救出

ラビ全面撤退に当たって残された問題は、呉五特の海正面からの攻撃に呼応して、背後からラビを攻撃する予定になっていた月岡部隊（佐五特）の行方とその収容であった。

月岡部隊は八月二十四日早朝、大発七隻に分乗（司令以下三五三名）してブナを出撃し、二十五日の正午前、グッドイナフ島ワッツ岬東側海岸に達した。しかし、敵戦闘機の銃爆撃をうけ、大発全部が使用不能、死傷者十四名を出して、ラビ攻略に策応できなくなった。そのうえ携帯電信機が破損し、連絡ができなくなった。

ところが九月九日、ブナに残留していた月岡部隊副官から、部隊がグッドイナフ島で救出を待っているとの報告があったので、弥生と磯風が救出に向かった。しかし、弥生沈没のため一時中止となり、十月三日、伊一潜が陸戦隊員七十一名、戦死者の遺骨十三柱を収容して、六日にラバウルへ帰着した。

このころ、ガダルカナル島方面の情勢はさらに緊迫し、月岡部隊救出に赴くことのできる艦は天龍一隻だけとなった。その天龍も、十月二日未明にラバウルにおいて敵機の爆撃を受けて損傷していた。航海には差しつかえなかったが、十月二十日の完成をメドに応急修理をしていたので、救出は遅れていた。

十月二十三日、約二百名の有力な豪軍が逆上陸してきたので、転進するため二十四日夜、全員が大発二隻（潜水艦が置いていったもの）に分乗して、グッドイナフ島を去った。天龍と鴻《おおとり》（水雷艇）は二十六日、ラバウルを出撃した。鴻は途中で待機し、天龍は打合わせ地点のウエレ島沖で月岡部隊を収容した。収容人員は月岡司令以下の二六一名であった。小柄な月岡中佐ではあったが、足どりは思ったよりしっかりしていた。しかし、記憶にある柔和な面影は消えて、眼つきは鋭かった。その眼はガ島の奪回、ブナ方面の強化、ラビ攻略の三方面に兵力が分散され、そのうちラビ攻略ですら兵力を集中できなかった口惜しさを訴えていたように思う。

被弾後の応急修理

　これより先の九月中旬以降、敵機のラバウルにたいする来襲は激化した。これは南海支隊がイオリバイヤに進撃し、ポートモレスビーが大きな脅威をうけるようになったことと、ガダルカナル島の作戦を有利にするためのものだった。

　十月二日は午前三時四十分から四時十分にかけて、B17三機がラバウルに来襲し、東飛行場付近泊地および湾口哨戒中の艦艇が攻撃をうけた。天龍は後甲板左舷に命中弾および前部右舷側に至近弾をうけ、戦闘航海が不能となった。しかし、緊迫した当時の戦況を考慮し、約二十日間かけて、一応当面の作戦行動に支障のない程度に応急修理をほどこすことになった。これには、工作船八海丸の協力も大きかった。

昭和10～11年頃の天龍。羅針艦橋の天蓋はまだ開放式帆布張り。その下は円筒状の司令塔と14cm一番砲

　なお、この被害時の死傷者は戦死二十二名、

重傷十五名、軽傷十一名、計四十八名であった。砲弾の破片が頭部を貫通して即死した掌砲長、破片のため出血多量でどうにもならなかった者など、一瞬の出来事であった。士官室が治療室となって、生臭い血のにおいが充満した。戦死者は遺品となるものを残し、ラバウルの東飛行場の隅に穴を掘り、油をかけて荼毘《だび》に付したが、なぜか、なかなか燃えなくて困った。

艦は全面修理のため基地へ帰るか、あるいは応急修理をするにしても、トラックまで行かなければ修理ができないかが検討された。その結果、高角砲の砲身はとり寄せることになったが、ラバウルで応急修理ができることになった。そのころは、ラバウルも前進基地としての機能が着々と整備されつつあったのである。応急修理は熔接作業が多いので、空襲の目標とならないよう夜間は転錨、昼間は八海丸に横付けして修理することの繰り返しであった。月岡部隊の救出から帰投したあとの十月二十九日は、菊川丸がラバウルに着き砲身が届いたので、三十一日に取り付けることになった。八海丸の工員が天龍に乗艦のまま、高角砲を整備した。

試運転のため全力運転したとき、舵機操縦弁に夾雑物があり、閉鎖不能となった。が、その夾雑物を発見、除去することによって事なきを得た。天龍のほか第二八幡丸、備讃丸および第二福丸も至近弾のために船体が損傷し、死傷者が出たようである。

川口支隊、青葉支隊、第二師団によるガ島攻撃が失敗したので、局面を打開するため第三十八師団をガ島に送り込むことになった。この輸送増援部隊に修理の終わった天龍が編入され、十一月一日、ショートランドに到着、龍田と交代して鼠《ねずみ》輸送に従事した。

ガ島増援輸送の見通しがつかなくなっていたとき、敵がブナ東方の海岸に上陸してきた。ブナはラバウルから三四〇浬の距離にあり、ここが敵手に落ちれば、ラバウルは敵小型機の行動圏内に入り、連続して敵機の空襲を受けるおそれがある。この事態に対応するため、天龍はカビエンからラバウルに向かった。龍田の機関故障のためトラックにあった第十八戦隊司令官は、涼風でラバウルに進出した。十一月二十三日には将旗を天龍に移揚して、東部ニューギニア方面の輸送を担当することになった。

最初の仕事は、糧食弾薬の涸渇から事態が急迫しているブナへの輸送と、第二線であるラエ、サラモアの防備をかためるための輸送であった。まず佐五特本隊をサラモア、横五特の一部および五八二空の人員物件をラエに輸送することになった。このため春雨、白露、雷、磯波、早潮の五隻の駆逐艦に搭載して、第二駆逐隊司令指揮のもとに十一月二十三日、ラバウルを出撃した。しかし、月明下に敵機の爆撃をうけ、早潮が沈没した。ラエ方面の輸送も困難になりつつあった。

混成第二十一旅団（山県兵団）の第一次、第二次輸送も失敗し、これが最後と望みをかけた駆逐艦輸送は十二月八日早朝、ラバウルを出撃した。しかし、このときも朝潮が損害をうけ、揚陸の見込みきわめて少なしということで、正午ごろに反転し、夕方に帰着した。

天龍の最期

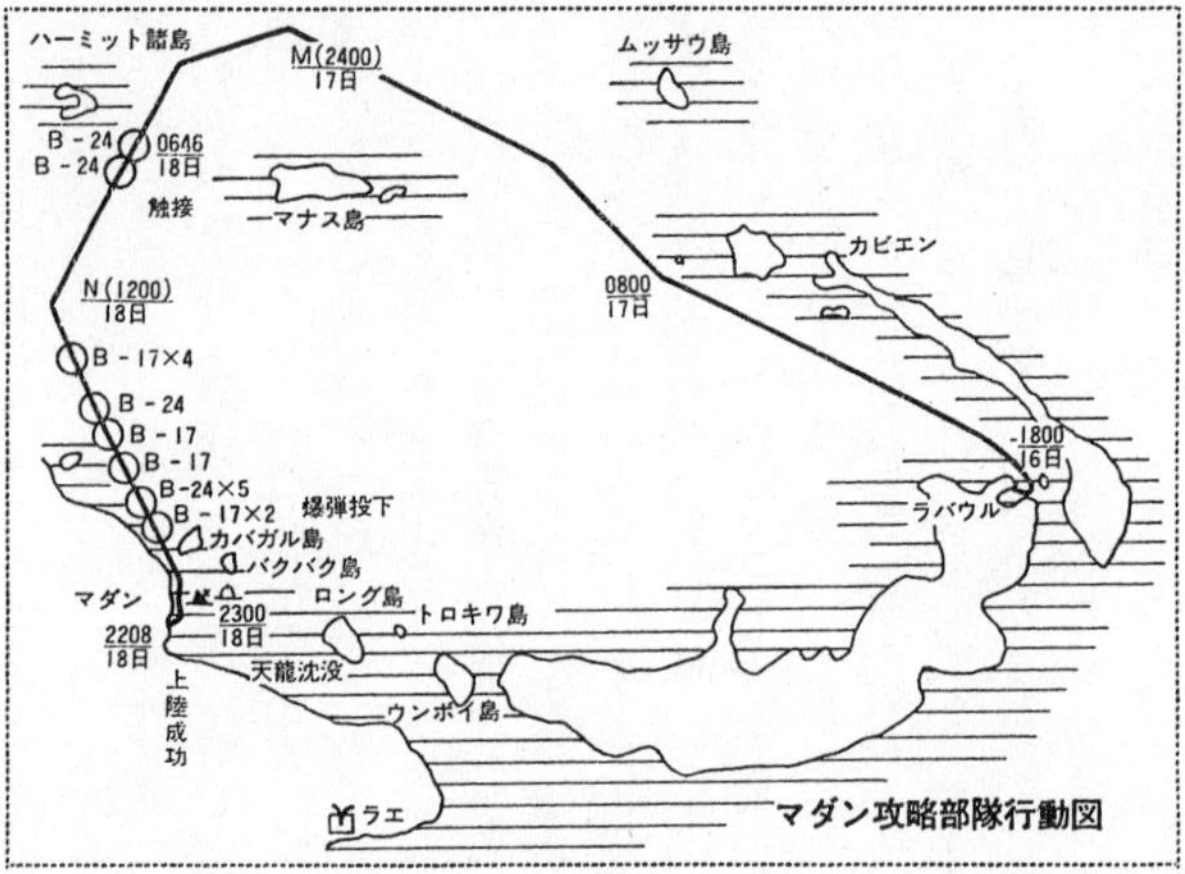

マダン攻略部隊行動図

マダン、ウエワクには、飛行場と比較的良好な港湾があり、この攻略が企図された。攻略後、これらの飛行場を拡張整備するとともに、ニューギニア北西部およびパラオを経由して、フィリピンからの後方補給線を確立して、ラエ、サラモアにたいする後方基地として強化することが、そのねらいであった。

ウエワク攻略部隊は、第十駆逐隊司令の指揮のもとに十二月十六日正午、ラバウルを出撃した。ついでマダン攻略部隊が、東部ニューギニア方面護衛隊指揮官（天龍に乗艦）直率のもとに同日午後六時、同じくラバウルを出撃した。

また、母艦航空部隊は十六日午前十時三十分、トラックを出撃して南下した。十六日午後八時、付近を航行中の伊三三潜から、予定航路近くに敵浮上潜水艦発見の報があった。しかし、会敵はしなかった。十七日にはカビエンから零戦三機がきて、上空を警戒してくれた。

十二月十八日は、夜の明けるころから敵大型機の執拗な触接をうけ、ときに爆撃をうけた。日が暮れて愛国丸、護国丸も泊地近くにきたので、護衛艦はそれを取りかこむようにゆるい速力で行動していた。終始、機械室にいた私はやれやれと思い、すぐ上の入口付近の上甲板で夕食の握り飯を食べ終えた。

そのとき八時二十分、魚雷が機械室の横腹に命中し、大きな震動とともに蒸気が噴出、重油が溢れ出した。重油で真っ黒になった飯川機関長は救け出すことができたが、布施谷機関長付のほか、ほとんどは救け出すことができなかった。このことはまことに申し訳ないと、いまでも思っている。

震動のため海に放り出された甲板員、めくれ上がり飛び散った船体の破片で怪我する者も多かった。隣りにいた下士官は、両足大腿部から下が吹き飛び、出血多量でみるみる青ざめて死んでいった。

ようやく騒ぎがおさまったが、機械室がやられて艦は航行不能におちいった。浸水は止まらず、沈没の危険は増すばかりであった。そのときの関係位置からすれば、輸送船をねらった潜水艦からの魚雷が、天龍に命中したように思う。

午後十一時、南緯五度八分、東経一四五度五七分の地点で、天龍は沈没した。ニューギニア護衛部隊指揮官は、天龍から磯波に移り、天龍乗員の生存者は涼風に収容されてラバウルへ向かった。ラバウル到着後、戦傷者はただちに病院に収容された。

このままでは、第一線でいかに勇戦敢闘しようとしても、限度がある。早く内戦の利を生かした不敗の態勢をとられないものかと思ったものである。

戦術の失敗は戦略でカバーできるが、戦略の誤りは戦術でカバーすることはむずかしいことを、身をもって知らされたように思う。

コレスの石井信太郎大尉に軍服を分けてもらったりして、身の回りをととのえたが、一週間ほどして、江田島の兵学校教官の内命をうけた。私は愛国丸で内地へ向かうことになった。

これからは専門的知識、技能のほかに、広い視野を持ち、柔軟な思考のできる士官が、より望まれると思わされた。

六水戦旗艦「夕張」ウェーキ島攻略作戦

荒天下の苦難と駆逐艦沈没を克服やり直しの実相を綴る参謀の手記

当時 第六水雷戦隊通信参謀・海軍大尉　山本唯志

当時、日米間の外交交渉は行きづまって、欧米諸国の経済封鎖は日増しに厳しくなり、日本をして開戦を余儀なくさせるべく仕向けられていた。私は第二艦隊第二水雷戦隊の旗艦・軽巡洋艦神通《じんつう》の通信長兼分隊長であったが、昭和十六年九月一日付で第六水雷戦隊参謀に補せられた。

九月五日、呉において退艦し、十日、横浜航空隊の飛行艇に便乗してサイパン経由で十三日、トラック島の第六水雷戦隊司令部に着任した。旗艦は夕張である。第六水雷戦隊（以下、六水戦と呼称）は第二十三駆逐隊（司令山田勇助中佐、菊月、夕月、卯月）、第二十九駆逐隊（司令瀬戸山安秀大佐、朝凪、夕凪、追風）、第三十駆逐隊（司令安武史郎大佐、睦月、弥生、望月）で編成されていた。

山本唯志大尉

六水戦は第四艦隊所属で、七月五日以降、南洋方面の常駐となっていた。着任当時の六水戦司令部の幹部は、司令官梶岡定道少将、隊機関長山崎義大佐、先任（水雷）参謀榎尾義男中佐（すぐに小山貞中佐と交替）、砲術参謀柳稔雄少佐、通信参謀山本唯志大尉（私）、機関参謀西田恒晃大尉であった。夕張艦長は阪匡身大佐、副長田中光夫中佐であった。

なお夕張は、私にとっては昭和八年の少尉時代いらいの二度目の勤務である。旗艦夕張が平賀譲船造中将の設計になることは、よく知られている。大佐時代に設計建造された軍艦であり、大正十一年ごろ、五五〇〇トン級の軽巡洋艦が多数建造されていたが、木曾型、五十鈴型は建造経費がかかるというので、経費節減のため試験的に建造されたのが、この夕張であった。

甲板上の構造物も、独創性に富んでいる。艦橋構造物に筒型がはじめて採用されており、前後二本の煙路を屈曲させて、上方で一本に結合した誘導煙突もユニークであった。また従来、後部に設けられていた士官の居住区を、艦橋構造物付近の中下甲板に設置したので、艦橋との連絡がきわめて便利になっている。

大正十一年六月、佐世保海軍工廠において起工、翌十二年七月三十一日竣工と、わずか一年二ヵ月のスピード建造である。これは早くこの艦の実績を見るため、特急工事で建造が進められたためといわれている。常備排水量は三一四一トンと小型だが、五五〇〇トン級軽巡とほぼ同等の攻撃力をもち、完成後に行なわれた各種試験の結果も、きわめて優秀であった。航洋性、船体振動性、動揺性などは五五〇〇トン級よりも良好な成績を示した。乗員の定員は艦長以下三二八名で、軽巡としては世界各国海軍の羨望と脅威の的であった。

ルオットへ進出

さて、標題にかかげた本作戦で攻略目標となったウェーキ島とは、いかなる島であろうか。日米両国側から見てみよう。米国にとっては、その海軍力、空軍力の東西にのびる作戦線、すなわちサンフランシスコ、ハワイ、グアム、マニラに通じる線の一大拠点であり、不沈空母的存在である。一方の日本にとっては、東京、硫黄島、南鳥島、サイパン、トラック島、クェゼリンを結ぶ、南東へのびる作戦線の一拠点であった。

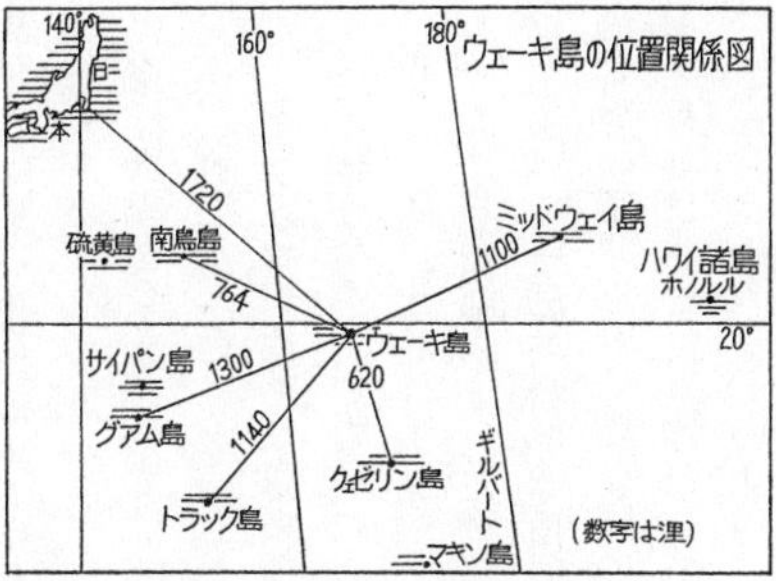

昭和十六年十一月七日、第一開戦準備が発令されたが、ウェーキ島については、航空機（陸上機、水上機とも）の基地が完備していることのほかは、まったく不明であった。十一月下旬になって、来栖《くるす》三郎特派大使が米国へ赴任する途中、同島に立ち寄ったさいに得られた情報により、正規兵約三百と人夫約千二百名がいることが、さらに判明しただけであった。

昭和十六年十一月二十一日付の南洋部隊命令作第一号により、ウェーキ島攻略作戦部隊指揮官に第六水雷戦隊司令官の梶岡定道少将が任ぜられた。さらに協力部隊として第十八戦隊（司令官丸茂邦則少将）、第二十四航空戦隊（司令官後藤英次少将）、第六根拠地隊（司令官八代祐吉少将）、第七潜水戦隊（司令官大西新蔵少将）が発令された。

南洋部隊司令部としては、水上部隊は攻略部隊指揮官の統一指揮のもとに作戦行動をとらせる計画であった。しかし第十八戦隊司令官に、第六水雷戦隊司令官より先任者が発令された。そのため、攻略部隊指揮官を十八戦隊司令官に変更する必要が生じたが、十八戦隊司令部の準備ができていないことから、あえて協力部隊にしたとのことであった。

ウェーキ島攻略作戦発動とともに、第二十四航空戦隊の航空攻撃によって、同島の航空兵力および防備施設を極力破壊し、しかるのち、攻略部隊による上陸を敢行させる方針であった。ウェーキ島攻略部隊指揮官は十一月二十二日、トラックにおいて、ウェーキ島攻略部隊の各隊（艦）はとくに企図の秘匿に努めるとともに、不慮の事故にたいして警戒を厳にし、十二月五日までにクェゼリン（ルオット）に集合するよう命令を発した。

十一月二十六日、いよいよ開戦を前提とした直接行動に移ることになった。夕張では出動準備に没頭していた。二十九日、金剛丸から夕張あての信号が届いた。「横須賀海軍軍需部ならびに海仁会より托送品あり。受け取られたし」

その受信文は、当直将校から関係者に持ちまわりで回覧された。掌経理長の加藤忠治主曹長は受信文を見たとたん、托送品は防暑服と酒保物品であることを直感した。夕張乗員にとっては、開戦にさいしての晴れ着であり、エネルギー源でもあるので、ぜひ必要な品である。少しでも多く受け取りたいむね主計長をへて副長に願い出て、許可になった。

全力航走中の夕張。常備排水量3141トン、全長139.89m。建造費節減のため軽量小型化高出力化すべく重油専焼罐８基、神風型駆逐艦のタービン３基、出力５万9700馬力で速力35.5ノット

掌経理長は、当直将校にカッター一隻と作業員を請求した。当直将校は伝令に命じ、艦内へ号令した。「第一カッター用意、各分隊作業員三名、後甲板に整列」カッターが舷門に着き、作業員が乗艇したので、加藤掌経理長がみずから艇指揮となって、夕張の舷門をはなれた。酒保物品受け取りである。短艇員のあやつるオールの動きも、心なしかきびきびしていた。

金剛丸に赴き、当直将校に来意を伝えると、金剛丸乗員も、船倉から荷物を揚げるメインデリックの操作などに協力してくれた。思ったより速く、防暑服と酒保物品の一部を受領し、意気揚々と帰艦した。カッターが舷門に着くと、舷門付近にはさらに各分隊から作業員が集められ、待機していた。受け取ってきた托送品は、またたく間に被服庫と酒保倉庫に運び込まれた。

午後四時の出港予定である。三時五十分、夕張の艦橋には司令官をはじめ幕僚たちの顔もそ

ろっている。通信参謀（私）が、信号員に旗旒信号を命じた。それを見て夕張の航海士が「出港用意、錨を揚げ」を報告する。ついで信号員長が「時間になりました」と告げ、通信参謀の信号員にたいする「卸《お》ろせ」で、発動になる。

夕張艦長が「錨を上げ」と号令、それが伝声管で前甲板へ報ぜられた。

信号員による出港ラッパが艦内にひびき渡った。六水戦所属の各駆逐艦は、夕張にならい錨を揚げる。通信参謀は信号員につぎつぎと旗旒信号を命じて、運動陣形の指示をする。

艦長は「前進原速」と速力を指示した。スピードマークは前進原速を示し、テレグラフ当番は通信器で機械室と罐室に知らせる。

六水戦（二十九駆二小隊欠、舞特陸指揮官内田謹一大尉は夕張に乗艦）は、夕張を先頭に隊番号順に、クェゼリン環礁のルオットに向けてトラック島を出撃した。夕張では航海中、訓練の合間を見て、乗組員に金剛丸から受け取った新しい防暑服を交換支給していた。

各方面の戦況に湧く

十二月三日午前六時三十分、ルオットに入泊した。攻略部隊の大半がルオットに集結したのは、十二月四日であった。攻略部隊司令部は、開戦直前の諸打合わせ等で繁忙をきわめたため、軍隊区分により編入された部隊の司令官巡視もできなかった。ウェーキ島攻略部隊の作戦行動開始から攻略完了までの軍隊区分は、一四九頁表のとおりである。

なお、潜水艦をもってする接岸誘導は、視界不良その他の情況からとくに必要と認める場合には、特令により実施することになっていた。すなわち道標艦（呂六五潜）は午後八時、所定位置に達し、攻略部隊を発見したならば味方識別信号を行ないつつ、おおむね現位置を保持し、攻略部隊各艦が航過後は機宜行動するのである。

さて、ウェーキ島攻略部隊司令部が、トラック出撃後に入手した情報は、二十四航戦の偵察（十二月四日）攻撃（八日）時に得たもので、一七五頁の要図のようなものであった。

●ウェーキ島攻略部隊軍隊区分

区分	指揮官	兵力	任務
本隊	6水戦司令官	6水戦（29駆逐隊、30駆逐隊〈1艦欠〉）4艦隊3号輸送艇	全般指揮 支援
第1攻略隊	29駆逐隊司令	29駆逐隊 第1特陸（舞特一コ中隊）	島嶼攻略
第2攻略隊	30駆逐隊司令	30駆逐隊の1艦 第32号哨戒艇 第33号哨戒艇 第2特陸（6根特陸一コ中隊）	敵兵力撃滅
潜水部隊	27潜水隊司令	27潜水隊	偵察監視 攻撃
水上偵察機隊	17航空隊分遣隊指揮官	17空水偵四機	前路及び上空警戒、揚陸作戦協力
設営隊	金剛丸艦長	金剛丸、基地設営班（四建）、監視艇三（六根）、漁船五（守備隊）	第1特陸の一部の輸送 全般作戦協力 基地設営防備
付属隊	金龍丸艦長	金龍丸 高角砲隊（4根）	第1特陸の大部輸送 全般作戦協力

十二月八日午後四時、軍令部第一部長発信のつぎの電報を受信した。

「一、〇一三〇マレー方面上陸開始。〇三三〇機動部隊のハワイ奇襲成功。

二、〇四〇〇南洋部隊指揮官発信の対米航空第一撃を敢行。すなわち在ルオット千歳空陸攻三十四機（指揮官・千歳空飛行隊長松田秀雄少佐）は八日〇五一〇基地を発信し、ウェーキ島の飛行場を爆撃、地上の全飛行機を焼却、多大の戦果をおさめ一四三〇ルオットに帰投した」

この日、夕張の艦内においては、乗組員の歓声が満ちあふれ、とくに休憩時の煙草盆の周辺は、喧々《けんけん》ごうごうであった。さらに、天皇陛下から連合艦隊司令長官にたまわった勅語が伝達され、身の引き締まる思いであった。

また、陸海軍大臣を宮中に召《め》されて、前戦にあって戦いつつある将兵に、あらためて次の勅語を下された。

「――さきに支那事変の発生を見るや、朕が陸海軍は勇奮健闘、すでに四年有半にわたり、不逞を膺懲《ようちょう》して戦果日に揚るも禍乱今に至り尚おさまらず。朕禍因の深く米英の包蔵せる非望にあるに鑑み、朕が政府をして事態を平和の裡《うち》に解決せしめんとしたるも、米英は平和を顧念するの誠意を示さざるのみならず、却《かえ》って経済上、軍事上の脅威を増強し、以て帝国を屈伏せしめんと図るに至れり。是において朕は帝国の自存自衛と、東亜永遠の平和確立とのため、ついに米英両国に対し戦を宣するに決せり。朕は汝等軍人の忠誠勇武に信倚《しんい》し、克《よ》く出師《すいし》の目的を貫徹し、以て帝国の光栄を全くせん事を期す」

荒天のため上陸を延期

十二月八日午後一時四十五分、第二十九駆逐隊（追風、疾風）と第三十駆逐隊（睦月、弥生、望月、如月）はルオット泊地を抜錨、クェゼリン環礁の北部にあるミルー水道外の敵潜水艦掃蕩配備につき、制圧掃蕩した。

つづいて午後三時十五分、第十八戦隊（天龍、龍田）および夕張、金剛丸、金龍丸、第三十二号哨戒艇、第三十三号哨戒艇が出撃した。水道通過後、警戒航行序列に占位し、速力十五ノット、針路二九〇度で進撃した。午後六時、夜間警戒航行序列をとり、午後十一時十五

第二十四航空戦隊の偵察したウェーキ島砲機銃陣地図
（昭16.12.4偵察および12.8攻撃時のもの）

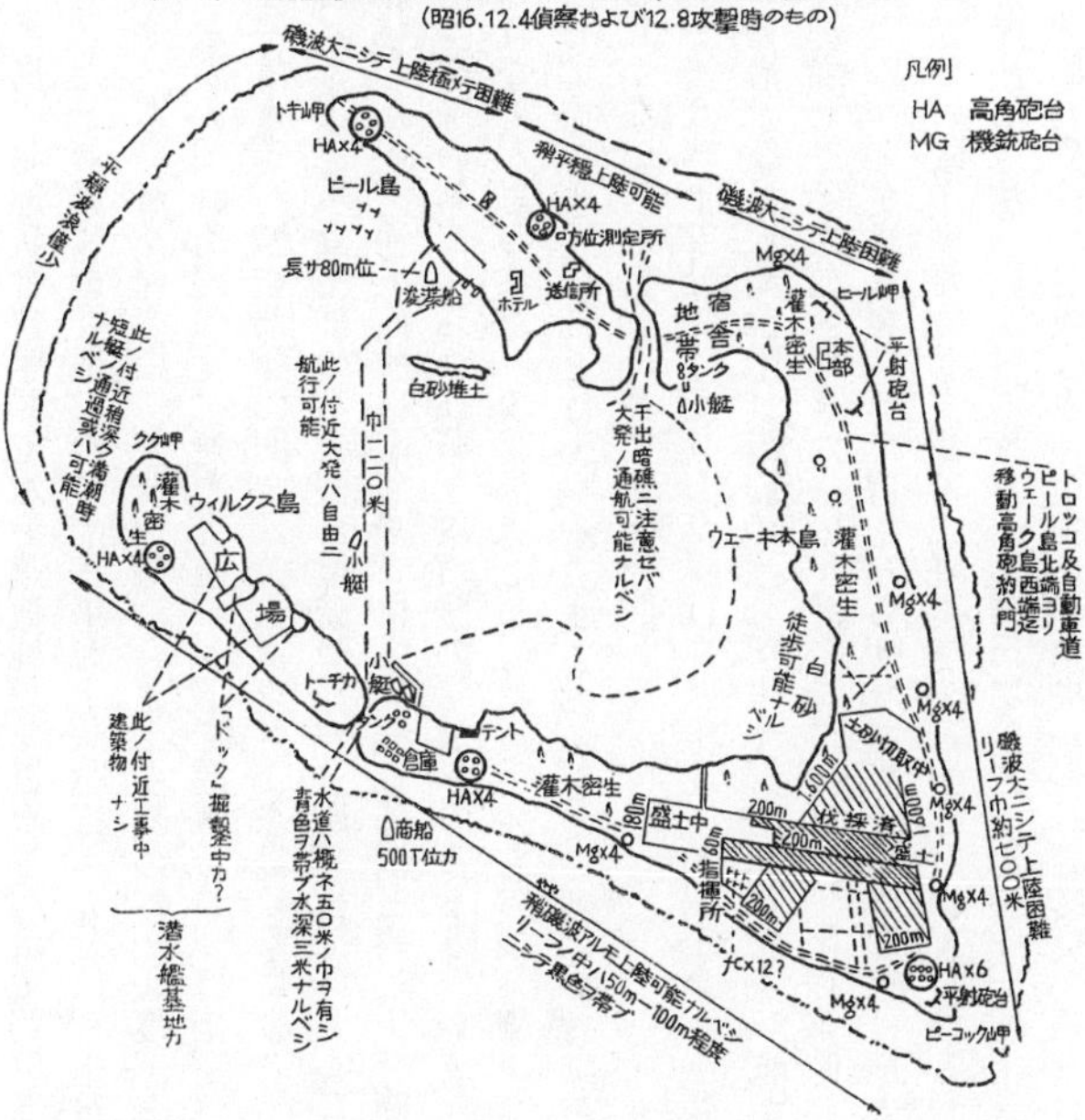

分、基準針路を三四〇度に変針した。

九日午前五時五分、麾下部隊および掩護隊の天龍、龍田に、前日初襲撃を行なった航空部隊によるウェーキ島の情報を通知した。また同八時三十五分、ウェーキ島攻略部隊および掩護隊にたいし、陸戦隊揚陸時の掩護射撃に関し、敵からの発見の有無にかかわらず、上陸舟艇が距岸二千メートルに達した時機から、敵砲台等にたいし射撃すべき旨の信令を出した。

十日午前六時十五分、夕張では九日に千歳空がウェーキ島の北部兵舎倉庫群や水上基地施設を爆撃し、敵戦闘機二機と空戦して、その一機を撃墜したとの電報を受信した。十日午前十一時三十五分に、午後一時発動で第四接岸序列に占位すべき命令を発した。午後一時、ウェーキ島の二一〇度、一二〇浬《かいり》に達し、所定の隊形をととのえ、針路四〇度、速力十三ノットで進撃をつづけた。

午後六時、航空部隊に関する第三次ウェーキ島攻撃による情報を受信した。それによると、ウェーキ島本島南部の高角砲、機銃陣地、倉庫、指揮所およびウィルクス西部高角砲台等を爆撃したが、地上砲火は熾烈で、爆撃後、戦闘機と約三十分間の空戦があったという。この航空部隊の第二次および第三次攻撃の状況からみると、いまだに戦闘機が残存しているかも知れないと思われた。攻略部隊としては、手持ちの飛行機はない。しかも上陸点まぢかに到着している現在、あとは大発をうまくおろして、特陸（特別陸戦隊）を速やかに送り出すことしかない、と自分なりに考えた。

午後八時十五分にいたり、夕張は右四十度、約四千メートルに味方潜水艦一隻を発見した。この潜水艦は攻略部隊誘導艦の呂号第六十五潜水艦であった。これで上陸予定地まであと三十浬あることが確認できたので、北上をつづけた。午後十時三十二分、全軍に方向性信号灯で、ウェーキ島を発見した旨を知らせた。当時の風向東、風力十四メートル、波浪やうねりは大で、敵岸に離隔して隠密に舟艇をおろすことは不可能と判断された。午後十時四十五分、揚陸法第二法（陸岸に近接して、隠密に大発をおろす法）を下令した。

その五分後、夕張はウェーキ島の中央から二五〇度、八千メートルに達した。攻略部隊指揮官は、第一攻略隊指揮官（追風に乗艦の第二十九駆逐隊司令瀬戸山安秀大佐）および第二攻略隊指揮官（睦月に乗艦の第三十駆逐隊司令安武史郎大佐）に規約信号で「列を解き、適当の地点にいたり舟艇をおろし上陸せしめよ」つづいて午後十一時五分、全艦にたいし「列を解き、予定のごとく行動せよ」と令した。視界は十キロで、日の出時刻は午前四時十六分である。

十二月十一日午前零時、金剛丸および金龍丸は大発卸し方を開始した。金剛丸艦長は「本艦、大発おろすさい動揺のため一隻使用不可能となる。いま一隻調査中」ついで午前零時五十分「大発艇員海中に墜落、行方不明」さらに午前一時三分「大発卸し方実施せるも、動揺のため上甲板に転覆、ただいま復旧作業中。このままにては作業不可能と認む。ご指示を乞う」と報告要請してきた。

金龍丸でも大発卸し方に苦労し、十一日午前零時十分「動揺のため卸し方作業暇取りつつあり」さらに零時四十分「大発一隻舷側において使用不可能、他の一隻は目下調査中なるも使用不能の見込み」と、方向信号灯で報告してきた。

ウェーキ島攻略部隊指揮官は、大発卸し方の遅延にかんがみ、当初の計画である接岸時刻の午前二時を三時に変更することを決意し、全軍に下令した。

一方、第二攻略隊の誘導艦睦月は、午前零時四十分にはウィルクス島北端・クク岬の二一八度二浬に占位し、第三十二号哨戒艇および第三十三号哨戒艇は、所定の大発卸し方を開始した。そして午前一時十五分には大発を泛《はん》水した。

排煙が艦橋頂部へ逆流するため煙突を2m高くした夕張。昭和19年4月27日、船団護衛中に被雷、パラオ南西方ソンソロル島南端沖で沈没した

攻略部隊指揮官は第二攻略隊の状況が不明なので、午前一時二十九分、第二攻略隊指揮官あてに発信した。「大発卸しあらざれば、卸し方まで。状況知らせ」それにたいし陸月から「大発二隻とも卸せり。うち一隻発進、準備完成〇一四〇」と報告してきた。攻略部隊指揮官は、このまま断行すべきか引き返すべきか一瞬決断に迷った。

午前一時三十分にいたり、金剛丸、金龍丸の大発卸し方が不可能なことを確認したので、夜間上陸を断念、天明前に残存軍事施設を砲撃制圧したのち、昼間上陸を決意した。そのむね全軍あてに「揚陸時刻を天明後に変更す。〇一三〇」と下令するとともに、南洋部隊指揮官および航空部隊指揮官あてに「天候不良のため、揚陸時刻を昼間に変更す。〇一三五」と報告通報した。

上陸時刻を延期することを決意した攻略部隊指揮官は、ひとまず部隊を立て直すため、午前二時十五分「天明時より左の区分により砲台、陸上飛行場を砲撃撃破すべし。夕張ウェーキ島本島、疾風、如月ウェーキ島本島南部、望月、弥生ウィルクス島、金剛丸、金龍丸、第三十二哨戒艇、第三十三哨戒艇は島よりの視界限度におれ、追風、睦月は揚陸準備をなしおけ」さらに午前二時五十分、第十八戦隊あてに「ピール島制圧配備につかれたし」と下令した。

日の出約一時間前ごろから視界がよくなってきた。射撃区分にしたがい夕張は午前三時二十五分、駆逐艦は三時四十分、それぞれ射撃を開始した。しかし、敵基地は静まり返っている。

駆逐艦疾風と如月の轟沈

駆逐艦は島に近接しながら砲撃をつづけていた。午前三時二十分、敵戦闘機一機が島の上空にあるのを認めたので、攻略部隊あてに「過度に近接するな」と令した。午前三時五十八分、ウェーキ島の燃料タンクに砲弾が命中し、黒煙を吹きあげながら炎上した。夕張乗員は「やった、やった」と歓声をあげて喜んでいた。

午前四時になって、敵は反撃を開始してきた。高角砲らしい弾丸がうなりを発してとんでくる。味方駆逐艦が島に近寄りすぎるので「反転せよ」と信号を送ったが、間に合わなかった。午前四時三分、追風とウィルクス島とのほぼ中間に占位していた疾風に敵弾が命中、瞬時に爆沈した。その状況は、はじめ艦尾に黒煙を発し、それが瞬時に全艦をおおい、黒煙の合い間から艦橋が瞬間的に見えたが、煙が消えたときには艦影はなかったという。当時、その上空には敵機を認めていないので、疾風搭載の爆雷か魚雷の誘爆が直接の原因らしい。ともあれ、乗組員総員一六七名が戦死した。

敵はそのころになって、戦闘機に爆弾を搭載し、機銃掃射をしつつ攻撃してきた。午前四時十一分「速やかに避退せよ」「避退せよ、避退方向二一〇度」さらに金剛丸および金龍丸にたいし信号灯で「全速力にて二二〇度方向に避退せよ」と令するとともに追風と望月にたいし、「金剛丸、金龍丸の護衛に任ぜよ」とつぎつぎに指令を下した。

午前五時三十七分、他艦の対陸上射撃の側方観測のため、ピーコック岬南西十ないし十五浬に出ていた如月は、機銃掃射をしつつ来襲した戦闘機に爆撃され、沈没した。その模様について目撃者の回想によれば、戦闘機が投下した爆弾は同艦の艦橋付近と思われる位置で炸裂し、爆煙が全艦をおおった。この煙がうすらいで艦影が認められたときには艦橋はなく、甲板上は平坦で、艦は爆弾の命中個所をさかいに戦後二つに切れていた。後部はそのまま沈み、前部は艦首が沈んで航走をつづけていたが、数分後に逆立ちになり、海中に突進したという。疾風と同様に如月も総員が戦死してしまった。

午前五時四十五分、航空部隊指揮官あてに「敵飛行機われに追躡しつつあり。ウェーキ島を攻撃されたし」と発信した。敵戦闘機の正確な数は不明であったが、三、四機はあったと思われる。敵戦闘機は爆弾を抱えてきては、味方各艦をめがけて機銃掃射をしながら爆弾攻撃をしかけてきた。

午前六時三十五分、金剛丸が敵機の機銃掃射をうけ、ガソリンに引火して火災を起こすなどの事態を生じた。その二十分後、掩護隊指揮官から、今後の行動予定の問い合わせがきた。敵飛行機制圧の見込みがなく、陸上砲台からの反撃も熾烈である。そこで一時戦場を離脱し、夜に入り上陸を決行せんと決意し、一時、ピキニに引き揚げ、天候の回復を待つむねを返電した。

午前七時十五分には航空部隊攻撃隊が、ピール島の高角砲台、機銃陣地を爆撃し、敵戦闘機三機と空戦している。午前十時になっても、なお十四ないし十五メートルの風が吹きつづけ、波浪が大きかった。そこで、当夜の奇襲上陸も困難と判断された。いったんクェゼリンに帰投し、補給修理を実施したうえ、天候をみて再挙することに決し、その旨を令達した。攻略部隊指揮官は、午後二時の夕張の位置を示し、各隊艦はこれに合同するよう下令通報した。

十二月十一日午前一時には、南洋部隊指揮官よりつぎの電令が発信された。「ウェーキ島攻撃部隊（潜水艦欠）および掩護隊は、一二三〇〇上陸成功の見込みなければ、いったん部隊を集結、速やかに避退、クェゼリン方面に引き揚ぐべし」と。午後十一時、了解した。

十三日午前六時五十分、攻略部隊はルオットに帰着した。

さて、攻略部隊指揮官はウェーキ島攻略の再挙について、次のような腹案をもっていた。

一、出撃準備期間は一週間以内とし、速やかにウェーキ島攻略を再興する。
一、ウェーキ島の航空機を友軍機で撃滅する。
一、水上機母艦、陸戦隊兵力増援を要請する。
一、金剛丸、金龍丸は乾舷が高いので、洋上での大発移乗が困難のため、上陸作戦に使用しない。
一、最悪の場合、哨戒艇二隻を擱岸させて、陸戦隊を揚陸する。

第二次攻撃準備

ウェーキ島攻略部隊は十二月十三日ルオットに帰着してから二十一日の出撃まで、次のような訓練作業を実施した。

一、六水戦、十八戦隊、二十四航戦各司令部間の作戦研究会。
二、上陸必成のため、第三十二号、第三十三号哨戒艇は、擱岸上陸を前提として不要物件陸揚げ等、艇内処理を行なうとともに、大発卸し方や乗員の上陸訓練を実施。
三、金龍丸は風浪大なる場合にも、大発を迅速にかつ容易におろし得るよう、施設方改良。
四、被害局限対策として、予備魚雷の実用頭部を除去するほか、魚雷頭部および爆雷に弾

第二次攻略部隊の兵力部署

●第1軍隊区分（攻略完了まで）

区分	指揮官	兵力	任務
本隊	6水戦司令官	6水戦（夕張、夕凪、望月）	全般指揮支援
第1攻略隊	30駆逐隊司令	30駆逐隊（睦月、彌生）、哨32、33 連合陸戦隊（本部、内田、板谷中隊）	島嶼攻略
第2攻略隊	29駆逐隊司令	29駆逐隊（追風、朝凪）、金龍丸 特陸（高野中隊）	敵兵力撃滅
第1水上機隊	聖川丸艦長	聖川丸	哨戒偵察
第2水上機隊	17空分遣隊長	水偵4機	哨戒偵察
設営隊	金剛丸艦長	金剛丸、基地設営班（四建） 第2号監視艇 第4号監視艇 第7号監視艇	基地設営 防備
付属隊	天洋丸艦長	天洋丸	設営援助輸送

●第2軍隊区分（攻略完了後、設営作業概ね完了まで）

区分	指揮官	兵力	任務
本隊	6水戦司令官	6水戦 32、33号哨戒艇	全般指揮 哨戒
陸戦隊	夕張副長	連合陸戦隊 舞特＝内田中隊 6根＝高野中隊 舞2特＝板谷中隊	防備 設営協力
第1水上機隊	聖川丸艦長	聖川丸	哨戒偵察
第2水上機隊	17空分遣隊長	水偵4機	哨戒偵察
設営隊	金剛丸艦長	金剛丸、基地設営班（四建） 第2、4、7号監視艇	基地設営 防備
付属隊	天洋丸艦長	天洋丸、金龍丸	設営援助

圧よけを付し、可燃物は最小限度にとどめる等の措置。

五、隊内通信訓練を通じて、特定規約信号および略語等に慣熟すること。

十二月十四日、夕張では給油艦石《い》廊《ろう》から燃料、秩父丸から糧食補給が行なわれた。金剛丸には、トラック出港前に一部だけ受け取った、横須賀海軍軍需部その他よりの托送品が残っていた。そこで、いつまでも他船に迷惑をかけるわけにゆかないので、金剛丸に信号で問い合わせたところ、いつでも差し支えなき旨の返信を得たので、その受け取りが、夕張の明日の予定作業に組み入れられた。

十五日、托送品の受け取りは前回と同様、掌経理長が短艇指揮となって、二隻のカッターに作業員を分乗させ金剛丸に赴いた。金剛丸は第一次ウェーキ島攻略戦において、被弾により小火災が発生していた。そのため夕張宛《あて》の荷物も、くすぶった船倉に長いあいだ格納されていたため、こげくさい臭いがしみ込んでいた。これらの品物は、乗組員にとってみな必要なものばかりなので、作業は思いのほか早くすみ、艦に持ち帰ることができた。

また、この日、南洋部隊司令部から南洋部隊指揮官井上成美第四艦隊長官の意図の伝達のため、航海参謀土井一夫少佐と航空参謀山口盛義少佐が空路、派遣された。六水戦司令部では、両参謀をまじえて作戦会議が行なわれた。その席で井上長官の意として、梶岡六水戦司令官に対して現地作戦指導にたいする全幅信頼と、寡兵苦闘にたいする感謝を伝えられた。

南洋部隊司令部としては、ハワイからの帰途にある機動部隊、グアム作戦およびギルバート作戦の各部隊からの抽出部隊、ならびに舞鎮（舞鶴鎮守府）第二特陸の増派を考えている、とのことであった。攻略部隊司令部としては、攻略日程を十二月二十二日または二十三日ごろにしたいこと、状況によっては哨戒艇の擱岸揚陸をしたいこと等、前述の腹案事項について詳細説明した。両参謀がトラックに帰還し、長官に復命の結果、当時、艦艇を非常に大事にしていたことから、擱岸揚陸はとても賛意を示してもらえぬと思っていたが、即座に応諾、攻略日程も全幅に容れられた。

十二月十七日午後一時三十分、南洋部隊電令作第二十三号によって、つぎのような作戦命令が発令された。

一、ウ島攻略部隊指揮官は、概《おおむ》ね十二月二十二日または二十三日を期しウェーキを攻略すべし。

二、航空部隊（第二十四航戦）、掩護隊（第十八戦隊）、支援部隊（第六戦隊）、潜水部隊（第七潜水戦隊）およびマーシャル方面防備部隊はウ島攻略に関しウ島攻略部隊指揮官に協力すべし。

三、機動部隊より派遣の増援部隊（第八戦隊、二航戦、駆逐艦二隻）は、概ね二十日より二十三日の間、本攻略作戦に参加す。

四、ウェーキ島攻略作戦の要領および各部隊の協力に関しては、概ね別に指示するところ（参謀をして内示せしめたる案）に準拠するものとす。

五、増援部隊の協力に関しては、攻略部隊指揮官および航空部隊指揮官それぞれ所定の細目を協定すべし。

なお、これらの現地部隊は、たがいに協力関係にあったが、敵有力部隊出現の場合は、第八戦隊司令官が所在部隊を指揮することに、南洋部隊電令作によって定められた。陸戦隊は大発乗艇の便否を考慮し、主として哨戒艇と睦月、追風に配乗、金龍丸には防空小隊と付属隊を配乗せしめた。

十二月十四日には呂六二潜と作戦打合わせを行ない、誘導潜水艦はピーコック岬の真南三十浬に占位することに協定した。また、第二十七潜水隊と交替して第二十六潜水隊が誘導することになった。

十七日、金龍丸が出動して、舟艇泛水および乗艇訓練が行なわれた。連合陸戦隊を編成することにし、その指揮官に夕張副長の田中光夫中佐が指名された。同指揮官により、上陸作戦の細部にわたる編成および敵前上陸に関する要綱が定められ、各艦に必要書類が配付された。各艦はそれにより準備が進められた。

十二月十八日、十九日、夕張において攻略部隊の作戦打合わせ会議が行なわれた。十八日には、千歳空司令はみずから一式陸攻に搭乗して、ウェーキ島の偵察を実施した。そして、その情況を通知してくれた。二十日、陸戦隊と打合わせ後、特陸は所定艦艇に乗艇した。六水戦、六戦隊、十八戦隊、二十四航戦、各司令部各級指揮官の、総合作戦打合わせが行なわれた。

機動部隊による空襲後の上陸

十二月二十一日午前四時三十分、第二十九駆逐隊（追風、朝凪、夕凪）、第三十駆逐隊（睦月、望月、弥生）は抜錨出撃し、クェゼリン環礁ミルー水道外において敵潜水艦の制圧掃蕩を実施した。午前五時、主隊の旗艦夕張、金龍丸、第三十二号哨戒艇、第三十三号哨戒艇が出撃した。さらに五時二十分、掩護隊の第十八戦隊（天龍、龍田）が、ついで六時には支援部隊の第六戦隊（青葉、加古、古鷹、衣笠）が、それぞれ出撃した。

攻略部隊は午前五時四十五分、第一警戒航行序列を制形した。掩護隊は攻略部隊の後方を続航、支援部隊は攻略部隊の東方おおむね視界内を北上した。今次の航路は、哨戒艇や駆逐艦に多数の陸戦隊員を配乗しているので、それらの疲労を考慮して、直航路を進撃した。

機動部隊より派遣の増援部隊（第八戦隊＝利根、筑摩）、第二航空戦隊（蒼龍、飛龍、谷風、

浦風）は二十一日午前四時、ウェーキ島の西方三百浬にあった。そして戦闘機十八機、艦上爆撃機二十九機、艦上攻撃機二機を発進させ、ウェーキ島の初空襲を行なった。攻撃隊は、地上施設を銃爆撃して帰投した。その通信情報によると、敵の増強飛行部隊や飛行艇は、発見されなかったという。千歳空陸上攻撃機二十七機も、午前十時二十分、ウェーキ島の爆撃を実施した。

十二月二十二日の午前六時五十分、ウェーキ島の南方約二二〇浬付近において、ウェーキ島攻略作戦部隊の水上部隊は、増援部隊をふくめて全部、視界内に会合した。かくして攻略部隊は針路三度、速力十五ノットで進撃をつづけた。二十二日午前九時、増援部隊は第二次空襲（戦闘機六機、艦上攻撃機三十三機）を行なった。これで敵の邀撃戦闘機と空戦し、味方攻撃機二機を失い、敵戦闘機一機を撃墜した。

攻略部隊は二十二日午後二時、ウェーキ島の南方約一一〇浬において接岸序列の占位を下令した。そして午後二時三十分に制形をおわり、北進した。先頭に占位していた望月は誘導潜水艦を発見し、二十二日午後八時二十八分、方向信号灯により、規約信号（赤短符連送）をもって報告した。誘導潜水艦は、ウェーキ島ピーコック岬の真南三十浬に占位することに協定してあったので、夕張は針路一〇度、速力十六ノットにして、予定のとおり午後十時の接岸を期した。望月は午後九時十七分、ウェーキ島を確認したので反転した。

攻略部隊指揮官は、望月のウェーキ島確認の報をえて、夕張の針路、速力を調整した。午後九時四十五分、ウェーキ島から約十キロの付近に達し、第一攻略隊指揮官および第二攻略

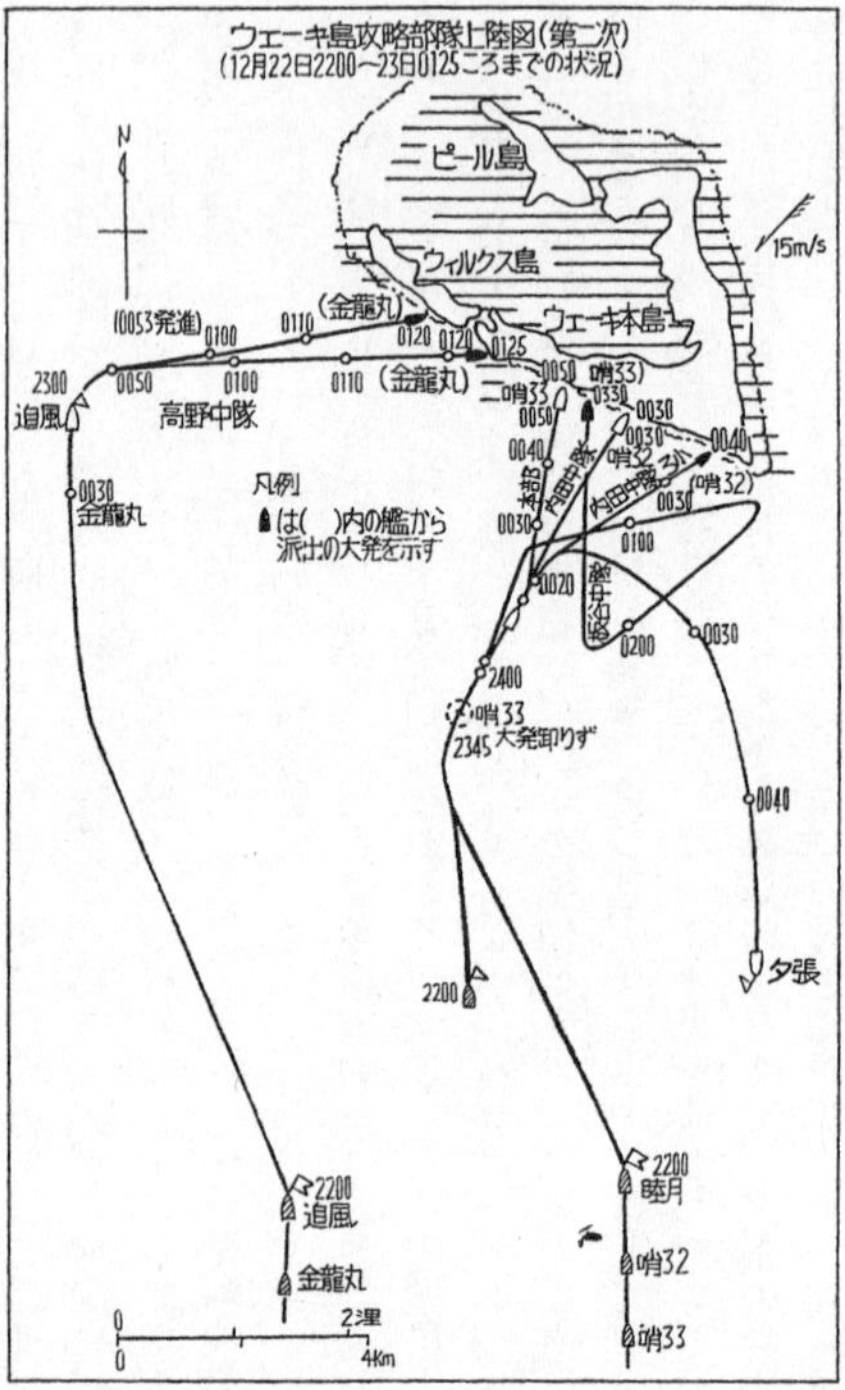

隊指揮官にたいし、「列を解き予定のごとく陸戦隊を上陸させよ」との令を下した。

　夕張は、第一攻略隊および第二攻略隊の運動を容易にするため、機械を停止して漂泊した。第一、第二攻略隊はそれぞれ準備位置に進入した。当時の天候は視界二十キロ、風向五十度、風速十五メートル、波浪三、うねり北東から二、艦の動揺左右約十度であった。

　攻略部隊の東方を続航中の掩護隊・第十八戦隊（天龍、龍田）は、二十二日午後十時三十分ごろ、ウェーキ島の東方約五キロに達した。作戦計画にもとづき、ウェーキ島の北東約八キロの地点で、午後十時五十五分から濃厚な薬煙幕を十五分間展張した。ついで十一時八分

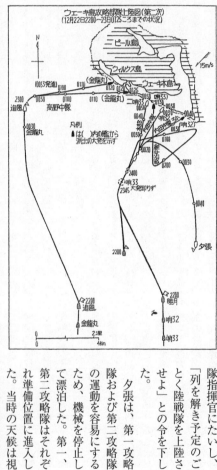

から十五分までのあいだ、擬舟（仮製帆布発光器）を海中に投下して、牽制陽動に任じた。

それはさておき攻略部隊の泊地進入は、きわめて順調に行なわれ、接岸時刻も計画どおりであった。第一攻略隊指揮官は午後十時六分、第三十二号哨戒艇および第三十三号哨戒艇にたいして「大発卸し方用意」を下令した。

第三十二号哨戒艇は午前零時ごろ、大発卸し方に成功した。それには陸戦隊命令による決死隊（内田中隊の第三小隊〈小隊長堀江喜六兵曹長〉全員と防空小隊長〈岸一郎兵曹長〉以下十三名）が乗艇した。

第三十三号哨戒艇の大発は、午後十一時四十五分になっても卸《お》りないので、第一攻略隊指揮官は、夕張あてに着岸時刻が遅れる旨を報告した。この状況では、着岸時刻が予定より一時間以上遅れることになり、機を失する虞《おそ》れありと判断した攻略部隊指揮官は、第一攻略隊にたいし電話で、「上陸法丙法（哨戒艇を着岸させる法）、速やかに上陸を決行せよ」と下令した。

第一攻略隊指揮官安武大佐は、第三十二号哨戒艇を誘導し、上陸海岸に向かい、二十三日午前零時三十二分、「そのまま直進せよ」と令した。第三十二号哨戒艇は速力十二ノットで環礁内に突入し、横転することなく、午前零時三十分、擱坐に成功した。

午前零時四十一分、睦月に乗艦する第一攻略隊指揮官から「第三十二号哨戒艇、擱坐に成功」さらに同四十三分、第三十二号哨戒艇長から「擱坐成功、敵の熾烈な射撃を受けつつあり」との報告を受けた。

他方、第二攻略隊指揮官は金龍丸に大発卸し方を令し、夕張あてに「二三〇〇クク岬の二五〇度、五キロにおいて大発卸し方中」と報告した。第三十三号哨戒艇の大発卸し方は、その後、成功し、板谷中隊（中隊長以下約七十名）が乗艇した。第三十三号哨戒艇は午前零時五十分、擱坐に成功した。

全島の完全占領

決死隊は第三十二号哨戒艇の大発に乗艇し、順調に泛水《はんすい》して母艇と別行動をとった。そして母艇が擱坐してから約十分後の午前零時四十分、ピーコック岬西方に上陸した。上陸地点付近には機銃陣地があったが、機銃員は配置されていなかった。幸先よしとさらに進み、高角砲陣地を探したが、見当たらなかった。夜明けになるにつれ、敵の応戦もはげしくなる。

降伏者が出だしたので、彼らを先頭に飛行場の東側を北進し、海兵隊長デベルクス少佐を捕虜にした。さらに奥に進んだところ、敵の本部前に出た。ちょうどそのとき、宿舎地帯からジープで南下する二人の将校を発見した。小隊長は部下に命じて、その将校らに銃をつきつけ問いただしたところ、指揮官カニンガム中佐とその副官であった。小隊長はカニンガム中佐に降伏を勧告、彼を自動車に乗せ、白旗をふらせながらウェーキ本島内をまわり、戦闘を中止させた。

内田中隊（決死隊をのぞく）は、第三十二号哨戒艇の擱坐と同時に、同艇の全周に張りめぐらした縄梯子を伝って海中に飛び降り、環礁を突破して挺身上陸を敢行した。この部隊の前面には、機銃陣地と水平砲台が構築されており、進撃した滑走路の南方には、三インチ水平砲が据えつけられていた。

内田中隊は、これらの砲火を浴びせられながら陸地にたどりついたものの、岸辺に釘づけにされて浜辺の遮蔽物のかげに散開したまま、ほとんど身動きがとれなかった。午前四時ごろ、内田中隊長は陣頭に立って、その三インチ水平砲台に突撃を敢行したが、眉間に貫通銃創を受けて、壮烈な戦死をとげた。

第三十三号哨戒艇で擱坐上陸した陸戦隊本部は、ウェーキ島南岸に上陸したものの、夜明けになっても苦戦をつづけ、戦線は膠着状態がつづいた。第二攻略隊として追風に配乗中の高野中隊は、金龍丸の大発二隻に分乗し、二十三日午前零時三十五分、追風を発進して、ウィルクス島の上陸予定地点に向かった。

攻略部隊司令部は、攻略隊から連絡がないので、午前一時六分、各攻略隊指揮官あてに「その後の状況知らせ」と命じた。これにたいし、第一攻略隊指揮官は「哨三十二号は〇〇三〇着岸、哨三十三号はそれより二十分遅れて着岸のはず、〇一一五」また、第二攻略隊指揮官は「〇〇五三進撃、〇一二〇着岸の予定なるも、その後の状況不明、〇一三〇」とそれぞれ報告した。

追風を離れた二隻の大発のうち、高野中隊長（高野豊治特務少尉）乗艇の一隻は、目的地から東方に偏し、ついにウェーキ本島西端近くに着岸したが、そこで全員壮烈な戦死をとげた。ウィルクス島はウェーキ島本島とは水路でへだてられ、橋がなかったので、降伏の白旗も認められなかった。同島には五トンにおよぶ地雷が各所に敷設されていたので、わが軍の進撃をはばみ、敵は機銃、自動小銃等により抵抗をつづけていた。

他の一隻（高野中隊第三、第四小隊および機銃小隊）は、ウィルクス島のトーチカ前面に上陸したが、優勢な敵の反撃により、水際で痛手をこうむった。しかし迅速に西方に進出し、同島西端の砲台を占領、日章旗を掲げて、その戦果を喜んだ。しかし、それも束の間、敵の猛烈な反撃にあい、ほとんど全滅の憂《う》き目にあった。増援部隊の飛行機が敵陣地の爆撃を敢行して、戦闘力を失わしめた。ここの戦闘では、敵味方銃剣を刺しちがえて戦死した兵士もあったという。

第三十三号哨戒艇の大発に乗艇した板谷中隊は、午前三時三十分、擱坐した両哨戒艇のあいだに上陸した。

攻略部隊指揮官は掩護隊にたいし、ピール島の砲撃を依頼した。そこで天龍、龍田は、十二月二十三日午前二時二十五分から約四分間、さらに五時十九分から約六分間、二回にわたってピール島砲台を砲撃した。第二次砲撃のさい、ピール島砲台から反撃があった。午前五時にいたっても、陸上から連絡がないので、通信参謀（私）は夕張掌通信長を呼び、携帯無線機と派遣電信員の準備を命じた。

午前七時四十五分ごろになって、陸上の砲声がまったくやんだ。七時五十五分、増援部隊の飛行機から、ピーコック砲台付近占領の報が入った。爾後、飛行機から刻々状況が入るにおよんで、愁眉を開いた。

上空から撮影した夕張。前部後部とも背負式の14cm単装砲と連装砲。煙突後部と後檣間の連装発射管２基など、すべて中心線上に置かれた構造物の配置がよくわかる。大正12年７月末竣工

午前九時二十五分、各種の状況からウェーキ島本島の敵降伏と判断し、九時三十二分、砲術参謀の柳稔雄少佐は、陸戦隊指揮官および米軍指揮官との連絡のため、通訳（勝見精史）と夕張陸戦隊、電信員（無線電信機携帯）をつれ、カッターで上陸した。

午前十時十五分、攻略部隊指揮官は、ウェーキ島攻略作戦部隊あて「一〇〇〇、ウェーキ島全島おおむね攻略す。目下残敵掃蕩中」と報告通報した。十時三十二分、上陸した柳砲術参謀から「全島完全に占領す。ただいまから戦場整理、施設調査、基地設営を開始する」との連絡を受けたので、十時四十分、南洋部隊指揮官をはじめ友軍あてに「一〇三〇、ウエーキ島全島攻略完了」と報告通報した。

増援部隊飛行機隊は、二十三日の天明から五次にわたりウェーキを空襲、敵陣地爆撃、上空制圧にあたった。そして陸戦隊が上陸すると陸戦に協力し、戦果拡大、通信連絡に多大の貢献をした。低空飛行により敵降伏後の監視にも任じている。

支援部隊は二十三日午前二時、ウェーキの東方五十浬に進出した。以後、適宜行動して、午前五時から十時ころまでの間、ウェーキ島の東方一万ないし三万メートルを行動した。

ウェーキ島攻略後

攻略部隊本隊は、引きつづきウェーキ島南岸付近にあって、警戒および陸上要務に任じた。攻略部隊指揮官は十二月二十三日午前十時十二分、掩護隊に「ウェーキ島の敵降伏せり。陸戦隊および医務隊を至急本島付近に送られたし」と要請した。掩護隊は午前十時四十五分、艦を出発し、陸戦隊および医務隊をウェーキ島南岸の第三十三号哨戒艇が擱坐した位置付近に揚陸させた。陸戦隊は爾後、二十五日午後三時三十分まで、戦場整理に従事した。

航空部隊は二十四日、横浜航空隊の飛行艇四機および第十七航空隊の零式観測機四機が進出した。私は二十四日午前七時五十分、電信員二名をつれて上陸した。陸戦隊指揮官および砲術参謀と打合わせ後、陸上施設（通信関係）の調査ならびに通信基地設置の指揮をとった。そのほか押収書類の調査や、捕虜訊問にも従事した。

第四艦隊司令部は、二十四日午前九時三十分付で、ウェーキ島の防備担当を第六根拠地隊とする旨を公表するとともに、攻略直後の警備について発令した。

一、ウェーキ守備部隊の編制を左のごとく定む。

指揮官＝田中中佐（夕張副長）。兵力＝荒瀬中隊（旧内田中隊）、六根派遣部隊、第三十二号、第三十三号哨戒艇乗員、派遣高角砲台員、十七空派遣水上機隊、四建派遣設営班

（付属）。

二、ウェーキ守備隊をウェーキ攻略部隊に編入。

三、マーシャル方面防備部隊指揮官は、ウェーキ守備隊の補給休養ならびに医療に関し援助すべし。

右電令を受信したウェーキ攻略部隊指揮官は、田中中佐は夕張に復帰せしむる旨電報したので、南洋部隊指揮官は次席の荒瀬潤三大尉（夕張砲術長）を同指揮官にする旨改めるとともに、板谷中隊の原隊復帰を下令した。

占領当日、米軍捕虜をあつめて飛行場に座らせようとしたら、躊躇して座ろうとしない。そのわけをただしたところ、航空部隊が空襲して多大の戦果をおさめた八日、米守備隊は日本軍空挺部隊の着陸を恐れ、それを妨害するため八日の夜、徹夜で飛行場の誘導路に管制地雷を敷設したという。それで日本軍が、この地雷で捕虜たちを爆死させるのではないかと、おののいたというわけであった。

十二月二十五日午前七時三十分、私はいったん夕張に帰艦し、二十六日午前七時、梶岡司令官の占領地視察に随従して、ふたたび上陸した。陸戦隊指揮官の案内で巡視を終え、司令官を桟橋まで送って、私は残留した。午後六時、通信基地完了を報告通報した。荒瀬大尉は兵学校の同期なので、久かたぶりに夕食を共にし、お互いの武運を祝した。

二十七日正午、陸上派遣の電信員を連れて帰艦した。なお、すでに二十五日には、第六根拠地隊砲術参謀の木下甫《はじめ》少佐が、看護員七名を帯同の軍医長とともに来島していた。私が帰艦したあとの二十七日午後、第四艦隊砲術参謀の米内四郎少佐、二十四航戦先任参謀の森実中佐、第十九航空隊司令の中島第三中佐および建築技師らの調査隊一行の来島を待って、先任参謀らとウェーキ島防備についての打合わせが行なわれた。

ウェーキ攻略部隊は、ここに完全攻略を終わり、困難ではあったが大任を果たしたことになる。あとは警備隊員を残して、ウェーキ島を去ることになった。夕張は本作戦により戦死された将兵にたいし、登舷礼式により黙禱をささげつつ、午後四時、ウェーキ島をあとにルオットに向け航海をはじめた。登舷礼式というのは、艦の当直将校の命令により、総員が上甲板の舷側に張りめぐらされたハンドレールの内側に、等間隔に整列することである。

六水戦は十二月二十八日午前四時二十分、駆逐隊と合同し、二十九日午前九時三十分、ルオット泊地に入港した。各艦は必要に応じ物資の補給をうけた。夕張は真水の補給をうけると同時に、氷川丸と興亜丸から生糧品と恤兵品《じっぺい》をうけ入れた。恤兵品というのは別名、戦時特別給与品といわれ、軍人ひとりにたいし月額いくらと金額が定められている。その金額の範囲内で品物の値段を換算し、時と所により乗組員の嗜好品、あるいは必要と思われる品を支給する。これらの品物のことをいうのである。

クェゼリン島付近の海域は戦前より鰹漁《かつお》の多いところで、鰹節の生産が盛んに行なわれていた。鰹節はサイパンの集荷商人が定期的にまわって来て、サイパン島に集積され、サイパンで各地に売りさばかれていた。大東亜戦争の勃発以来、鰹節集荷の便船がいつになるかわからないので、島民たちは相当量の鰹節を所持していることをきき、夕張では鰹節購入希望者を募り、それに相当した数量を購入、現品は一応主計科の米麦庫内に格納保管した。この鰹節は後日、役立ったとのことである。

伝統精神に徹した二水戦「神通」の航跡

水城艦長や田中司令官の薫陶下に不屈の死闘を演じた歴戦艦の生涯

元 海軍軍令部員・海軍中佐　吉田俊雄

吉田俊雄中佐

軽巡神通《じんつう》（川内型二番艦）といえば、まず名将田中頼三司令官を思い起こす——ベテラン、第二水雷戦隊の旗艦である。一番目のが少し高い、四本煙突。そのマストに少将旗をひるがえし、新鋭駆逐艦群を率いて開戦当時からコロンバンガラ島沖夜戦（昭和十八年七月十二日）で憤死するまで、それこそ身を粉にして駆けまわった。胸のすくような戦いぶりを見せてくれた。

いかにもスマートな、いかにも強そうな新鋭駆逐艦の先頭に立ち、白波を蹴立てて突進していく神通の姿は、むしろ優美であった。当時の私の印象からすると、スイスイと飛《と》ばしていく大型駆逐艦に負けまいとして、端正なシルエットを前こごみに、懸命の努力を傾けていた神通だった。

旧《ふる》いのである。竣工が大正十四年七月末。昭和十二、三年にでてきた朝潮クラスの駆逐艦とは、一時代違う。それが一緒に駆けまわるのだから、いわば二十歳前後の青年と五十歳前後の初老とが、二人三脚をするみたいなものだ。だが、彼はやり遂げた。赫々たる武勲を樹てた。その赫たる武勲は、しかし、けっして一日にして成ったのではない。太平洋戦争は結局、史上空前の敗北に終わったけれども、その間に日本海軍の将兵、いや艦艇、飛行機が戦った果敢な奮戦ぶりは、世界の歴史家がひとしく讃えている。日本海軍の伝統は、今日でも各国海軍に敬意を払われている。そういう伝統が神通の場合にも生きていたのだ。

私は太平洋戦争での神通を語るまえに、時計の針をさかのぼらせて、昭和二年八月二十四日、有名な美保ヶ関事件をかえりみておきたいと思う。

晴天暗夜の演習

昭和二年は、海軍の厄年であった。ワシントン会議で不満な五・五・三の比率をおしつけられ、兵力をウンと削られて切歯扼腕しているところへ、八月に入って豊後水道で、敷設艦常磐《ときわ》に積んでいた機雷が爆発、七十人あまりの死傷者を出し、さらにその数日後、山陰の美保ヶ関沖で神通と駆逐艦蕨《わらび》、軽巡那珂《なか》（川内型三番艦）と駆逐艦葦《あし》の衝突事件が起こり、一一九人の死者を出した。那珂と葦の場合は、どちらも中破ですんだが、神通の方は、それどころではなかった。蕨が真っ二つになって、二十六秒で沈んでしまった。

この日、美保ヶ関沖に入っていた艦隊は、連合艦隊司令長官加藤《かとう》寛治大将の指揮をうけて

昭和２年８月24日夜、美保ヶ関沖で駆逐艦の蕨と衝突した神通。舞鶴で損傷状態を調査中の光景

抜錨、舞鶴に向かう。その途中を利用し、軍縮下の実力向上に必死の艦隊は、例のとおり夜間襲撃訓練をやった。目標艦になるのは戦艦戦隊。それを警戒部隊がグルリと取り囲み、美保ヶ関沖から海岸づたいに東に向かう。それを狙って、あらかじめ北の洋上に出た高橋寿太郎少将の率いる第一水雷戦隊が、暗夜、全速力で南下、戦艦戦隊の横腹につッかけ、魚雷発射訓練をしようというのである。

その夜は、暗夜とはいうが、いわゆる暗天の暗夜で、濛気があり、いちばん暗い。事実、鼻をつままれてもわからぬほどの暗さだった。降るような星は、すべて濛気に隔てられ、うすく中天にまたたいている。月はまだ出ない。海面は、まるで墨を流したようだった。

しかも、戦艦戦隊が陸寄りに、陸とほぼ平行に進んでいる。その陸には、たまたま伯耆《ほうき》大山《だいせん》とか蒜山《ひるせん》とかいう、標高二千メートル近い山々が空をかぎり、艦影はその陸と濛気に完全に埋没して、極度に見難い。見難いというよりは、いやしくも血のかよった人間の眼では、まったく見分けることができない、といった方が正確である。

真っ二つにされた蕨

そんなところに、神通と那珂は、それぞれ後方に離れた蕨と葦を従えてとびこんできた。神通艦長は水城《みずき》圭次大佐。砲術畑の逸材である。だがその彼に、どのくらい戦艦戦隊が見えていたろう。太平洋戦争直前になると、各艦の艦橋には一八センチという化物みたいな双眼鏡が装備された。とくに夜間用に設計された望遠鏡で、日本の光学技術の粋であった。遠くがよく見え、しかも明るいという、二つの相反する要素を二つとも満足させた逸物だったが、それより十五年前の昭和二年に、そんな文明の利器ができているはずはない。

突如、強烈な探照灯の光が、闇の夜をつらぬいた。戦艦戦隊の外側にいた艦が、神通隊の近接を知って照射したのだ。その光が、不幸なことに神通の艦橋をまっすぐに照らした。闇を、眼を皿のようにして見つめていた人々の眼は、たちまちやられた。暗夜、探照灯の光をまともに喰ったら、あとしばらくは完全に何も見えなくなる。

水城大佐は、しまった、と歯がみをすると同時に、意外の近さにまで目標に接近しすぎている自分自身に気づいて、とっさに面舵《おもかじ》一杯を令した。艦は、猛烈に右に回りこむ。スピードも落とそうとしたのだろうが、号令をかけて、その号令が事実速力の低下となって現われるには、何分かの時間がかかる。

「艦長。艦首に艦が見えます」急に、延谷航海長が前方に艦影を認めて艦長の左側から進言したとき、第三の不幸が起こった。

砲術のベテランだった水城艦長は、若いとき、射撃の音に左の耳を潰し、左はまったく聞こえず、右もまたよく聞こえなかった。艦長は依然として石像のように羅針儀の前に立ちつくしたまま。神通も依然、右に急角度で旋回をつづけたままである。

物凄いショック。ハッとしたときは、もう遅かった。眼前に青白い巨大な火の幕が立ちあがり、たとえようのない鉄の悲鳴と、耳を聾《ろう》する大音響が、艦全体にわあッと襲いかかってくるのが意識されたが、まさかそれが、神通の艦首で蕨の胴体を真っ二つにしたために起ったものとは、たれ一人、思わなかった。

水城大佐の自刃

時を移さず、演習は中止され、全軍をあげての救助作業がはじまった。闇の海を青い探照灯の光が何十本となく交錯し、遭難者を探し蕨を探した。蕨は、船体を真っ二つにされると同時に、罐室が爆発して、機関科員は即座に全滅。あッという間に艦は沈み去って、二十二名の生存者は、爆発で噴き飛ばされ海中に落ちて、かろうじて拾われた者だけであった。一方の神通も艦首が圧潰し、重軽傷者二名を出す。

この火柱を見た那珂は、これを避けようとして、同じく右まわりに転舵してきた駆逐艦葦《あし》の艦尾に近く衝突、葦の艦尾をもぎとり、もぎとられた艦尾にいた下士官兵二十七名が行方不明となる。まったく、一瞬の間の出来事であった。事が、あまりにも重大であるため、すぐに海軍の大長老である財部彪大将を委員長とする査問委員会がつくられ、各責任者は査問会に付せられて、事件の責任と、これからの訓練方針が検討された。

ところが、ここに最後の不幸が起こった。海軍の司法当局が、査問会の反対を押し切って、前神通艦長の水城大佐を、過失艦船覆没、過失人命致死傷害罪として、軍法会議に起訴したのだ。たしかにそういう刑事事件には当たるだろうが、それだからといって、演習中の突発事故を、殺人罪や傷害罪と同じに扱っていいものかどうか。

このときは司法官の純理論が勝って、水城大佐は軍法会議で取調べを続けられた。「事がハッキリせんうちは、死ねんぞ」とクラスメートに漏らして、水城大佐は法廷で自分に不利益になる申し立ても、少しも臆せずに述べ、「一切の責任は私が負います」とキッパリ結んでいたが、その判決を翌日に控えた十二月二十六日、事件発生後三ヵ月、一歩も門外に出ずに謹慎していた自宅の八畳の間で、西洋カミソリで頸動脈を切断、一身に責を負うて自殺を遂げた。

海軍はその報を受けて、上下こぞってその人となりを偲び、死を惜しんだ。私など、兵学校で水城大佐の死を責任観念の発露として、一つの模範だと教えられ、訓育の手本にされた。水城大佐の葬儀は水交社に設けられた祭壇で、しめやかに執り行なわれたが、事実は海軍大臣、連合艦隊司令長官など、海軍最高首脳より贈られた花環の前に、キラ星のように顕官が参列、伏見大将宮までが出席されて、一大佐の葬儀としては異例の、いわば海軍葬のような形となった。

というのも、水城大佐の死に寄せた海軍全般の感情のあらわれであり、それだけ、海軍軍人の胸を強く揺さぶった証拠でもあった。襟を正させる美しい伝統——その粛然たる伝統が、当の神通に、長く生きつづけて来ないはずはないのである。

精鋭五五〇〇トンの神通

神通は、もっともよく日本のために働いた艦の一つである。まず、艦の性能がいい。五五〇〇トン、一四センチ砲七門、六一センチ酸素魚雷連装発射管四基、偵察機一機、速力三十五ノットという威力は、いちばん使いやすく、いちばん能率がいい。だから神通は、大正十五年以降、太平洋戦争になるまでの間、連合艦隊に入っていた昭和八、九年、十四年以降を除いても、ほとんど毎年いくども、中国方面の急に駆けつけ奮闘している。

この五五〇〇トン軽巡の原型になったものは、大正六年の建艦計画で造られた天龍である。天龍ができてみると、排水量三五〇〇トン、速力三十三ノット、一四センチ砲四門では、いかにも貧弱だし、だいいち大洋の真ん中で敵の巡洋戦艦にぶつかったとき、速力や耐波性の点で逃げられない。みすみす餌食にならなければならないので、はじめ天龍型六隻と七二〇〇トン型三隻をつくる予定だったものを、急に五五〇〇トン級九隻をつくることにした。つづいて、さらに五隻が追加され、結局できあがったのは天龍級が二隻、あと五五〇〇トンがズラリと並ぶことになった。
その五五〇〇トンの中にも、三つのタイプがある。球磨型、長良型、川内型がこれで、球磨型より長良型の方が、長良型より川内型の方が、進歩している。
球磨型五隻——球磨、多摩、大井、北上、木曾。
長良型六隻——長良、五十鈴、名取、由良、鬼怒、阿武隈。
川内型三隻——川内、神通、那珂。

高速航行中の神通。４本煙突の脇と後部に連装発射管４基、14cm 砲７基や艦尾の機雷敷設軌条の配置がわかる

神通は、五五〇〇トンの中で一番新しい、したがって威力も大きい艦だったわけだ。七門の一四センチ単装砲は、一、二番砲を前甲板に背中合わせに縦にならべ、三、四番砲を艦橋の両舷に、五番砲を後檣の前におき、六、七番砲を後檣の後に配置した。こう並べると、敵を追っかけながら、四門の一四センチ砲が射てるし、横腹を見せて射つときは、六門が使える。まだ二連装砲塔が現われない当時としては、すばらしいアイデアだった。

発射管は一、二番煙突の間と、四番煙突の後ろに、二連装六一センチを両舷に一基ずつ備えていた。片舷に二基、四本射てるわけだ。この魚雷は、はじめの球磨型は五三センチ、長良型から六一センチになる。

前檣は三本脚。上の方に射撃指揮所をおいて、主砲七門の射撃を、戦艦みたいに高いところからコントロールする。艦橋のすぐ下に、飛行機（水偵）を納める場所をつくった。面白いのは、翼もフロートもバラバラに取り外して納める。この格納庫は、のちカタパルトを積み、飛行機をその上に乗せておくように改装されたあとは、なんだかガラクタが入れてあった。私が神通クラスに乗ったのは、この頃である。

その頃はもう昭和十年代で、カタパルトもついていたし、艦橋の上に四・五メートルの測距儀がカンザシみたいに見え、一三ミリ連装機銃も積んでいた。ボイラーが重油と石炭を混ぜて焚いていたのを、重油ばかり焚くようにしていた。なにしろ、大正半ばの設計だから、国のふところの都合で、高速で走るときは重油だが、普段用には石炭を焚くことにしてあった。

だが、アジアに風雲急を告げてきた昭和になると、もう、そんなことは言ってられなくなる。少しでも戦闘力を上げる方が大切になる。ボイラーだけではなく、酸素魚雷の登場にともなって、発射管を全部取り払い、新しく九二式四連装二基をつける。片舷四本であることは前と変わらぬが、魚雷の威力が桁違いに大きくなった。

ただ、このクラス共通の悩みは、振動だった。ガンルーム（士官次室）は艦尾の方にあったが、第二戦速、第三戦速と速力をあげていくと、まるで歯の根が合わなくなる。食事時が愉快で、味噌汁が生き物みたいに踊り出す。それに合わせて、御飯も踊る。当時は、チャールストンという、おそろしくテンポの速いダンスが流行していたが、「ヤア。うまい」と手を叩いたら、ケプガン（ガンルームの先任者。中尉の古手だった）に怒鳴られた。

「青年将校はなんでも黙って食え。貴様、まだ娑婆気があるぞッ」と。

旗艦となる条件

神通は美保ヶ関でハナをつぶしたとき、金剛に曳かれて舞鶴に帰ってきたが、そのとき艦首を、新しい朝顔型に改造した。五五〇〇トン型十四隻のうち、近代的な艦首をしていたのは、したがって神通と、震災にあって完成がひどく遅れた那珂だけである。

その後、夕張、古鷹、那智、高雄などという、平賀譲博士の設計になった超近代艦ができ、この五五〇〇トン軽巡――つまり平賀博士以前の艦は、いささか貧弱にさえ見えはじめた。もっとも、造船専門としての立場からいうと、改造、近代化で新しいものを積んでいくうち、艦の重さがふえすぎて丈夫なはずの船体が、時化《しけ》られて船体の真ん中へんにヒビが入り、ビックリして善後策を講じたという挿話もある。

そんなふうな長所と短所をもった艦であったが、平時にも戦時にも、こんなに便利に使われた艦はなかった。艦隊の一員としての役割は、主力艦隊の警戒と、水雷戦隊の旗艦だ。たとえば、ミッドウェー作戦のときの軍隊区分を見ると、戦艦戦隊の直衛に北上と大井、三水戦（第三水雷戦隊の略称）に川内、第一航空艦隊（空母部隊）の警戒隊である十戦隊旗艦に長良、攻略部隊の警戒隊である四水戦旗艦に由良、支援隊の護衛隊である二水戦旗艦に神通、アッツ攻略部隊である一水戦旗艦に阿武隈、キスカ攻略部隊主力の第二十一戦隊に木曾、多摩というように、同型艦があちこちにバラまかれ、旗艦として将旗を掲げていないのは、そのうちたった二隻だ。

旗艦になるには、それだけの設備がいる。艦長が艦では一番上のはずなのに、そのほかに司令官や参謀長、参謀連、司令部付の下士官兵といった、そのままそのへんの倉庫に放りこんでおけ、というわけにいかない人たちがいるので、私室も要るし、公室も要る。そのうえ旗艦でなければ、自分のところの旗艦だけと通信連絡をとっておけば、まず、いいのに、旗艦になると、艦隊旗艦にも、連合艦隊旗艦にも、関係のある司令部にも、東京にも、絶えず連絡しておかねばならないので、電信機がすごく沢山あるようになり、電信室も大きいしアンテナの数もまた多い。したがって、艦の写真を見ただけで、ハハア、この艦は旗艦だナということが、このアンテナの多さでわかる、と言ってもいいくらいだ。

神通＝大正14年７月末竣工の川内型２番艦。写真は昭和６～７年に艦橋前方の滑走台上に射出機を装備した状態。前檣の射撃指揮施設などが増設拡充されているが艦橋天蓋はまだ開放状態

それでは、この神通は、太平洋戦争中、どんな奮戦をしたのであろうか。

開戦劈頭、神通の活躍

昭和十六年十二月八日。神通は、この朝をパラオで迎えた。高木武雄少将の率いる南比支援隊——重巡妙高、羽黒、那智、空母龍驤を本隊とし、その指揮下にある第五急襲隊の旗艦であった。むろん第二水雷戦隊の旗艦であり、田中頼三少将の将旗を前檣にひるがえしていた。

二水戦の子《ね》隊《たい》（指揮下の駆逐隊）は、あちこちに派出されていたので、その日、田中司令官の直接指揮下にあったのは夏潮、親潮、早潮、黒潮、天津風、初風の六隻で、そのほか敷設艦白鷹《しらたか》、哨戒艇二、輸送船五があった。かれらの任務は、ミンダナオのダバオとホロ島を攻略し、そこに根拠地をつくることであった。

台湾方面から南下してくる北比部隊は、開戦当

初の華やかな作戦任務を誇っていたが、南比部隊はその華やかこそなくとも、アメリカの有名なモリソン博士のいう蛸《たこ》の足戦法、つまり、雪崩《なだれ》を打って蘭印の油田にせまる大東亜戦争の本命の、最初の一石となるもっとも重要な作戦の担当者だ。

神通艦長は水雷屋のベテラン、河西虎三大佐。乗員はハワイマレー沖の大戦果に雀躍《こおど》りしつつ、パラオのコスソル水道錨地にあって北方を睨みつけていた。動き出したのは、開戦後九日目の十七日。輸送船十四隻を護衛して、ダバオに向かう。重巡三隻、空母一隻が、その上になお護衛してくれるのだから、おそろしく贅沢《ぜいたく》な作戦だった。

このあたりの大本営と、連合艦隊司令部の作戦計画は、じつに水も洩らさぬものだったが、またその計画を実行した各艦船が、その計画どおり一日の狂いもなく、汽車の時刻表みたいにピタリと進行したのには、世界が驚き呆れた。

どんなに日本の悪口をいう歴史家でも、これには閉口する。長年の訓練が、こんなふうに実を結んだのだから、文句のつけようはないはずだった。

神通隊は十二月二十日未明、ダバオ沖に着き、いっせいに上陸を開始した神通はマララグ兵営を痛撃したが、抵抗はほとんどない。その日の夕方には、もう水上機の基地ができ、水上機母艦千歳《ちとせ》の飛行機が進出した。

翌々二十二日には、一転して神通はホロ島の攻略に打って出る。輸送船九隻を護り、クリスマスの朝ホロ島を急襲、その朝のうちに占領、翌日にはもう海軍航空隊の基地が店開きした。

つづいて、昭和十七年一月九日から、蘭印部隊東方攻略部隊としてメナド、アンボン、マカッサル、クーパン、スラバヤの攻略に参加する。東の方に下ってくる蛸の足である。参加するといっても、主力部隊の参加は直接手を下すのでなく、遠くの方からバックしているのだが、神通は直接手を下す。総指揮官は重巡足柄に乗った高橋伊望第三艦隊司令長官。東方部隊は、海軍特別陸戦隊を上陸させていく。

一月九日、ダバオを出た神通以下の二水戦は、輸送船六隻を護衛し、メナドに向かう。一方、同じダバオの飛行場から、海軍落下傘部隊三三四名を乗せた輸送機二十八機が神通隊と呼応して、メナド飛行場付近に天降った。

スラバヤ沖の勝利

二月二十五日から三月十二日にわたって、神通はスラバヤ沖海戦に活躍した。この海戦は実際問題として、おそらく、世界最後のレーダーをつけない艦艇同士の戦いだったろう。ということは、たとえば夜戦のために猛訓練をつづけた日本軍が、非常に有利だった。ソロモン海戦で、レーダーによって苦杯を嘗《な》めさせられることになるが、術力の点で、艦艇兵器の点で、日本が遙かに敵を圧倒していたのだから、勝敗は、おのずから明らかであった。美保ヶ関沖で、あの事件を起こしたのも畢竟《ひっきょう》は、こんな時のためのものだ。

ある人が、私に話した。「ぶつかるように飛び込んでいくんだ。上手になればなるほど、ぶつかるのは当然じゃないか」と。なるほど、物は言いようだ、とその時は思ったものだが、いまになってみると、太平洋戦争の戦場で、水雷戦隊の乗員たちがどんなに敵の喉笛《のどぶえ》に喰いつくまで突撃したか窺い知れよう。

スラバヤ沖海戦で勝利の緒口を開いたのは、神通隊の突撃だった。それまで、ほぼ一時間にわたる重巡同士の射ち合いが、お互い、艦を危険にさらすと後の作戦に差し支えがあるからか、遠いところから手を一杯伸ばしての戦いで、決め手が出ぬままズルズルと過ぎていたとき、この千日手をひっくり返した田中少将の剛胆は、立派だった。もちろん、第一撃は羽黒の一弾がイギリス巡洋艦エクゼターを脳天から貫いたことであったが、そのとき神通以下の突撃がなかったら、米英蘭連合艦隊は、ああも混乱しなかったろう。

このときの連合軍艦隊の砲撃は、文字どおり物凄かったようだ。彼らの艦からある距離以内は、めちゃくちゃの砲弾で、飛び込むなどという気持ではなく、目をつぶって雪崩《なだれ》こんだのだという。なにしろ、水雷戦隊の編隊で敵に突っ込んだのは、太平洋戦争では皮切りだ。折から陽は西に没して、いわゆる薄暮戦。どしゃぶりの中を駆けるようなつもりで、神通隊はグイグイ敵に肉薄する。午後五時八分、一斉に九三式酸素魚雷を射ち込んだ。その魚雷が、薄い、ほとんどそれまでの常識では見えぬといってもいい航跡を曳いて、ツツツと敵艦列に伸びていく。

羽黒のラッキーヒットで、英艦エクゼターに火柱が立つと、エクゼターの後からつづく米巡ヒューストン、英巡パース、蘭巡ジャワがエクゼターの左大角度転舵を見て、一斉に取舵一杯。

ここまではいい。そのとき、神通が発射した酸素魚雷が、蘭駆コルテノールの横腹にとびかかる。瞬間、猛烈な大爆発が起こったとみると、たちまち逆立ちになり轟沈してしまった。

さァ、騒ぎが大きくなった。人間、自分の考えうる範囲内でのことならば、突発の変事が起こっても、何とかグッと堪えることができる。しかし、思考を絶した大難にぶつかると、どんな者でも、自分を見失ってあわてる。彼らの常識では、とうてい考えられぬ遠さから射った魚雷だから、まさかこれが魚雷だとは思いもよらぬ。「すわ、敵潜水艦だ」と、連合軍の艦艇のうち五、六人の艦長が仰天した。混乱を起こすには、五、六人が騒いだだけで充分である。

連合軍艦艇は、そのときから支離滅裂になった。その混乱は、四水戦の突入で輪をかけた。もしこのとき、ドールマン司令官あたりが、「鎮まれ鎮まれ」と叫んだとしても、だれ一人、耳を貸しはしなかったろう。

このチャンスを見逃す日本ではなかった。「全軍突撃せよ」の命令が、高木少将（東方支援隊司令官）から発せられ、那智、羽黒、二水戦、四水戦が、白波を蹴立てて追いまわし、一斉に酸素魚雷の槍ぶすまだ。このあと、その夜の午後十一時まで、日本艦隊は残った敵を追いつめ、魚雷につぐ魚雷の攻撃で敵を徹底的に叩き潰した。もちろん、そのポイントポイントに、神通が大活躍したことはいうまでもない。

ガダル増援に傷つく

そのスラバヤ沖で受けた敵弾の傷の修理に、三月二十三日から四月十八日まで、呉で入渠修理をしていたが、五月二十一日、神通はミッドウェー作戦部隊に参加、攻略部隊の護衛隊として出撃した。そしてミッドウェーが、あんな結果になり、しばらく内地で敵潜掃蕩に働いた。そして八月十一日、ガダルカナルに米軍が上陸してきた日から五日後、神通は外南洋部隊の増援部隊として、ソロモンに急航した。

いわば、オットリ刀で駆けつけてきた神通を待っていたのは、第二次ソロモン海戦であった。このときの艦長は、藤田俊造大佐。水雷屋のベテラン。いぜんとして田中頼三少将の将旗を掲げ、駆逐艦涼風、海風を率い、輸送船四隻にのせた横須賀海軍特別陸戦隊八〇〇名、陸軍一木支隊七〇〇名を護衛して南下する。

どうも、仕事としてはダバオ以来、護衛は苦手だ。名にしおう酸素魚雷が泣く。とはいえ、任務として命ぜられたことには、たとえ敵弾雨飛の中にでも、敢然として突入することはスラバヤ沖海戦で証明ずみだ。あのときは、英駆逐艦エレクトラの弾丸一発をくって、戦死一名、負傷四名を出した。が、そのくらいの手傷に辟易《へきえき》する神通乗員ではない。「くそ」まなじりを決した砲員が放った急斉射は、第二罐室に命中弾を叩き込み、白煙濛々、航行不能にしてしまった。どんな場面にぶつかっても最後まで自分の本分をつくそうという意気は、かの水城大佐の昔から、誤りなく引継がれている。

しかし、いまの情勢は、まるで悪かった。日本の海軍機が集結していたラバウルからガダルカナルまでの間には、飛石伝いする基地がない。しかも、戦場になるガ島には、アメリカ

近代化改装を終えた神通。それまでに後部に移設した射出機が見える。開戦時までには4連装発射管と酸素魚雷に換装、老軀に鞭打って奮戦し18年7月12日夜のコロンバンガラ沖海戦で沈没

が有力な航空基地をつくり、必死で飛行機を飛ばしている。ラバウル～ガダル間の距離は五六〇浬《かいり》（一千キロ）。俊敏、はやぶさのような零戦で飛んでも三時間半の行程である。

ということは、往復七時間ちかくかかって、ガダルの上空に三十分か四十分いられればいいほうだ、ということになる。無尽蔵に飛行機があり、つぎつぎに飛行機を出せればいいが、そうでないのだから、どうしてもガダルの制空権は、とりにくい。

こんなところに神通が、輸送船を護衛して行ったから、たまらない。八月二十五日朝、米急降下爆撃機十二機につかまり、神通は一番砲と二番砲のちょうど真ん中に一発、二五〇キロ爆弾が命中、戦死二十四名を出し、前部火薬庫に浸水、

危険となった。同時に、輸送船金龍丸も爆弾命中、火災を起こす。

田中第二水雷戦隊司令官は、このままでは危ない、と見て、神通には涼風をつけてトラックに引き返させ、自分は戦場に残って陽炎に将旗を移し、あくまでも前進を決意する。結局、その日正午にいたって、作戦中止が南洋部隊指揮官から令せられ、田中部隊も引き返すことになるのだが、神通は艦首を下げながら、乗員一致の苦心惨憺の結果、無事トラックに帰り、約二ヵ月ほどトラックに引きこもって修理にあたる。

もっとも、トラックでは、さしあたりの修理しかできないので、十月に呉にもどり、昭和十八年一月十八日までいて、徹底的な入渠修理を終わった。修理のためとはいいながら、神通は昭和十八年の正月を内地で過ごし、拾いものをしたわけであったが、この正月が、乗員大部分の最後の正月になろうとは、誰一人知らなかった。

ソロモン海に死花を咲かす

修理を終わった神通は、ふたたびガダルカナルの戦場に向かう。ノンビリした内地の冬の思い出は、常夏の戦場では、まるで夢のようであった。乗員はしかし、それだからこそ、その夢のような日本を守るために、屍を南の海に沈めて悔いなし、と思い定めたのであろう。美しいもの、正しいものを信じて疑わぬ当時の海軍軍人の、それが勇ましさであり、また悲しさでもあった。

神通は前進部隊警戒隊として、ガ島撤収作戦の支援にあたった。支援というが、多分に偽装の意味がある。敵に、日本はなおもガ島に増援を企て、攻撃しようとしている、と思わせるのだ。

世界戦史にまれに見るみごとな撤退作戦といえば、キスカとガダルカナルというのが世界の定評になっている。つまり、極度に機密を守り、極度に智脳をはたらかせ、極度に大胆敏速にやったのが、まんまとアメリカをダマしぬいて、大成功をしたのだ。

二月九日から七月八日まで、神通はトラックにある。その間、空母隼鷹《じゅんよう》の飛行機隊や基地物件をルオットに運んだが、そのほか、別にとり立てていうこともなかった。

そして七月八日、南東方面部隊水雷部隊に加わった神通は、いよいよコロンバンガラ（ソロモン群島）に向かって、南下することになったのである。

このときの艦長は、佐藤寅治郎大佐。副長近藤一声中佐。佐藤大佐は水戦のベテラン。というより駆逐艦に生まれ、駆逐艦に育ち、駆逐艦のほかには病気のとき以外、陸上勤務をまったくしなかった、それこそ海神の申し子みたいな人。近藤中佐、また豪放ライラク。背は高くないが、ものすごい声で笑う。ふだんの怖い顔に似ず、笑うと、赤ン坊みたいに可愛くなる。そして心も、純粋無垢《むく》。海軍士官のモデルといっていい人だった。

ソロモン戦は、消耗戦であった、と史家はいう。消耗——というのでは、しかし、この頃の戦闘は言いつくせないほど、日本海軍にとっては悲痛な戦いだった。

ソロモンの島々に、日本軍がいる。それがオトリになって、是非ともそれを強化し、補給しなければならぬ日本と、その交通線を嵩《かさ》にかかって断ち切ろうとするアメリカとの間に、

神通。重油節減のため混焼罐を増し川内型は煙突４本となった。手前は木曾で格納庫や砲など艦橋前面の様子が興味深い

絶え間ない死闘が行なわれる。日本にとって、まさしく死闘である。レーダーはすでに十分の威力を発揮し、エレクトロニクス対肉眼の戦いだ。

神通は、ふたたび第二水雷戦隊旗艦である。が、アメリカから不屈の田中と賞讃された田中少将は左遷されて内地に帰り、そのあと伊崎俊二少将が襲っている。新しいチームワークだ。

旗艦は神通、子《ね》隊《たい》は三日月、雪風、浜風、清波、夕暮、輸送隊が駆逐艦四隻。七月十二日の払暁ラバウルを出撃して、高速でコロンバンガラに向かったが、例のコーストウォッチャー（海岸監視員）と称するスパイと敵機が、神通隊の出撃を発見、かのハルゼー司令官にいちはやく知らせ、重巡二、軽巡一、駆逐艦八の圧倒的部隊を繰り出してきたから、話は、はじめから殺気をはらんでいた。

その夜、神通隊は三日月を先頭に、神通がこれにつづき、全軍を指揮しつつ、いわゆるスロットという、ショアズールとベララベラの間の水道に突入する。コロンバンガラは、ベララベラの一つ向こう、丸いジャガ芋みたいな島であった。

正午少しすぎ、米旗艦ホノルルがまずレーダーで日本艦隊を発見。ただし日本軍はレーダーこそ持っていないが、逆探(敵がレーダーで測っていることがわかるもの)がついていた。「来た」すぐさま神通は、右前方の怪しい影に向かって、探照灯を照らす。子隊《ねたい》全部に敵の様子を知らせるには、たとえそのために自分に危難が迫っても、探照灯で敵影を浮き出させるのが一番いい。「敵だぞ」と。

一時九分、敵はその探照灯に向かって魚雷を射ってきたが、日本の方が、それより一分早かった。距離約一万メートル。戦場での六十秒の値打ちは、測り知れない。

神通は探照灯で敵駆逐艦をつかまえ、滅多打ちの砲雷同時戦を挑んだ。阿修羅のような武者ぶりだった。敵味方、全速力ですれ違う。その間、約九分。神通は、米巡洋艦三隻の、特徴のあるレーダー急速射撃を一身に浴びた。この射撃は意外によく当たるのである。日本のような、一斉射撃で数発同時に射ち、その中心を敵艦にかぶせるといった生ぬるいものでなく、レーダーで結んだ極超短波の見えないホースの中を、手あたり次第に弾丸を送りこむ、いわゆる鉄量射撃だ。

神通の周囲は、またたく間に水柱で取り囲まれた。命中弾が、刻一刻にふえていく。だが、かれの射った魚雷は、敵の二番艦、軽巡リアンダーを噴きとばした。

「頑張れ！　本艦の魚雷は敵艦に命中したぞ。頑張れ。最後まで頑張り抜け」悲壮な伝令の声が、艦橋から艦内にとぶ。

その次の瞬間、艦橋に火柱が立ち、伊崎司令官も、佐藤艦長も、快男児近藤副長も、幕僚たちも、粉々になって昇天する。地獄だ。艦は一面の火。大正十四年に生まれ、すでに十八年を過ぎた軽巡五五〇〇トンの船体は、とうていこんな猛撃には、堪えられない。艦は、もはや動けなくなる。

「仇は味方がとってくれるぞ。俺たちは犬死ではないぞ」動けない、生き不動のような神通に、悲痛な声が走る。

その姿に、敵はなおも砲撃を加える。戦場を避退した味方駆逐艦（一隻もやられていない）を追えと命ぜられた敵駆逐隊までが、あわてて逃げていった、日本軍を追うよりは、と、つい火の色に魅入られたように神通に近づき、執念ぶかく射ちつづける。

轟然、大音響とともに火柱が天に沖し、その火の下で、神通は真っ二つに割れた。割れて後半分は見る間に沈んだ。そしてまだ沈まぬその前半分の、海中に突き刺したような前甲板からは、死力をふるった砲撃が、一発、一発と、闇をつらぬき、火線をえがいて敵駆逐隊を追ってつづいた。

この地獄のかげに、神通の子隊《ねたい》五隻は、闇の向こうで酸素魚雷を発射管に装塡し、息を殺して米艦隊に近寄りつつあった。そして、闇をとおして敵影をとらえると、ひそかに魚雷を射ち、まだ海面に姿を見せていた旗艦神通の前半部に断腸の祈りをささげながら、急いで引き返していた。

そのとき、敵から射ち上げた星弾が、頭上に炸裂した。

あわてたのは、米艦隊だ。舵をとり、日本軍に横腹を見せて砲火を最大限に見舞おうと、射ち方始めを令しようとするとたん、まず重巡セントルイスの前部に魚雷命中、ボッキリ艦首が折れて、中味がはみ出す。

つぎの一瞬、駆逐艦グウィンが轟沈、重巡ホノルルまた前部に一本、後部に一本命中。仰天した米駆逐艦二隻がもろに衝突。神通一隻を射ちのめした敵巡洋艦は、こうして総崩れ、三隻とも大破して動けず、さらに駆逐艦一隻沈没、二隻中破の損害を与えた。

最後の瞬間まで、戦うことをやめず、責任を完全に遂行した神通の伝統は、かくして悲壮な花をソロモンの海に咲かせた。が、その戦死者四八二名。生存者の一部が味方潜水艦によって救出されたとはいえ、あまりにも大きな犠牲であった。

防空巡「五十鈴」のエンガノ岬沖海戦

小沢オトリ艦隊とともに最後の決戦場に殴り込んだ艦長の回想

当時「五十鈴」艦長・海軍大佐　松田源吾

昭和十七年六月、ミッドウェー沖の海戦で鍛えに鍛えていた空母部隊を失ってから、日本の戦力は急速に低下し、すっかり作戦の主導権をアメリカに握られるにいたった。そして八月には、米軍はソロモン諸島のガダルカナル島に上陸し、前進基地をつくろうと作戦を開始してきた。ここに壮烈をきわめたガ島の争奪戦がはじまったのであった。

それから一年有余の長い戦いの間に日本海軍は、ミッドウェー海戦以後ようやく育成した機動航空兵力はもちろんのこと、あらゆる水上艦艇を投入し、昼夜の別なく攻撃また攻撃をくわえ、それこそ死闘の連続を繰り返したのであるが、ついにアメリカの物量には勝てず、この争奪戦に敗れたのである。

ソロモン諸島の東方海上で展開された海空戦で空母対空母の戦闘がおこなわれ、敵の空母一隻を撃沈、一隻を大破するという戦果をあげたけれども、長い戦闘の間に真珠湾いらいの歴戦パイロットの大半が戦傷死し、日本の航空戦力は急激に弱っていった。

ガ島を奪取した米軍は、その圧倒的に優勢な航空兵力をもってソロモンの島づたいに北上進撃を開始し、両面作戦に出てきた。すなわち一面は比島の方向へ、他の一面はマリアナ諸島へと矛先を向けてきたのである。

昭和十九年六月十九日、サイパン島東方海上に展開されたマリアナ沖海空戦がはじまったのであるが、この海戦でもわが方に利がなく、わが海軍にとっては最後の、それこそとっておきの航空兵力であったが、むなしく壊滅するにいたった。以後、連合艦隊すなわち航空部隊を持たない水上部隊は、訓練基地をスマトラ東岸沖のリンガ泊地にうつし、燃料補給の比較的容易なことをもかんがえて次期作戦にそなえることとなったのである。

私が五十鈴《いすず》艦長を拝命したのは、マリアナ沖海空戦のため味方機動部隊が出動する直前の六月であったが、このころ艦隊はボルネオ東岸沖のタウイタウイ泊地に集結し、つぎの作戦にそなえてもっぱら訓練に励んでいたときであった。

そこで私は、錨泊中の重巡鈴谷のカタパルト上の水上偵察機に乗り、乗員と別れをつげたのち射出され、赴任の途についた。途中、飛行機を乗継ぎして、そのころ三菱横浜造船所に入渠中であった五十鈴へ急ぎ着任した。五十鈴は先の南洋方面行動中に対空戦闘のとき、損傷した被害個所の修理および防空巡洋艦として改装中であった。

軽巡五十鈴は八月二十日、第三十一戦隊に編入され、九月十四日、修理ならびに改装をおえて、二十六日、第三十一戦隊旗艦となった。なお第三十一戦隊は、五十鈴のほか駆逐隊一隊、水上偵察機一隊をもって編制され、主要任務は台湾海峡および比島西方海面の敵潜水艦制圧のためつくられた部隊である。

九月二十六日、艤装中の空母雲龍の護衛をかねて内海西部に集結のため横須賀を出港し、十月十九日まで内海西部に待機しながら訓練に従事した。そして十月二十日、突如として機動本隊に編入され捷一号、捷二号作戦の発動とともに比島沖海空戦に参加することになり、十月二十三日、機動部隊本隊として出動したのである。

修羅場と化した紺碧の海

機動部隊本隊は空母（瑞鶴、千代田、千歳、瑞鳳）四隻、戦艦二隻、軽巡三隻、駆逐艦八隻をもって編制され、飛行機隊は基地で訓練中のものを掻きあつめて空母に搭載されたと聞いている。したがって空母四隻のうち正式空母は瑞鶴のみで、しかも飛行機隊はほとんど母艦の発着訓練もできておらず、比島沖海空戦で飛び出した飛行機は、任務終了ののちは母艦に帰ることなく台湾にある陸上航空基地へ帰投する計画であったと聞いている。

ついにアメリカは、優勢なる機動部隊に支援されて上陸船団をともなって比島のレイテ湾に上陸進攻作戦を開始してきた。これに対し、わが主力艦隊すなわち航空兵力を持たない水上部隊を数隊にわけて十月二十五日黎明を期して、レイテ湾に突入、いわゆる殴り込みをかけ敵を殲滅するという計画のもとに進撃を開始したのである。

この作戦を成功させるため、敵機動部隊の全飛行機部隊をわが機動部隊に引きつけるいわゆるオトリ部隊として重要なる任務を果たすため、比島東方海面に進撃を開始したのである。

防空巡となった五十鈴。14cm 砲７基をすべて撤去し連装高角砲３基と前檣上に高射装置、機銃38梃。対潜兵装も酸素魚雷16本と４連装発射管２基に。艦橋上に二一号対空電探、後檣に一三号対空用と二二号水上用。大正12年８月竣工の長良型２番艦で5570トン、全長162.15m、速力36ノット

進撃したときの陣形は、空母を中央にその外周に戦艦、軽巡、駆逐艦を配したいわゆる輪形陣の第四警戒航行序列をとって一路南進した。

十月二十四日午後五時ごろ、瑞鶴は敵の索敵機に発見触接されたのを見た。したがって二十五日は早朝より敵飛行機の来襲があるものと予期し、全軍警戒のうちに二十五日を迎えたのである。わが機動部隊は飛行機部隊を進発させて警戒した。しかし艦隊の針路は零度、速力二十ノットで北方に避退中の午前八時四分、旗艦瑞鶴より敵機発見という情報を送ってきたので、全員を戦闘配置につかせた。上空には直衛のための戦闘機八機が発進していった。

五十鈴のレーダーも敵機の集団を一〇〇キロ付近にとらえたので、警戒をますます厳重にして待機する。敵機はしだいしだいにわが機動部隊の四周を包囲するような態勢で進撃してきた。そのため八時十分、敵機にたいし遂に戦闘を開始した。

百数十機の敵機は、猛烈果敢におそいかかってきた。とくにわが空母をめがけて爆撃してくるものもあり、また雷撃をくわえるものもあった。その間に敵の戦闘爆撃機はそれぞれ目標をきめて群がるように襲いかかってきた。

八時二十四分には早くも千歳は爆弾をうけた。また八時三十五分には、五十鈴の左側にあった駆逐艦秋月が被弾し、そして搭載していた魚雷にでも命中したのか、大きな黒煙と同時に真ッ赤な炎につつまれたが、まもなく海底に沈んでいった。

対空砲火の爆音は耳を聾《ろう》するばかりで、爆撃による水柱はあちらこちらにあがるし、一時阿修羅のような戦場であった。また、わが高角砲か機銃弾が命中した敵戦闘爆撃機は、パッと黒煙をあげたかとおもったら、もうあとかたもなく消えていった。

こんな光景は数回あったが、わが五十鈴も敵の戦闘爆撃機の小型爆弾を艦橋下の機銃砲台にうけ、機銃は破壊され、死傷者をだしてしまった。また爆弾投下ののち艦側を通過していく敵の戦闘爆撃機の機銃掃射により、乗員の被害もあって死者十三名、傷者五十六名をかぞえるにいたった。敵機の爆撃および雷撃回避のための艦隊としての一斉回頭の操艦、それに敵機にたいする戦闘指揮もおこなわねばならず、艦長もなかなか忙しいとおもったことを思い出す。

わが目前で沈んだ空母千歳

対空戦闘は四十分ていどで一次は終わったとおもうが、戦闘がすんでしまえばもとの静けさにもどっていた。

敵襲がいちおう終わった九時四十分、五十鈴は艦隊長官より空母千歳を曳航せよとの命をうけたため直ちに反転し、陣列をはなれてはるか後方の千歳に向針して南下した。反転してのち約十分くらいたったころ、見張員は千歳沈没をみとめて報告した。つづいて巡洋艦多摩《たま》もまた沈没するという報告をうけた。戦争とはいえ味方の艦艇がつぎつぎと海底に没し去るのを聞くのは、まったくやりきれない気持であった。

敵機は千歳、多摩が沈んだため単独で航行している五十鈴を餌食にせんと、執拗にも波状攻撃をくわえてきたが、そのたびに増速、回避、対空戦闘をくりかえして実施した。

18年12月5日、ルオットで空襲をうける五十鈴。このとき被弾損傷して9月まで修理改装して防空巡となる20年4月7日、ジャワ東方スンバワ島北方で被雷沈没

やっとのことで、千歳の沈没点付近に到達したところ、左舷四千メートルの海面を泳いでいた千歳乗員とおもわれる者をみとめ、いそいで近寄って約三百名ばかり収容することができたのは幸いであった。収容中にも一度、敵機が来襲してきたので収容を一時中止し、増速、射撃を開始したこともあった。

敵機のため被害をうけたが、まだかろうじて浮くことのできた千代田を発見したので、救援のため近寄ろうとするが、敵機の来襲がひんぱんとなり、千代田の救援はおろか五十鈴自身の命も危険になってきたので、救援作業をいったん打ち切り、日没ごろふたたび接近して作業を続行しようと決意し、午後三時四十分、北方に避退することにし、針路を北にとった。速力は二十ノットであった。

それで約二十分ほど航行したとき、艦尾水平線に大きな黒煙の上がるのをみとめたが、瀕死の千代田がふたたび爆撃をうけたのではないかと推定した。そのとき突如、午後七時七分に五十鈴も敵の水上艦艇の砲撃をうけたので、千代田の救援を断念せざるをえなかった。

すなわち五十鈴の右舷一二〇度の方向に、水上艦艇の発砲の閃光らしいのを発見し、まもなくそれがちょうど艦首前方の海面に着弾し、大きな水柱があがるのをみとめたので、敵水上艦艇が五十鈴をめがけて砲撃を開始してきたものと判断し、ただちに増速し、左方に回避しながら魚雷戦用意を発令した。

そのとき五十鈴のレーダーは距離約二万四五〇〇メートルを測定した。

敵のうった砲弾は、苗頭《びょうどう》（射撃用語で射線にたいして横方向の振れをいう）が切れていたので、夾叉弾（射撃用語で目標をはさんで遠、近に着弾すること）ではあったが、さいわいに命中をまぬがれ、ことなきをえた。おそらく敵の重巡級の水上艦艇の砲撃をうけたのだろう。この敵水上部隊にたいし、魚雷戦用意を令したが、避退とともに敵との距離が遠くなり、魚雷発射の中止を命じた。

なにしろこの日は朝八時前から夕刻の七時すぎまで約十一時間にわたって全員戦闘配置についたままであったので、乗員の疲労を考慮し、戦闘配置をといて第三警戒配備とし、そうとう戦場をかけまわったので燃料が不安になり、いそいで機関科にたいし燃料調査を命じた。

そして戦場をはなれ、一路、艦隊集合地に向けて航行中の午後十時三十分ごろ、いかなる命令をうけたのか、駆逐艦初月は五十鈴の左側にあったが急に反転し、南下しはじめた（注、初月は十月二十五日の戦闘で失ったことになっている）。

燃料調査の結果、沖縄の中城湾まではどうやら辿りつけるが、戦闘後の艦隊集合地である奄美群島の薩川湾までは行けそうもないので、艦隊司令部にたいし駆逐艦の派遣をえて中城湾において燃料補給をうけたいと打電した。

しかし、中城湾に入泊したのち、燃料タンクを整理させ、ふたたび燃料調査をやったところ、奄美大島までの燃料はあるとのことで、燃料補給のための駆逐艦の派遣をことわり、単独で十二ノットの速力で中城湾を出港し、一路、集結地である奄美群島にむかった。艦隊集合地は薩川湾であったので、西方より狭水道を入港することに決めた。

深夜の狭水道を通過するとき、五十鈴に装備していた水中聴音機が妙なところで役に立ったことをおぼえている。

もともと水中聴音機は、対潜兵器として装備されたもので、水中にもぐった潜水艦がいる場合に、電波を発射して方向と距離をはかるようにできている。これを利用して狭水道の両側の島づたいに距岸距離を測定しながら、海図と照らしあわせ針路を決定したため、探照灯もつかわずに不安もなく薩川湾の泊地に入港することができたのであった。

対空戦闘でみせた改装の成果

入港後はただちに艦隊司令部に行き、陣列をはなれてからの戦闘報告をなすとともに、収容中の千歳乗員を移乗させた。そして翌二十六日、空母を失った機動部隊はそれぞれ母港に帰ることになったため、五十鈴も呉軍港へ入港することになった。

この戦闘に参加して、五十鈴が防空巡洋艦に改装されたことにより、対空戦闘においてはかなりの威力を発揮することができたとおもっている。五十鈴の主砲は、対水上艦艇を目的とした一四センチ砲であったが、これを一二・七センチ連装高角砲に換装するとともに、一二センチ単砲の高角砲を撤去して連装機銃を装備し、ほかにも、できるかぎりの機銃を装備していたので、艦隊陣列中における対空戦闘のみならず、単独行動中にはたびたび敵機の来襲をうけたけれども被害は軽少ですんだ。これは防空巡洋艦としての威力を発揮したお蔭だといまもなお考えている。

しかし直接、射撃や魚雷を発射する戦闘員のほかに、艦には非戦闘員、たとえば副長の指揮下に運用科員、工作科員がいて、戦闘時に被害があった場合、すみやかに応急処置をやり、戦闘作業に支障のないように配置されている者、あるいは看護科員、主計科員などそれぞれに死傷者の手当、戦闘配食を実施するよう配置されている者がいる。

それらの主計科員で弾薬供給中に、上甲板で負傷をうけた者もいたのは、いくら戦争とはいえ残念だった、といまになってしみじみ反省している次第である。

強運「大淀」暗夜のミンドロ島に突入す

寄せ集めの八隻で敢行したサンホセ殴り込み作戦に戦死ナシの幸運

当時「大淀」主砲発令所員・海軍水兵長　小淵守男

小淵守男兵長

レイテ島を中心とする広大な地域において、彼我いり乱れて展開された「捷号作戦」で、連合艦隊は惨憺たる敗北を喫《きっ》した。オトリ艦隊といわれた小沢機動部隊に属して勇戦敢闘し、奄美大島に帰投した残存艦のなかで、この比島沖海戦を無傷できりぬけたのは、軽巡大淀と駆逐艦若月《わかつき》の二隻のみであった。

その大淀に、第一遊撃部隊の残存艦の救援が命じられたのは、昭和十九年十月二十七日の夜半であった。二十八日の早朝、若月とともにマニラにむかった大淀は、このとき主砲の対空弾が底をついていた。マニラ港に着いてみれば、そこは沈没船のマストが冬の枯木立ちさながらに林立し、船の墓場と化していた。そのマニラで食糧や弾薬などを満載したが、主砲の対空弾はなかった。

しかし、幸運に恵まれていた大淀は、マニラが大空襲をうける直前に出港し、ことなきを得た。遊撃部隊をさがしてミリ（ボルネオ北岸）に行き、つぎの泊地ブルネイでようやく合流し、救援物資を各艦に分配した。そこで大和の副砲である一五・五センチ対空弾をゆずりうけ、大淀の主砲弾庫に収納したのである。

十一月十六日、快晴の暑い日であった。ブルネイに集結していた艦隊を敵の大型機約六十機がおそったが、各艦の一斉砲撃で大半を撃墜した。残る機は反転退避してしまった。その日の夕刻、大和、長門、金剛の戦艦三隻と軽巡矢矧、駆逐艦雪風、磯風、浦風などが、内地に帰投すべく出港した。重巡高雄は重傷の身をひきずるようにして、シンガポールのセレター軍港にむかった。

このおなじ十六日の夜半、ふたたび敵大型機の大群がブルネイ泊地の艦隊をおそった。昼間の仇をうつべく、大編隊をくり出しての猛爆撃であった。大型爆弾が何百発も投下された泊地内は、海水も煮えたぎり、魚も、その他あらゆる生物がすべて死滅してしまったのではないかと思われるほどであった。しかし、ここに停泊していた五隻は、かすり傷ひとつ負わなかった。そのときの在泊艦は戦艦榛名、重巡足柄、羽黒、軽巡大淀、駆逐艦清霜の五隻である。

ボルネオ北岸のブルネイ泊地はすでに敵大型機の制空圏内となり、危険なため、これらの艦は、十七日の午後に出港して長島泊地（南シナ海の新南群島＝南沙諸島）にむかった。翌日、泊地に入港すると、奄美大島でわかれた戦艦伊勢、日向がきていた。あれから内地に帰

対空戦闘訓練中の後部格納庫上３連装機銃越しに見た大淀煙突後部と艦橋。潜水戦隊旗艦用に建造された大淀は連合艦隊旗艦に改装、連装機銃６基から３連装12基と単装８基に換装された

り、修理をすませてここまで来るには、かなり忙しい日程であったろう。

その日のうちに、各艦はリンガ泊地（シンガポール南方スマトラ中部東岸沖）に向かった。リンガ泊地における戦闘訓練は、いままでになく厳しいものであった。だが、誰もが激戦を生きぬくためという強い信念で取りくんでいるので、決して苛酷とは思っていなかった。

猛訓練を積むことによって、どんな激戦でも切りぬける軍艦になるのだと、みんなが自覚し励んでいたのである。私たち下級者には、現在の戦局がどのように進展しているのかわからなかったが、多くの艦が撃沈されたことを知っているので、残った各艦の責務がいよいよ重大なものとなっていることは痛感していた。

やがて十二月八日の開戦記念日がやってきた。しかし、ここに停泊している艦隊は、相変わらずの猛訓練に明け暮れるばかりで、いっこうに出撃命令は出なかった。

いままで一緒に行動してきた戦艦榛名は、内地に帰ったとささやかれてはいたが、いつのまにかいなくなっていた。重巡羽黒もセレター軍港にいったまま帰らなかった。泊地にいるのは戦艦伊勢と日向、重巡足柄、軽巡大淀と、木村昌福少将麾下の駆逐艦が数隻いるのみであった。

そんなある日、「この艦隊に出撃命令が出た。こんどは大変な作戦らしい」と艦内に噂が立ったのは十日の夜であった。

出撃命令が正式に伝達されたのは二日後の朝で、ただちに臨戦準備が下命された。午後になってセレター軍港から足柄が帰ってくると、すぐ出港命令があり、仏印のカムラン湾へと向かった。途中なにごともなく、艦隊がカムラン湾に入港したのは十四日の早朝であった。ここは日露戦争のとき、バルチック艦隊が東洋までの一万五千余浬《かいり》という長途の疲れをいやすべく、投錨した故事で知られている。丸く入り込んだ湾の沿岸には、人家が建ちならんでいるが、港湾らしい施設は全然見受けられない。入港している船もなく、ひなびた漁港のような感じであった。

翌日になると、港内に停泊している艦のまわりに、現地の人たちが小舟にバナナやパパイヤなどを積んで、物々交換にやってきた。彼らはカミソリや万年筆、それに一升ビンなどを欲しがっていたので、それらをロープに結んでおろしてやると、その品物に相応のものを結びつけてよこした。

しかし、この〝果物釣り〟も食中毒や伝染病などの危険があるということで、すぐ禁止されてしまった。だが、後甲板の物蔭や舷窓などからこっそりとやっている姿が見えた。

カムラン湾の水はきれいに澄《す》み、小魚が群れをなして泳いでいた。錦の布を流したように、水中で光り輝いているのは、鯵《あじ》の一種だろう。

入港してから四日目の十二月十八日早朝、艦隊は空襲をさけるために、サイゴン南方サンジャックにむかった。敵機の飛んできた様子はなかったが、もう敵に感知されてしまったのだろうか。サンジャックは「母なる川」と呼ばれているメコン川の下流にある港だが、そこに入港すると、すぐに空襲警報が発令されたとかで、港外に出て仮泊した。艦隊に油槽船の日栄丸がきて、重油の補給がおこなわれた。

P38との熾烈な空中戦

突入作戦（礼号作戦）の決行が知らされたのは、十二月二十日のことである。しかし「作戦に参加する艦は、ここにいる全部の艦ではなさそうだ」という噂が立っていた。だが、私は大淀がいちばん先に選ばれることを信じていた。

夜になって、突入作戦に参加する艦の発表があった。それは重巡足柄、軽巡大淀、駆逐艦清霜、朝霜、霞、杉、樫、榧《かや》の合計八隻であった。行く先はミンドロ島のサンホセ港である。

指揮官は木村昌福少将であった。私は血湧《わ》き肉おどる感激をおぼえた。

「こんどは生還の望みのない作戦だ」といわれていたが、軍人として遅かれ早かれ、死なねばならない身であってみれば、このような突入戦で華々しく砕《くだ》け散ることこそ、男子の本懐ではなかろうか。

二十一日の早朝、サンジャック港外より出港した艦隊は、再度カムラン湾にむかった。途中どのような航路を進んだのかわからなかったが、かなり迂回したらしい。

カムラン湾に入ったのは、二十三日の昼ちかくであった。そして同行の駆逐艦に重油を補給したりして、戦闘準備をととのえた。いみじくも、この日は私がトラック島でこの軽巡大淀に乗り組んだ日で、あのときも出撃準備中であった。

十二月二十四日、日の出とともに、いよいよ出撃の時がきた。カムラン湾よ、さらば――伊勢、日向などが後方支援艦隊として残るカムラン湾を、突入艦隊の諸艦は出港ラッパの響きも高らかに出撃した。この突入艦隊がめざすサンホセ港は、ミンドロ島の南端西岸にある港で、そこに大挙して上陸した敵は、港内に多数の艦船を集結しており、すでに飛行場の建設もはじめているという情報もあった。

突入艦隊は清霜を先頭に、大淀、足柄とつづき、右に朝霜、左に霞とならび、後方を杉、樫、榧がかためての陣形で、一路東進した。この東進は、敵に突入の意図を察知されないための迂回航路である。

日没後に変針した艦隊は、そこからミンドロ島をめざして南下をはじめた。まだ敵に発見された様子もなく、その夜も順調な進撃がつづいた。この日はクリスマスである。明くれば十二月二十六日、港内への突入は今夜半という。進撃する洋上はしだいに雲におおわれ、陽光はすっかり遮《さえぎ》られてしまった。

昼ちかく、雲の上から爆音がした。すぐ「配置につけ」が号令されたが、敵機の襲撃はなかった。その後、ふたたび敵大型機らしい爆音がとどろき、ばらばらと爆弾が投下された。このころ、すでに上空は密雲にとざされ、強風が吹きすさんでいた。その密雲の上には、たえず敵の大型機がつけねらっているとみえ、投下される爆弾もしだいに激しくなった。

午後三時すこしすぎ、突如として、密雲を突きやぶって双発双胴の敵機（P38）が舞いおり、急襲してきた。と、見るまに急上昇して、雲のなかに飛びこんでしまった。つづいてまた一機、海面スレスレまで降下し、大きく円をえがくように艦隊のまわりを飛行し、これも急上昇し、雲のなかにかき消えてしまった。密雲が隠れ蓑《みの》になっているので、このすばやい敵機の動きに、主砲も高角砲も発砲するいとまがなかった。二五ミリ機銃では、遠距離すぎて届かないのだ。

敵機はしだいに大胆になって、海面すれすれに艦隊の周囲を飛びはじめた。それを高角砲がねらったが、味方の駆逐艦がいるので、発砲することができない。敵機は雲のなかからぬけ出るとき、後尾に長い飛行雲をひいて突っこんでくる。だが、機銃の射程内に入る直前に急上昇して、雲のなかに飛びこんでしまう。この「双胴の悪魔」（P38）は、五、六機が絶えず上空にいるものとみえ、入れかわり立ちかわり襲撃してきた。ときどき大型爆弾が降り注いでくるのは、上空にも大型機が飛来しているからなのだろう。

その投下弾でわきかえる洋上を、突入艦隊は驀進《ばくしん》した。ときおり激しくゆさぶられるが、被害はまだない。やがて日没とともに敵機もひきあげたとみえ、上空は静かになった。吹き荒れていた強風もだいぶおさまり、激浪もしだいに弱まってきた。

敵機の去った上空は、やや雲が薄れてきた。これまで夜間の航行中に敵機から襲撃されたということは聞いたことがないので、まずは大丈夫と思っていた。

ところが、夜間戦闘も可能なのか、双胴の悪魔は日没になってからふたたび猛烈な襲撃をしかけてきた。暗夜のため、こちらからは何機くらいが来襲しているのかわからなかったが、双胴の悪魔は激しく各艦に襲いかかった。闇の中からサッと姿を現わしたと見るや、爆弾を叩きつけるように投下し、すぐ上空にかき消えてしまう。

これに応戦できるのは、二五ミリ機銃のみで、それも近々に接近するまでは、その姿を捕捉することができない。艦の上空をサッと横切るP38の腹部を目がけ、二五ミリ機銃が激しく火を吐く。だが、そのときP38は爆弾を投下して急上昇中なのだ。投下弾が炸裂すると、艦は横転するのではないかと思うほど激しくゆさぶられ、天に冲する巨大な水柱が滝のように艦を洗う。

暗夜に乗じて四方八方からおそいかかる双胴の悪魔を、各艦は二五ミリ機銃で迎撃し、つぎつぎと撃墜した。だが、入れかわり立ちかわり飛来するP38は、ますます激しく突入艦隊の各艦に襲いかかった。かつて、これほどまでに勇猛な敵機の襲撃を受けたことはない。

この激襲に猛闘する機銃分隊の応援にきている私たちは、主砲が発砲できないのが残念でならない。高角砲分隊も、しきりに敵機をねらっているが、現われたとみるや瞬時に消えてしまう敵機を、どうしても捕捉することができない。急速に近づく爆音に瞳をこらしていると、双胴の黒い影がサッと舞い降りてくる。それを目がけて機銃の曳光弾が飛んでいくが、その速度はじれったいほど遅い。

だが、大淀の機銃分隊は、艦の運命を双肩にかけて猛闘し、すでに六機を撃墜した。何がなんでもサンホセ港に突入し、そこにいる敵艦隊と刺しちがえるまでは、無傷でいなければならない。その祈りに応《こた》えて咆哮する機銃の銃身は、すでに赤く焼けただれてきた。

そのときまた、敵機が前に倍した激しさで襲撃してきた。そして、七機目のP38が艦尾すれすれに墜落していった、まさにその時であった。僚艦の足柄にパッと火花が飛び散り、艦影が赤々と照らし出された。見ると、左舷後甲板の前部に双胴の敵機が火だるまとなって激突し、炎上している。これは日本機の特攻同様の〝猛襲〟であった。たとえ撃墜されながらの突入であったとしても。

その足柄の火災を目標に、こんどは高空から爆弾の雨が降りそそいだ。双胴の悪魔がサッと消えると、上空から大型爆弾の雨が降りそそぐという二重の襲撃方法なのだ。

輸送船や飛行場を砲撃

そのなかを驀進する大淀も、ついに二五〇キロという大型爆弾の直撃を二発うけてしまった。暗夜の上空から投下される爆弾は、いかなる名航海長といえども回避する手段はない。さしもの大淀も、ここに終焉を告げる大爆発とともに砕け散って、ミンドロ島西方の海底深く没し去った。とき、昭和十九年十二月二十六日午後九時三十分であった……となるべき運命なのだが、大淀がうけた直撃弾は、なんと二発とも信管の着装を忘れた不発弾であった。

このため、艦が直撃弾をうけたことを知ったのは、ごく一部の者で、乗組員の大部分は何も知らずに戦っていたのである。大淀がうけた直撃の一弾は、第一砲塔より十メートルばかり前方の上甲板を貫通し、参謀長室の天井から斜めに左舷吃水線上の外鈑をつき破って、海中にぬけ落ちた。もう一弾は、艦中央部の煙突右の上甲板から中甲板を貫通し、罐室に飛びこんで、罐の回廊である鉄製の棚の上に横たわっていた。爆弾の飛びこんだ罐室では、ただちに火を落とし、艦内にある扇風機をかきあつめて爆弾と罐を冷却した。

このように二個の直撃弾は、甲板や舷側に直径四十センチばかりの穴をあけただけで、なんらの支障もあたえなかった。大淀は奇跡的に救われた。その直後、駆逐艦清霜は、執拗に猛襲する双胴の悪魔から直撃をうけ、航行を停止して炎上しながら後方に遠ざかってしまった。それと前後して駆逐艦榧は、超低空で機銃掃射しながら突入してきた双胴の悪魔に、後部マストをへし折られてしまった。まさに米機の体当たり攻撃である。

気がついてみると、猛烈な襲撃をくり返していた敵機は急にひきあげ、雲の合間からは下弦の月がのぞいていた。淡い月光を浴びながら驀進する艦隊から高速で離脱した大淀は、サンホセ港の敵情を偵察すべく、水偵を発進した。

めざす死所《サンホセ》は近い。大淀は快速で突進した。つづく足柄も猛然と進撃した。あらんかぎりの速力でサンホセをめざした。この快速に、駆逐艦は遅れだした。ミンドロ島西岸の島影をぬって驀進する二艦に、各所の島影から突如として敵高速魚雷艇の大群が襲いかかった。

大淀と足柄のまわりにワッと群がり寄せる魚雷艇は、さながら獲物にありついた〝飢えた狼の群れ〟であった。その群れから何十条という魚雷が発射された。だが、これは遠距離のため、充分回避できた。なかには勇敢に突進してきて雷撃するのもある。それには探照灯の照射が命じられた。向かってくる敵に、パッと探照灯を照射すると、すかさず高角砲が発砲した。だが、これより早く敵は煙幕を張って逃げこんでしまうので、命中弾は確認されなかった。

大淀と足柄は、群がり襲う敵を高角砲の水平射撃で蹴散らしながら港内をめざした。このころ、ようやく追いついてきた駆逐艦隊が、敵魚雷艇のなかに突進していったので、二隻はまっしぐらに港内をめざして進撃した。だが、行く手にも何群かの魚雷艇が待機していて、つぎつぎと雷撃してきた。海面には何十条となく雷跡が飛びかい、魚雷艇の発する騒音が洋上にとどろきわたった。この敵にたいし、二隻は両舷の高角砲を猛射しながら驀進した。目的はあくまで港内突入である。その港内をめざして、二隻はあらんかぎりの高速で突進した。

この快速に、もはや追いすがる敵はいなくなった。静かになった洋上を、一路〝死所〟へと驀進する二隻に、ときおり雲間から月光がそそいだ。左手には黒々としたミンドロ島が横たわり、洋上は無気味に沈黙している。その海面に二条の白く長い航跡をひいて突進してい

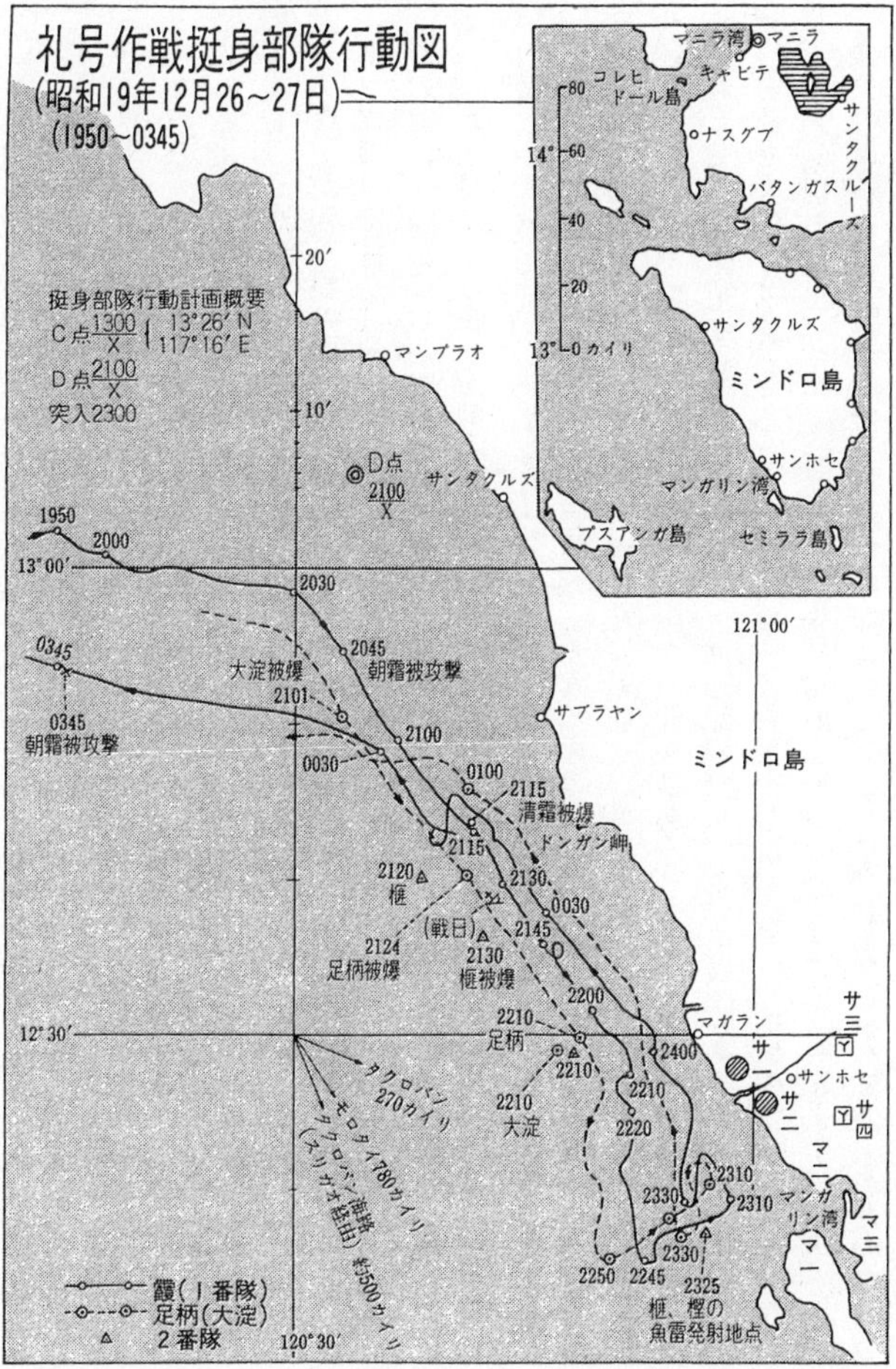
礼号作戦挺身部隊行動図
(昭和19年12月26～27日)
(1950～0345)
挺身部隊行動計画概要
C点 1300/X 13°26′N 117°16′E
D点 2100/X
突入2300
マンブラオ
D点 2100 X
サンタクルズ
サブラヤン
ミンドロ島
1950
2000
13°00′
2030
2045
朝霜被攻撃
0345
0345
朝霜被攻撃
大淀被爆
2101
2100
0030
0100
2115
清霜被爆
ドンガン岬
2115
2120
榧
2130
0030
(戦日)
2124
足柄被爆
2145
2130
榧被爆
2200
2210
足柄
12°30′
2210
2210
大淀
2400
2210
2220
マガラン
サンホセ
2310
2310
2330
2330
2250
2245
2325
榧、樫の
魚雷発射地点
タクロバン 270カイリ
モロタイ780カイリ
タクロバン海路(スリガオ経由)約500カイリ
霞(1番隊)
足柄(大淀)
2番隊
120°30′
121°00′
サ一
サ二
サ三
サ四
マ一
マ二
マ三
マンガリン湾
マニラ湾
マニラ
キャビテ
コレヒドール島
ナスグブ
バタンガス
サンタクルーズ
サンタクルズ
ミンドロ島
サンホセ
マンガリン湾
ブスアンガ島
セミララ島
14°
13°
80
60
40
20
0カイリ

く大淀と足柄は、千数百の火の玉となった闘魂をはらんで、ついにめざすサンホセ港の北口に突入した。

サンホセ港は、半円の浅く湾曲した港であった。南端に半島のような岬があり、その根もとのところが深く入りこんでいる。二隻は速度を落とし、港内の艦影をさぐりつつ南下した。月光のさえぎられた港内は、黒々とした島影を背にして、漆黒の闇につつまれている。その闇の中にひそむ敵艦は、すでに大淀と足柄が港内に突入したのをレーダーで捕捉していることだろう。敵が撃つのが先か、それより早く敵艦影を発見できるか——。

トップの方位盤が、敵をさぐって静かに動く。見張りはむろんのこと、上甲板以上の戦闘配置の者は、瞳をこらして敵をさぐりつづける。闇の中に閃光が上がるか。何か物音は聞こえないか。息づまる瞬間が刻々とかさなる。それは、捨身《すてみ》になって爆発する千数百のエネルギーが、押さえにおさえられている一瞬であった。

港内をさぐりつつ、なおも奥へと進撃したが、敵は撃ってこない。やがて前方に黒々とした岬が横たわっているのが見えた。艦は左に転舵し、半島の奥へと進んだ。その背後は平坦な陸地なので、敵の黒々とした影が闇の中から浮かびあがった。

「敵艦発見!」すかさず主砲が咆哮した。近距離のため、水平射撃であった。つづけて二度三度と激しく砲撃をあびせると、敵艦はたちまち炎上しはじめた。後続の足柄も猛然と発砲し、半島の根もとにひそんでいた七、八隻に猛射を浴びせた。この猛射によって擱坐炎上してゆくのは敵の大型輸送船で、軍艦ではなかった。それまで気負いこんで突入したので、いささか拍子ぬけであった。

ひきつづいて、港内沿岸の施設や小型船舶の砲撃をおこなった。そこへ敵の高速魚雷艇を撃滅してきた駆逐艦隊が港内になだれこみ、手当たりしだいに砲撃をはじめた。このため、サンホセ港は百雷の落下か、万雷のとどろきか、耳を聾《ろう》するばかりの轟音のるつぼと化した。

このとき、先に発進した水偵からの報告があり、大淀と足柄の二隻は、敵飛行場の施設を砲撃することになった。水偵から方位や距離の報告をうけた足柄が、まず照明弾を撃ち上げ目標を照射した。それをすばやく測距し、二隻の主砲が火を吐いた。二斉射、三斉射と砲撃すると、飛行場の施設は紅蓮《ぐれん》の炎を上げ、夜空をこがした。

敵はこの砲撃を空襲と勘違いし、上空にむけて高射砲をさかんに発射しだした。もっとも、これには少し訳があった。というのは、大淀の水偵が錫箔《すずはく》やアルミ箔をサンホセ上空にばらまいて、敵のレーダーを妨害したため、敵は空襲と勘違いしたのだった。

大淀と足柄は、さらに港内を南北に往復しつつ、飛行場に艦砲撃射を続行した。南下して岬に達すると、左回頭して右砲戦で発砲し、北進して港外に出はずれると、右に回頭して左砲戦で撃ちまくった。これは主砲が一方向をむいたままで、艦のみが回転しているような具合で、砲撃には都合がよかった。逆に回頭すると、艦が目標に背を向けることになるので、砲撃も一時中断しなければならなくなるのだ。

「戦死ナシ」の幸運

思うさまの艦砲射撃をくりかえした突入艦隊は、明くる二十七日の午前一時ちかくにサンホセ港を離脱した。それは、港内に突入してから一時間以上の砲撃であった。そのため、ほとんどの砲弾を撃ちつくしてしまっていた。この間、ふしぎと敵機の襲撃がなかったのは、味方の基地航空隊が敵飛行場に夜間攻撃をかけた結果だと、あとになって知った。

昨夜、炎上して戦列から離脱した清霜は、まもなく沈没したという。救助にむかった朝霜と霞に、木村少将は水に浮きそうなものを全部海中に投げこませ、沈みつつある清霜の乗組員に「戦い終わって生きていたら必ず救助にくるから待っていろ。それまで頑張るんだ」と言いのこして決戦場に駆けつけた。

しかし、港内には相手とする敵がいないので、すぐ引き返して清霜の乗組員を救助した。乗組員は木村昌福少将のことばを信じ、水に浮いている木材や船具を寄せあつめ、負傷者をそれらの上に収容してひとかたまりになっていたので、ほとんどの者が救助されたという。

その清霜の乗組員を収容している朝霜がふたたび双胴の悪魔から襲撃されたのは、十二月二十七日の早朝であった。そのとき見張当直に立っていた私は、右舷側を見張っていた。と、とつぜん雲の中から飛燕のごとく舞い降りてきたロッキードP38が、朝霜に突っ込んでいった。投下された爆弾が、巨大な水柱となって天に冲し、朝霜の姿がすっぽりとつつまれて見えなくなった。

「あっ、朝霜がやられた」私は思わず叫んだ。だが、水柱の滝の中から、ゆっくりと艦首があらわれぬけ出るように艦橋が見えたころには、水柱もしだいにしぼみ、やがて消えた。

その後も双胴の悪魔は飛行雲をひきながら艦隊のまわりを飛びつづけ、すきあらばと狙っていた。しかし、昨夜のように接近してこないので、機銃も撃たなかった。昼間は不利とみたのか、敵機は遠まわしに艦隊を監視しつづけている。そして正午ちかくには、諦《あきら》めたように引き揚げていった。

午後、僚艦の足柄は昨夜戦死した英霊の屍を水葬していた。後甲板から五十数柱が赤道直下の海に葬られ、航跡の下に沈んでいった。足柄の艦中央部よりやや後方の上甲板は、めりこんで大きな穴があけられている。そのまわりは無惨に変形し、激突した敵機の執念の跡がなまなましく残っている。

敵機が去って二時間ばかり経過したとき、数条の雷跡が艦隊をおそった。こんどは敵潜の襲撃である。だが、これは見張りさえ厳重にしていれば、恐れることはない。

明くれば十二月二十八日。昨夜までの曇天がうそのように晴れわたり、洋上には朝日がきらめいていた。ちぎれ雲の飛んでいる奥深い青空が、故郷の秋空を想わせる。その青空を見ていると、生きていることが無性にうれしくなった。大淀では誰も戦死しなかった。またしても無傷なのだ。あらためて勝利の実感が心の奥底からわいてきた。この戦闘に参加した者は、生きて帰らずの意もかたく出撃したのである。

突入艦隊がカムラン湾に帰投したのは、午後四時ごろだった。見ると、ここには後方支援艦隊の伊勢や日向はいなかった。艦隊が停泊すると、水上機が一機、滑走してきた。それは一昨夜に発進した大淀の水偵である。任務を果たし終わったので、ひと足先に帰投していた

サンホセ突入作戦を生きのびた大淀は20年２月、呉に回航されたが、７月24日と28日の空襲により江田島湾内で大破転覆した。写真は戦後、解体のため浮揚された姿で艦橋上に二一号電探

のだ。

翌朝、早ばやと艦隊のまわりに小舟があつまった。現地人が物々交換にやってきたのだ。彼らの乗っている小舟は、植物の葉を編み、それに樹脂をぬりこんだもので、片手で差し上げられるほど軽そうであった。そのなかに座って、櫂《かい》を押してやってくる。まったくおかしな漕ぎ方である。

午前十一時、出港用意のラッパが鳴りわたって、艦隊は動き出した。こんどの行く先はサンジャックだという。第一戦闘配備が下命され、充分な警戒をしての航行であった。

翌早朝、サンジャックに入港し、岸壁からはだいぶ離れたところに停泊した。そこで艦内の大掃除が命令され、各分隊は居住区や受持ち甲板の掃除にとりかかった。今年も終わりなので、いままでの汚れを洗い清めろ、ということなのだろう。

総員が大掃除に汗を流していたとき、突如として「配置につけ」のラッパが鳴りひびいた。敵機は一機だけで、高々度を飛んでいた。B29と呼ぶ敵の最新鋭の大型機に、このとき初めてお目にかかったのである。

B29は艦隊の前方はるか彼方を斜めに横切って、まもなく姿を消したので、「配置につけ」はすぐ解除された。だが、これは偵察に来たらしいということで、大掃除はとりやめにし、ただちに出港することになった。あわただしくサンジャックを出港した艦隊は、どこに向かっているのか。夜中になっても航行をやめようとはしなかった。

大晦日《おおみそか》も艦隊の航行は依然としてつづけられていた。想えば、去年の大晦日も航海中であった。あれから一年、随分いろいろなことがあった。大淀は精悍に戦いつづけ、赫々たる戦果をあげてきた。そして、今年もまた、赤道直下で正月を迎えることになった。

やがて陽も沈み、空には星がまたたきはじめた。その星を見ていると、子供のころの大晦日の夜のことなどが想い出された。大淀も足柄も、従っている駆逐艦も、静かな洋上を黙々と航行している。どこへ行くのか、行く先は知らされていなかった。

戦艦大和に殉じた二水戦「矢矧」の最後

高性能最新軽巡の艦橋にあって目撃した非情なる対空戦闘の実相

当時「矢矧」航海科信号兵　土屋初人

第二次大戦において、わが将兵の戦死者の数は、一五〇万人とも二〇〇万人ともいわれている。そのほとんどは魂のみが英霊として、ご遺族の方々に引き取られていったものと思われる。ご遺族の方々にはわが子が、わが夫が、わが兄弟が、いずこの地で、どのような戦場で戦死していったかも、さだかでないままであろう。

私の実弟も「昭和十九年十一月二十五日、比島沖海面ニオイテ戦死ス」の一報のみで、詳細は不明のままである。

土屋初人信号兵

当時の艦隊戦闘員のすべてが、それぞれの戦闘艦と運命を共にすることは、覚悟の上であった。各戦闘艦は幾多の海戦において、華々しい戦果をあげたことも事実である。しかし、海軍なるがゆえに、戦闘海面において幾十幾百の戦友たちを、日没と同時に水葬にふさねばならなかった。巡洋艦矢矧《やはぎ》とてその例外ではない。一例をあげれば、昭和十九年十月二十六日、比島沖海戦で、スルー海峡特有の美しい夕焼けがうねりの海面に映えていた。微速運転の矢矧の航跡の渦巻くなかに、幾十体もの戦友たちが水葬されていった。親しみ深い戦友であればあるほど、その悲しみは深い。来る日も来る日も夕暮れにはこの状況がつづいた。だれがこの悲しみを忘れることができ得るであろう。

私は戦後四十幾年間、矢矧における記憶を、妻子にも語ることをさしひかえてきた。そうして、私も人並みに時世の流れに合わせて、平穏な生活を営むことができた。平和とは、まことに素晴しい。私は今、わが子・わが孫たちの成長をしみじみと確かめながら、また、あらためて人間の生命の尊さをかみしめている。

いま、せめて限りある生命の中で、矢矧の戦友たちがいかなる状況の中で、いかに勇敢に戦い、矢矧と運命を共にしたかを、ご遺族の方々にも知っていただきたいと思いペンをとった。今は亡き蓑手軍医長をはじめ、島田分隊士その他、多数の戦友たちに励まされてである。

出撃準備

昭和二十年四月五日、瀬戸内海の夕暮れを、可燃物を満載した各艦の内火艇がしきりに往来している。「各艦の燃焼物は釣床・衣嚢にいたるまで、すべてを陸揚げせよ」という。春霞をたなびかせた内海の小島に雨雲は重くたれ、緑はぐくむ季節にしては、あまりにも重苦しい。山口県三田尻沖、大島南西海上の一角には、かつての太平洋上を威圧した連合艦隊・

機動部隊の影はなく、各海戦に生き永らえた幸運艦の残存十余隻が、点在する小島の島かげに、黒装束の忍者の姿にも似て警戒配備のまま出撃命令を待っていた。

私の乗艦する巡洋艦矢矧《やはぎ》は、戦艦大和を旗艦とする第二艦隊、第二水雷戦隊旗艦として駆逐隊三隊をひきいて大和の配下にあった。沖縄特攻艦隊は、つぎの艦をもって編成された。総称第二艦隊。伊藤整一中将の指揮する戦艦大和、巡洋艦矢矧、第十七駆逐隊の磯風、浜風、雪風、第二十一駆逐隊の朝霜、初霜、霞、第四十一駆逐隊の涼月と冬月、以上十隻であった。

当時、私は巡洋艦矢矧の航海科信号兵として、左舷信号の送受信および戦闘航海日誌記録を戦闘配置としていた。午後三時——矢矧の艦内放送は「定刻二時間前に日課終了。各分隊、酒保物品受け取れ」を報じ、つづいて「酒保開け」を告げた。艦内は各科・各分隊、それぞれに酒盛りがはじめられた。

そのようなあわただしい中で、私の所属する航海科信号兵たちは、艦橋立直のかたわら『陸揚げ軍事機密図書記号記録』に追われ、居住区一杯に機密図書をひろげて、陸揚げ準備を急いでいた。

そこへ、内野信一副長と川添亮一航海長が〝加茂鶴〟をぶら下げて、中甲板よりのタラップを降りてきた。日頃温厚な内野中佐が厳しい表情で、「航海科は何をやっとるんじゃ」と九州弁丸だしで怒鳴られた。佐藤兵曹が「機密図書陸揚げのため記号控え作成中」と告げた。航海長はすかさず「何をいまさら、軍極秘の控えなどいるものか。その必要はない。そのまま陸揚げせよ」と叱責した。

内野副長は先代吉村真武艦長時代からの副長で、川添航海長とはとくに気心が合うようであった。過ぎし日の副長は、よく艦橋に上がってきては立直中の信号兵たちに夜遅くまで、懐かしい昔の思い出話をしてくれた。内野副長は筑後なまり、川添航海長は鹿児島なまりで、矢矧乗組員たちにとっては、とくに親しみ深い両者であった。たぶん、内野副長は航海科のすべてがとくに好きであったのかも知れない。それゆえに内野副長は航海長をともなって、真っ先に航海科をねぎらってくれたのであろう。

副長・航海長は幾多の戦場において、苦楽を共に生き抜いた勇者たちをねぎらいながら「命あるいま、矢矧と共に名残りを惜しみ、お互いの武運を祈ろう」と、各人に加茂鶴をそ

比島沖海戦を前にリンガ泊地に待機する十戦隊旗艦・矢矧。その右中央遠方は二水戦旗艦の能代。両艦ともサマール沖で被弾しブルネイへ避退中矢矧は急降下爆撃の至近弾により死傷80名を出した。また能代は雷撃機の魚雷２本をうけ、19年10月26日午前11時すぎミンドロ島南方で沈没した

そがれた。生き残りの武勇者ぞろいとはいえ、特攻攻撃の命が下り、将兵たちの表情はコンクリートのかたまりにも似て冷たく、なお一そう引き締まったままでほぐしがたい。穂満信号長が「矢矧の奮戦とおたがいの武運を祈ろう」と、加茂鶴を片手に音頭をとった。四十余名の航海科員は、これに応えて盃をかかげた。おたがいに死別の盃であった。

だれが事ここにいたって、生きる望みを何に託すことができ得たであろう。かつてのマリアナ沖海戦において航空母艦翔鶴《しょうかく》が、また比島沖海戦においては武蔵をはじめ、その他幾十隻もの勇壮にしてかつ悲惨な最期を全将兵たちは眼前で見せつけられている。矢矧とてその例外ではない。無慈悲な一撃の砲弾は、一瞬にして幾十かの将兵たちの生命を奪った。幾百もの傷ついた戦友が、苦しみのたうちながら、甲板上でもだえて消えていった。非情きわまる己れをいましめる暇もない艦上で、戦友の最期にほどこすすべを忘れた記憶は、いまも生々しい。

艦内灯に映える加茂鶴が盃の奥深く、戦闘員たちの鼓動にも似て激しく揺らぎを見せていた。過去の海戦のいまわしい記憶を背負い、生き残りの勇者たちが、幾十幾百の戦友たちのなきがらの、怨《うら》みをうちはたさんとする気構えは、まさに武勇者たちの呪《のろ》いにも似た姿であった。

艦隊戦闘員たちは、生と死の極限にさらされたとき、忍耐と勇気が生まれる。悲惨な生と死の対応にうち勝って自分自身を見きわめる。私は、ここでその課せられたきびしい試練を、たとえるすべを知らないが、やがて私自身、砲声のとどろく戦場に直面したとき、艦隊戦闘員たちの魂と魂にひきずられながら、勇気と忍耐で、打ち勝つ努力をかさねるであろう。艦隊戦闘員たちは短い生涯において、生きる尊さはさとりえても、真実、死の恐怖はとけない。からみくる恐怖に耐えしのぶとき、ふるい立つ気力が自分をささえてくれる。捨鉢な心をなぐさめながら、覚悟におきかえる。哀れではない。恐れでもない。惨めさでもない。生と死の極限にだれが尺度を当てられよう。

巡洋艦「矢矧」艦橋戦闘配置概要図

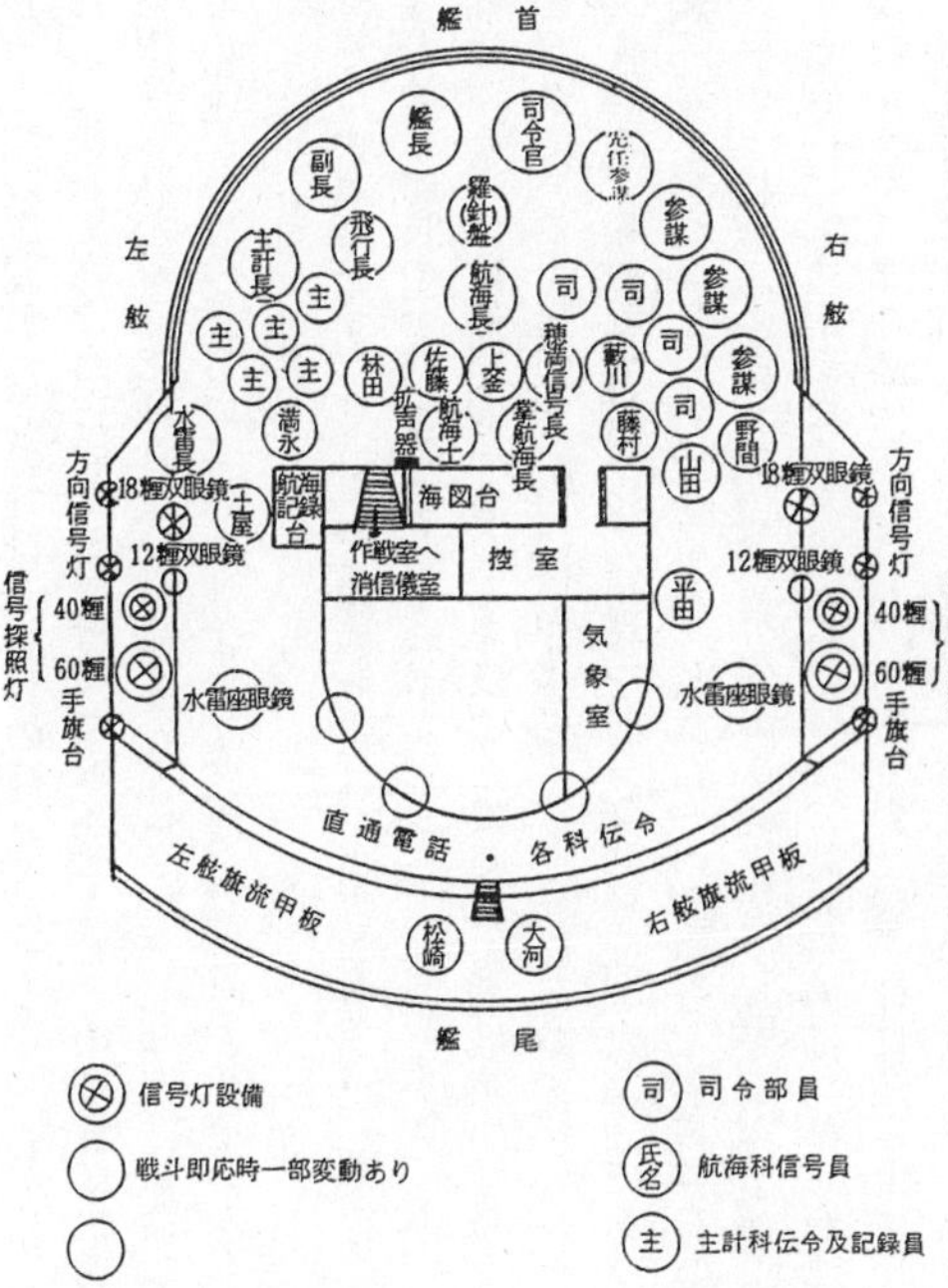

　しきりに繰り返し自分にいい聞かせて、己れをいましめる。〝神は恵みをあたえ、仏は慈悲をさずける〟という。決して祈りではない。悲しみでもない。強くつよく孤独に耐えて、哀れさがくちはて

るとき、艦隊戦闘員たちの魂は、将兵の魂と魂にひきずられて死地へゆく。〃神よ。仏よ。父母《ちちはは》よ。決してあなた方の所為ではございません。この時世に生まれ合わせた私たちの、生涯に課せられた避けて通れない宿命なのでございましょう。短命のせめてもの償いに、生命あるいま、慈恵の恩らいに報わせ給え〃今宵、春の星がのぞいたら、一つの星に告げておこう。

時刻は十七時をすぎていた。艦内放送は、「退艦者全員、前甲板集合」を告げた。候補生をはじめ乗組員の一部が退艦していった。

酒は、しだいに残りの勇者たちをほぐしてくれた。候補生たちを送りとどけた四分隊内火艇の艇長である中村兵曹が、「桜の花を折ってきた」と小枝をくれた。桜はまだつぼみのままであった。中村兵曹は、桜の小枝を各分隊に分配したようであった。

艦内は、いつまでもいつまでも、将兵たちの歌声と、名残りをおしみ合う語らいがつづいた。桜の小枝を中心にして、全員が「咲いた花なら散るのは覚悟、みごと散りましょ国の為」と艦内は大合唱となった。安らぐはずの詩の一節は、なぜか逆に脈拍を高ぶらせてしかたがなかった。まだ迷いがあるのであろうか。胸一杯に込み上げてくるものを感じた。それは、退艦者を送り出した後の、残された勇者たちの哀れなひがみであったのかも知れない。

やがて戦場となるいまわしい海面は、魚雷が走り、爆弾の水柱がとどろく。砲声は天空にとどろき、八方くまなく砲弾の弾幕がおおう。包囲攻撃隊形をととのえた敵攻撃機隊は、大和、矢矧に集中して襲いかかるであろう。最大戦闘速力の艦隊の波浪は、すさまじい海鳴りとなって、矢矧の甲板上を走り、将兵の戦闘配置を襲う。爆弾の火柱が水柱が、必死に死守せんとする、戦闘員たちの行動さえもこばむであろう。やがて砲声がやんで、海鳴りが消え、死の海に夜光虫が群らがる。夜光虫は私をかばい、夜光虫は私をさける。そのうちに力つきた私を、海鳴りも夜光虫の群れも見放してしまうであろうと想像する。私は、傷なしにあふれ出る鮮血の流れにも似たものを背筋に感じた。

ふるい立たせようとする勇気と、悪夢にも似たおびえとが交錯して、自我を失いかける。沖縄特攻艦隊に「戦闘終結」「戦場離脱」の命が下されようはずがない。「燃料弾薬がつきはてるまで前進せよ」というのだ。やがて終わる命、また改めて短い生命をたしかめる。

四月六日。夜が明け、敵襲にそなえて警戒配備がしかれた。早朝からランチ、内火艇に陸揚げ物品が積み込まれる。きのうにかわって、大島南西海上は春の陽射しが小島の海面に映えて輪光を描く。午前十時——毎日の定期便Ｂ29が飛来した。各艦は「ＢＢＢ」（空襲警報）の旗旒信号とともに、対空戦闘配置につく。敵Ｂ29は、わが艦隊の行動偵察任務とみえて、艦隊泊地後方を、青葉の小枝で擬装した戦艦榛名《はるな》の上空を東に去ってゆく。

そのころ、旗艦矢矧の艦橋では、各駆逐隊からの各科参謀あてに、燃料をはじめ弾薬その他の現在量報告信号がつづいていた。午前十一時——雲量六、瀬戸内海の空はいくらか晴れ間を見せはじめていた。戦闘配置がとかれた。かなり西風が強い。潮流の変化であろう、各艦の艦首が向きをかえた。

正午——昼食を終えた将兵たちは、後甲板や水雷甲板で煙草盆《ぼん》の休憩をとっていた。立直の合間、飛行甲板では散髪をしあう姿が見られる。死地へおもむく者同士の身だしなみの一コマである。トラ刈りを残して終わりを告げ、はしゃぎ合う姿は底抜けに明るい。機関科兵たちであろう、丸坊主の頭に春の陽射しが映えて青白く光る。

十二時四十五分――艦隊旗艦の大和は、檣頭高く旗旒信号を掲揚した。艦隊和音「WYZ」（全艦隊に告ぐ、各指揮官参集せよ）各艦はこれに応えて応答した。

午後一時――戦艦大和の舷梯は、各艦派遣の内火艇が渦を巻く。そのころ、艦隊泊地上空には緑の翼もあざやかに、くっきりと日の丸の識別を浮きぼりにした水偵一機が飛来した。

一時半――戦艦大和の繋船桁で待機中の各艦派遣の内火艇が散った。水偵が着水した。ゆるやかなカーブを描き、水偵は大和の繋船桁につながれた。宇垣纒連合艦隊参謀長の作戦命令伝達であった。

二時半――水偵は大和の繋船桁を離れた。宇垣参謀長を乗せた水偵は、艦隊上空をいつまでもいつまでも旋回をつづけて、別れを惜しんでくれていた。

二時四十分――矢矧艦長と副長が帰艦した。対空警戒第三配備をそのままで出撃時刻を三時とし、出港準備が下令された。艦内は各科ごとに艦橋に向け「出港準備完了」を報告する。各駆逐隊は一番隊・二番隊・三番隊それぞれに、旗艦矢矧あてに出撃準備完了の信号報告を告げてくる。定刻にいたるも司令部が帰艦せず、艦長以下全員がやきもきさせられた。

午後三時――矢矧の内火艇は大和舷梯を離れた。第二水雷戦隊司令部、古村啓蔵少将以下の各参謀が帰艦した。矢矧艦橋での各参謀たちの憤懣やり切れない話からして、戦艦大和の作戦室では、上空直衛機の掩護配置について、かなりの激論が交わされたようである。

出撃命令

昭和二十年四月六日十五時二十分、特攻艦隊は檣頭《しょうとう》高く「AC」（出航）の旗旒信号を全揚した。矢矧運用長の渡辺大尉は、艦橋に向かって「立錨」を報告した。沖縄突入海上特別攻撃艦隊は、ここに沖縄海面に向け、生きて還らぬ最後の揚錨作業を完了した。

誘導駆逐艦の花月《はなづき》、榧《かや》、槇《まき》の三隻が、曇天下の風立つ内海の波浪をおさえて、微速運転をつづけながら楕円《だえん》を描く。「両舷前進微速」——川添航海長のドスのきいた操艦の声。各艦は、増減速のエンジン音をうならせながら、出撃隊形をととのえる。艦隊速力十四ノット。各艦「各艦の距離は最小限に短縮せよ」とある。各艦は右に左に小島の合間をぬけて、操艦をつづける。島蔭の漁師の小舟が、艦隊の波浪にもまれながらも、しきりに手を振ってくれる。夕暮れの内海通過で港へ帰る小舟が、次からつぎに見送ってくれる。その姿が今はせめてもの救いであった。

午後四時——旗艦大和は速力二十ノットを命じた。つづいて二キロ信号灯をもって、全軍将兵に対し、「艦隊司令長官訓示……」を伝達した。佐藤兵曹はこの長官訓示を、矢矧艦内に放送した。艦内の将兵たちは、それぞれの持ち場にあって、じっと司令長官訓示を聞いていた。

しばらくして、大和は誘導艦三隻に対し、ねぎらいの信号とともに解列を命じた。三隻の駆逐艦は散開隊形をとり、エンジン微速のまま、いつまでもいつまでも登舷礼式の敬意を表して、わが艦隊の出撃を見送ってくれた。

午後五時――佐田岬灯台を左舷に見て、艦隊進路が一気にひろがる。右舷かなた遠くには、湯の里別府の湯煙りが、薄靄《うすもや》の中にゆらぎを見せている。左前方遠くには、潮風あおる若葉のそよぐ姿とてなく、夕暮れせまる四国連山が野牛の寝姿にも似て、黒々と白波の向こうに横たわっていた。原為一艦長は、狭水道通過の疲労をねぎらい、艦内将兵に休憩をあたえた。基地航空隊発進の哨戒機であろう、夕暮れの艦隊進路前方を、対潜哨戒機二機が低空飛行をつづけながら警戒配備につく。

五時二十分――わが艦隊は太平洋上に出た。艦隊無線発信電波は完全封鎖され、電信室は受信のみである。連合艦隊司令部は、わが艦隊進路における敵潜水艦の行動を、偵察機の偵察情報として示達した。「敵潜水艦は豊後水道出口付近東西に二隻、日向灘洋上に一隻あり」という。

午後六時――旗艦大和は鶴見崎沖において艦隊針路二一〇度に変針、速力二十二ノットに増速を命じた。鶴見崎の岩場の暗礁が艦隊の波浪にもまれて、流れては砕け砕けては流れる。まさに絵巻物語である。夕闇せまる岩場に自然の美しい絵巻がくり返されていく。艦首に砕ける潮の響きと、エンジンのぶきみな音響が波頭に乗って、夕暮れの洋上にこだましてゆく。

六時半――鶴見崎の岩場を仮装敵艦に見立てた主砲・高角砲・機銃分隊の夕暮れ訓練も終わり、砲座・銃座は、対潜警戒配備の布陣にそなえ、仰角をさげて哨戒配備をつづける。

第1警戒航行序列

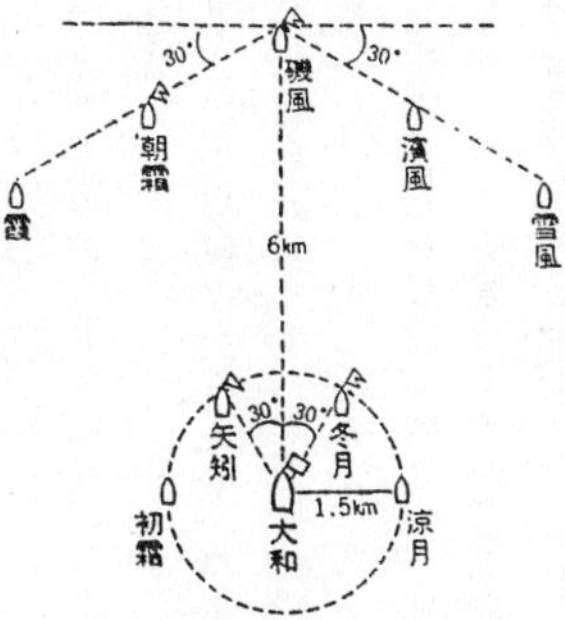

わが艦隊は敵潜水艦の奇襲攻撃をさけて、陸地寄りに接近航海をつづけていた。夜に入って発光信号は全面禁止。哨信儀信号送受信に切りかえる。佐藤兵曹と林田兵曹が、分度器による岩場との距離測定をつづけ、航海長を補佐して報告をつづける。

午後七時——鶴見崎も後方かなた遠く消えつつあった。艦隊は日向灘遠見沖にむけ南進をつづけている。風立つ春の夜の太平洋上は、しだいに荒模様のけはいを見せはじめていた。岩場の暗礁に砕ける潮は、まさに白蘭の王冠にも似て浪の花を咲かせる。艦首に切りさかれた潮は、また岩場に寄せていく。やがて戦闘海面において「われ戦闘状態に入れり」の報を残して、死力をつくしたその果てに艦隊戦闘員のすべてが浪の花と化するのであろう。各科配置指揮所は「異状なし」の報告をつづけている。

七時五十分——旗艦大和は全軍に対して「針路一四〇度変針、艦隊第一警戒航行序列展開」を命じた。わが艦隊は速力二十二ノットのまま日向灘洋上の敵潜水艦をさけ、左に大きく太平洋上に向かって展開した。

まもなく前衛隊が陣形に入る。先頭艦は第十七駆逐隊の磯風、その後方に浜風と雪風が陣形に入る。磯風の左後方には第二十一駆逐隊の朝霜と霞が各艦の距離千五百メートルとし、先頭艦磯風の線上三十度を保持して傘型陣形をととのえる。本隊は磯風の後方直線上六千メートルに大和を中心にして、左前方千五百メートルに矢矧、その後方に初霜、大和の右前方千五百メートルには第四十一駆逐隊の冬月、その後方に涼月が配されて小型輪形陣をととのえる。

ここに小規模ながら「第一警戒航行序列」が展開され、「之字運動C法」に入る。艦隊は深島灯台を右に見て、対潜警戒第二配備とし、陸地を離れ太平洋上を南々東に向けて進撃をはじめた。点在する岩場もカスミに消え、東九州の山々が墨絵色となり、右舷後方かなた遠くにつらなりを見せていた。

午後八時――私はこれが祖国最後の見おさめになるやも知れないと思った。太平洋上の雲はますます厚く、暗黒の洋上に白波だけが、ぶきみに視野に入った。艦橋上部の見張指揮所は「異状なし」をつづけている。

敵潜水艦との攻防

八時十分――第一電信室は敵潜水艦の発信する無線電波を感受した。つづいて矢矧の電波探知機班は、左後方八千メートル付近に敵浮上潜水艦らしき艦影を捕捉探知して報告した。「対潜警戒第一配備、総員配置につけ」の戦闘配置の命が下された。各砲塔は砲身を水平にして暗黒の洋上をにらむ。艦隊は敵潜の奇襲にそなえ、即応態勢を完了した。

あまりにもはやい敵潜水艦隊の、わが艦隊出現発見に、矢矧の艦橋は一瞬どよめきが起こった。あくまでも隠密行動によって敵の意表をつく戦法こそが、戦果を有利ならしむる。敵艦隊の意表をつくことこそは、海上戦闘の鉄則である。もはや、その隠密行動はここに、敵潜水艦隊によって完全に暴露された。

さらに第一電信室ではアメリカ生まれの二世、山田重夫通信士が敵潜水艦同士の無線電話のやりとりを同時通訳して、艦橋に報告をつづける。敵潜水艦は、戦艦大和を〝キング戦艦〟と呼んでいるという。わが艦隊の方位・進路・隻数にいたるまで的確にとらえて連絡をとり合っている模様である。

「航海士、このぶんじゃ艦位測定も必要ないなあ、敵さんが的確に測定して報告してくれるぞ」と星野清三郎参謀がいうと、笑いがわき起こった。矢矧の艦橋では、そのころまでは緊張の中にもまだ余裕があった。

八時二十五分——矢矧の電波探知機は右五十度に敵潜水艦らしきものを探知、すかさず矢矧は、「赤赤」緊急左四五度一斉回頭の斉動信号を発信した。全艦隊はこれにしたがう。艦隊進路前方で待伏せする敵潜水艦は、手ぐすねひいて待っていたのであろう。「敵潜水艦はわれを捕捉、接近航海中なるがごとし」と水中測的班の報告がつづく。

爆雷投射隊は後甲板投射台にあって、いまかいまかと対敵潜水艦攻撃命令を待つ。喰うか喰われるか、息づまる緊張がつづく。前衛隊の波浪の重なりまでが、敵潜水艦の移動する潜望鏡の潮かきにも見え、発射魚雷の航跡にも似る。

斉動信号がつづく。矢矧のエンジン音までが、無性に不吉な響きに聞こえる。敵潜水艦の攻撃の照準は、おそらく大和か矢矧であろう。しばらくの間、敵潜水艦との攻防がつづいた。

矢矧。18年12月竣工の阿賀野型3番艦。戦訓により舷窓の大部分を廃止、連装機銃4基を増備し高射装置を煙突前端に移動した点が阿賀野との違い

敵潜水艦は追尾したまま、なかなか攻撃を仕掛けてこなかった。

過去の敵潜による奇襲をたぐれば、比島南西タウイタウイ港沖において、矢矧指揮下の第十七駆逐隊谷風が、マリアナ沖海戦では航空母艦大鳳と翔鶴《しょうかく》が、比島沖海戦においては重巡愛宕と摩耶が、一瞬をつかれて出鼻をくじかれ、敵潜水艦隊の魚雷の餌食となった記憶は、いまも生々しい。全艦隊が敵潜水艦の奇襲攻撃はいやというほど思い知らされている。それゆえに不吉でもあり、無気味でもあった。

私はとっさに、大和の艦橋に双眼鏡を当てた。眼鏡の視野に入る大和は、張りつめた緊張の中でも全艦隊の行動を眼下に見おろすかのごとく、ゆうゆうと之字運動航法をつづけてい

た。

　午後九時——大和は針路一八〇度に変針を命じた。いぜん敵潜水艦の追尾行動がつづく。無線電話のやりとりからして、情報報告どおり敵潜水艦は三隻と思われた。艦隊進路の洋上は暗黒の世界がつづいていた。

　針路変更してまもなく、矢矧の左前方千メートル付近にイルカの群れが騒ぎはじめた。イルカの群れの騒ぐ夜は、沖にひそみし敵潜水艦の行動開始を告げるという。「各科、各部所、敵潜魚雷に注意せよ」の命令がとぶ。呼称、応答がつづく。不吉な予感が走る。息づまる静寂がつづく。伝声管にひびく各科指揮所の「異状なし」の声。

　浜野掌航海長が「之字運動、定刻」をうながす。川添航海長の魅せられるような操艦の声。「トーリ、カージ」「取舵《とりかじ》十度」操舵員の応答がひびく。「モドセー」「戻せ」

　暗黒の静寂のなかで航海長は羅針盤をにらむ。艦首にくだける潮は、凄まじいとどろきとなり、エンジンはたくましい音響となって、全身をゆさぶる。転舵航法のたびごとに、春の夜風がひんやりと艦橋に吹きつけては澱《よど》み、また吹き抜けてゆく。

　九時半——敵潜水戦隊旗艦からのものであろう、矢矧の電信室は敵基地司令長官あての長距離無線電波を傍受した。攻撃か、追尾か、いずれかの具申伝授電報であろうと思われた。敵潜水艦は、追尾接続しながら、じりっじりっとわが艦隊に忍び寄るけはいであった。

　そのころわが艦隊は、予定針路を大きく左にはみ出し、日向灘洋上を南進していた。宮崎県都農《つの》沖において、旗艦大和は二五〇度〜二一〇度と徐々に針路をもどしはじめた。

午後十時――旗艦大和は、艦隊針路をまたも二二五度とした。矢矧は前衛隊の波浪の重なり合うなかを直進する。

十時二十分――旗艦大和は、「青青」右四十五度緊急一斉回頭を命ずる。つづく緊急斉動は「赤赤」。矢矧の船体が異状なぐらつきを見せる。艦内が騒然とした。機関科指揮所から「艦橋どうした！」と伝声管が今にも割れんばかりの怒号である。機関科伝令が口ごもる。

艦内放送は「敵潜奇襲に備え、緊急斉動回避運動なること」を告げる。艦底では、張りつめた緊張のなかで、無気味な不安がつづくのであろう。各科指揮所は、艦橋立直伝令との直通電話の応答がつづいている。敵潜水艦は、さらにわれに近い。斉動回避運動がつづく。

両舷配置の信号兵たちは、各艦から一瞬たりとも目が離せない。各艦は斉動信号のたびごとに、右に左に変位してくる。緊急斉動信号なるがゆえに、見落とすことができない。斉動信号は、敵潜発射魚雷の回避運動である。この信号を見落とした場合、味方艦隊同士の衝突が惹起する。各艦の信号兵たちにとって、そんなぶざまな汚名は残されぬ。まさに主砲砲手が引き金をにぎる姿にもひとしい。信号兵たちは、完全なる戦闘状態で緊張の連続であった。

午後十一時――前衛駆逐艦の霞は、敵潜水艦のプロペラ音を探知。「青青」右一斉回頭を命ずる。またもやわが艦隊は、敵潜水艦群にかき乱された。全艦隊は敵潜奇襲に備えたけれども、いかんともしがたく、受け身のままで時のたつのを待つほかはなかった。願わくば、敵潜奇襲攻撃の前に味方駆逐隊による敵潜捕捉爆雷投射戦を……と祈った。敵潜水艦は、ここにおいても攻撃を仕掛けてこなかった。

十一時半――艦内の将兵たちにも、かなりの疲労がましてきた。原艦長は将兵たちの疲労をねぎらって対潜哨戒第三配備とし、将兵に休憩をあたえた。艦隊は日向灘の春のうねりにもまれながら、南進をつづける。南九州の春とはいえ、太平洋上の夜風は肌《はだ》にひんやりと寒さを感じさせる。排気甲板付近には、機銃兵たちであろう、一団となって仮眠をとっている。秀峰霧島の連山も、右舷かなた遠く白い雲におおわれたままで、その姿すらも見せてはくれない。

祖国との別れ

秀峰霧島の山々も夜霧につつまれながら、やがて若葉の衣に美装するであろう。この連山の裏ふもとには、私の故郷があると思うと、胸に熱く込みあげてくるものを感じた。春霞のかなた遠くに向かって瞼をとじると、靄の中から黒髪たれた母が、谷越しの声でわが名を呼んでおられる。谷越しの声で、しきりにわれを呼ばれるのだ。

一瞬、激しい感動が胸いっぱいに込みあげてきた。死別のきわみの父母への思慕であろうか。親と子とは、肉親のきずなとは、このような時に、これほどまでに、己れの心の底にはかり知ることのできない、思慕をもたらすものであろうか。しかし、「私は艦隊戦闘員」と自分自身にしきりにいい聞かせて、己れをいましめた。

すべてが私の錯覚であったのだろうか。矢矧の右舷かなたには墨絵色した霧島連山の姿となく、真っ白な雲におおわれ、裾野《すその》まで夜霧につつまれて眠る姿のみが、私の視野に入った。

四月七日零時——旗艦大和は針路二四〇度を命じた。私は航海日誌を真新しい別冊と取りかえた。艦隊は右舵に転じて、日向灘洋上を大隅半島南端の都井ノ岬に向け、陸地寄りに接近航海をつづけはじめた。

私はここで艦橋立直を交代した。戦闘閉鎖のため、上甲板以下は勝手に出入りは許されない。私は上甲板を歩いて、後甲板の厠《かわや》で用をすませ、帰りは上甲板の潮かぶりをさけて飛行甲板を歩いた。煙突・排気口甲板周辺には、戦闘即応態勢のままで、風当たりをさけた将兵たちが仮眠をとっていた。

私は艦橋にもどり、右舷気象室で仮眠をとることにした。気象室では林田、平田両兵曹が天気図を書いていた。しばらくして浜野掌航海長が入室してきた。疲労度は限界に近くとも、興奮していたのであろう、しばらくは眠れなかったが、体が温まるにつれ、疲れが一気にましてうとうとと眠りこけてしまった。

狭水道通過のため、航海科員の総員配置が命ぜられた。午前一時五十分、艦橋立直についた。一時間たらずの仮眠であった。松田航海士は「左前方、味方機雷網敷設海面接近中なること」を告げた。

午前二時——大和は十六ノット減速を命じた。大隅海峡進入である。各艦の距離間隔短縮の命により、冬月と初霜が両舷側から一気に切り込んでくる。両艦ともにみごとな操艦である。矢矧は対潜警戒第二配備とした。「見張指揮所、敵潜魚雷に注意せよ」と原艦長の喚起の声。見張指揮所は「異状なし」を告げる。

艦隊は低速運転のまま、すべるように大隅海峡を航行する。両舷側の小島の合間にひそむであろう敵潜水艦の照準は、大和か矢矧か。いずれにしても敵潜は、魚雷発射の秒読みをはじめたであろう。

午前三時――旗艦大和は針路二〇〇度、速力二十ノットを命じた。矢矧艦首左側面には、海霧にかすむ小島が連立していた。前衛隊の波浪は、勢いにまかせて小島の岩場に砕ける。夜光虫の燐光は、天空の稲妻を海面にうつすがごとく、薄黄緑のかがやきを見せ、宝石でも散りばめたように海面に広がる。

夜光虫の燐光は、敵潜水艦のわが艦隊捕捉照準をたやすくする。天然の美にもひとしい燐光のかがやきがうらめしく、無気味さをさそう。不安な恐怖におびえ、私はこのあやしげな燐光のかがやきが一瞬でもはやく海面に没することを願った。

三時半――艦隊は佐多岬を右後方に見て、針路を二八〇度に変針した。浜野掌航海長は信号兵たちの疲労を考慮して、一時間交代の休憩をあたえた。私は藤村兵曹と二人して、海図室前の通路でぐっすりと寝込んでしまった。

四時五十分――大河兵曹が立直交代を告げて起こしてくれた。洋上は黎明を迎えつつあった。私は左舷立直につき、航海日誌記録をつづけた。午前零時にとりかえた航海日誌は、半面近くが書き込まれていた。洋上の空は曇天ながら明るさをましつつあった。

午前五時――各艦の電信室は、基地航空部隊の発信する敵情報告ならびに、わが艦隊上空の直衛機配備に関する電報などの受信に追われていた。電信室は次からつぎと、受信電文の報告をつづける。矢矧艦橋は張りつめた緊張の中にあったが、味方直衛配備の報に、救われた安堵のような雰囲気がただよった。

五時半——矢矧の艦内放送は、「まもなく友軍機によりわが艦隊上空直衛警戒配備を行なう。敵味方識別を厳重にせよ。艦隊上空到着は六時前後と思われる」と全将兵に喚起し、伝達した。

しばらくは艦橋立直中の各科伝令たちの、直通電話が鳴りひびいた。艦内放送の内容を確認しているようである。密閉された艦底配置の機関科員たちが、一番よろこんでいるようであった。電気科主管制盤は、私にその真意をたしかめてきた。全艦隊の将兵たちが、上空直衛戦闘機配備の報に、すがる思いで希望をたくしたことはたしかであった。

敵潜の奇襲攻撃もなく、艦隊はぶじ大隅海峡を通過、薩摩半島坊ノ岬を後方に遠くして、荒立つ洋上を西に進撃をつづけた。矢矧の艦首に砕ける荒潮は、すさまじいとどろきとともに潮しぶきを吹き上げていた。

連合艦隊最後の輪形陣

午前六時——旗艦大和は全軍に対し「第三警戒航行序列展開」を発動、艦隊速力二十三ノットを命じた。

第三警戒航行序列の艦隊輪形陣は、旗艦大和を中心とし、正面千五百メートルに位置して先頭艦矢矧、各艦は矢矧に随航千五百メートルの距離を保持して、中心の大和の方位角四十度をもって展開し、みごとな菊花型模様を描く。

この戦闘即応隊形こそ、わが連合艦隊の最後をかざる、春のさかりにふさわしい桜の花型模様でもある。いさぎよく散り果てようとする、連合艦隊最後の花型輪形陣であったのである。

夜を徹して敵潜水艦隊にそなえた主砲と高角砲が、砲身をあげて昼間戦闘準備をととのえる。非番直であろう少年兵たちの、カミソリを運ぶ手つきもぎこちなく痛々しい。死を直前にして、ぶざまな正体はゆるされない。おたがいにうながし合いながら用をすませることも、艦隊戦闘員たちの戦闘状態に入る前の心得である。

第3警戒航行序列

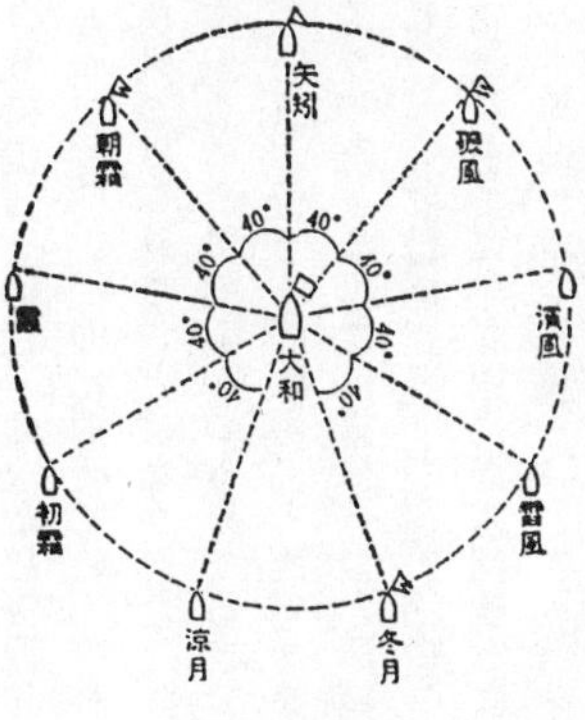

R（距離）＝1500米

朝食の握り飯に沢庵の戦闘配食が運ばれた。

全員が配置についたまま握り飯をほおばった。

戦艦大和の水上偵察機が、カタパルトを発艦した。偵察機は低空飛行をつづけたまま、艦隊進路前方を対潜哨戒配備につく。

六時半——見張員井上兵曹の報告は「味方零戦九機、機体をゆさぶりながら接近する。右六十度、高角四」見上げれば、雲の切れ間に指揮官機であろう、味方艦隊の誤射を気にしてか、しきりに機体をゆさぶりながら接近してくる。この戦闘機隊はやがて艦隊右上空で上昇態勢をとって、前方海面に消えていく。われわれは、この時ほど打ちふせられた心中を、頼もしく勇気づけられたことはなかった。願わくば、わが艦隊が沖縄本島を取りかこむ敵機動艦隊に突入し、燃料弾薬がつき果てるまで上空からの掩護直衛を……と祈った。

六時五十分――薩摩半島も後方かなたに遠く去って、双眼鏡の視野にとらえることができなくなった。洋上は海霧にも似た薄靄が立ちこめていた。矢矧の左舷後方に位置した駆逐艦朝霜は、「われ機関故障」の旗旒信号とともに、戦列遠く離脱しつつあった。古村司令官は朝霜艦長あてに「鹿児島湾に回航せよ」と信号を命じた。朝霜は、しばらくして「われ十二ノット可能、本隊に続く」との返信を送りくるも、遠ざかるのみで海霧の中に置き去りにされてゆく。

海上戦闘において、単艦行動ほど無気味なことはない。何としても本隊にすがろうとする朝霜のもがきにも似たあせりが、おたがいの心を痛めた。

矢矧の艦橋はしばらくの間、不吉な予感がただようごとく、異様な雰囲気の沈黙がつづいた。時折り、先任参謀は朝霜を気づかって、信号デッキに出てきては双眼鏡をのぞいていた。もはや朝霜の艦影は、黒点にも似てはるかかなた遠く、海霧の中に消えつつあった。沖縄突入の使命は、一艦のみをかばうゆとりとてなかったのである。やがて朝霜は、艦橋左舷信号甲板上からも、私の双眼鏡の視野にとらえることはできなかった。

午前七時――先任参謀は「まもなく味方潜水艦が敵情報告のため、艦隊進路近くに浮上する。見張りを厳重にして誤射をさけよ」と喚起した。見張指揮所をはじめ、主砲指揮所にはとくに命令伝達の徹底が確認された。艦隊進路洋上には味方潜水艦はおろか、潜望鏡の移動すらも発見することはできなかった。味方潜水艦は、わが艦隊の誤射をさけたものか、それとも敵艦隊に撃沈されたものか、私にはその真相はさだかではないが、味方潜水艦は最後まで、わが艦隊と接触することはなかった。艦隊は輪形陣のまま、敵襲にそなえて進撃をつづけていた。

そのころ、矢矧の電波探知機班は、「敵味方不明機を探知」の報告をつづける。豊村時信見張指揮官は「味方直衛戦闘機五機を確認」と報告した。戦闘機隊は編隊を組んだまま、矢矧の左舷洋上を南東に去っていく。

甲板上の主砲・高角砲・機銃群は、訓練の総仕上げに余念がない。主砲旋回の電動機がうなりを発する。一番砲塔は、右旋回をみせて砲身を下げる。二番砲塔は、仰角を上げて左旋回する。将兵たちは、密閉された鉄鋼の要塞、その中で手先信号をまじえながら必死に叫びつづける。

戦艦大和は、矢矧の後方千五百メートルに位置して、之字運動航法をつづける。之字運動のたびごとに、勇壮なる戦艦大和の姿は、矢矧にせまっては遠のき、遠のいてはまた迫ってくる。

曇天下の海面を驀進《ばくしん》する戦艦大和の勇姿は、天空を威圧して、その迫力は頼もしくわれわれを勇気づけてくれた。

艦隊進路の雲量は、ますますあつく低かった。雲高千メートル、いや八百メートル以上かも知れない。私はサマール沖海戦を思い浮かべた。時間的にもさほど変わらない時刻である。私の経験からして、現在の天候はわが艦隊に最悪の条件ではないかと思った。

艦隊上空の雲量は敵攻撃機の機影をかくし、急降下爆撃機の攻撃を有利ならしむるばかりだ。敵機にしてみれば最良の天候条件であり、わが艦隊にしてみれば最悪の条件である。なぜなら、低雲の合間からでは敵機の発見が遅れる。主砲旋回が間に合わぬ。したがって射撃も半減する。大和の三式弾も、敵大編隊を照準点に合わせ、充分ひきつけ射程内に入れてこそ、その威力を発揮する。この天候は、わが軍にとっては最悪条件になると思った。

海よ荒れよ。天よ荒れよ。雨よ狂え。風よ狂え。あのサマール沖海戦のような最悪の天候条件になれば、沖縄突入も可能である。敵潜水艦のみであれば、全艦隊を喰えるはずがない。あわよくば矢矧とて、突入も夢ではなかろう。私はひそかに天空を見つめて祈った。艦隊前方の空は、黒雲のなかに白雲をのぞかせはじめて、静かに流れている。

午前八時——矢矧の飛行甲板は一号機発艦準備中であった。一号機はカタパルト上でエンジン音をうならせている。矢矧は風に向かって増速した。やがて矢矧一号機は、「2KI」の記号も鮮やかに舞い上がった。矢矧の水偵は艦隊上空で円をえがき、別れを惜しんでいるようであった。

八時十五分——旗艦大和は「BBB」(空襲警報)の旗旒信号とともに、空襲警報を発令した。矢矧の左前方一千メートル付近の雲の切れ間に、スピードを落とした敵偵察機一機が

艦首より天幕越しに見た矢矧の主砲塔と艦橋。阿賀野型の15cm 連装砲は重量軽減のため、完全砲塔式ではなく人力装塡の準砲塔式で、前楯部に観測窓が見える。艦橋頂部に対空二一号電探

見えかくれしている。さらに見張員の黒岩兵曹は「進路方向水平線上をマーチン飛行艇二機、右に進む」と報告した。やつぎばやに見張員たちの報告がつづく。中村、大城兵曹は「F6F戦闘機隊の来襲」を報告する。F6F戦闘機隊は異なる任務を負わされているのであろうか、射程距離におよばず、遠望するのみであった。

八時半――マーチン偵察機であろうか。わが艦隊の進路・速力・現在位置を綿密にとらえて報告しているという。このころ、敵と味

方の無線電信が入り乱れる時間がかなりつづいたようであった。矢矧の艦橋は、緊張の度合いを今まで以上にますます深めつつあった。

敵攻撃隊の本格的な来襲は、十一時前後と判断された。しばらくの間、矢矧艦橋は静寂がつづいた。

九時十五分——矢矧の一号水偵は、「われ敵戦闘機隊の追跡を受けつつあり」と緊急信を打電した。原艦長、飛行長の顔面がひきつる。艦橋は異様な雰囲気につつまれた。矢矧の水偵は、鹿児島基地帰投の命をうけていたはずである。矢矧電信室は、必死に一号機を呼びつづけるも応答なく、そのまま消息をたったのである。

私の判断の誤りか。矢矧一号機は、艦隊後方を帰投中のはずであった。私は矢矧の水偵に追尾中の戦闘機隊は、味方の戦闘機であってほしいと祈った。それにしても、艦隊後方で追尾されるとは信じられない思いであった。私はこの時、わが艦隊は味方戦闘機隊ではなく、敵戦闘機隊によって護衛されているような気がして、ややもすれば錯覚を起こしかねなかった。

九時半——味方戦闘機隊は、どこを哨戒中なのであろう。双眼鏡のかぎりをつくして見たが、味方戦闘機隊の機影を捉えることはできなかった。心細さがにわかにつのってくる。私は己れをいましめて、みずからの一人よがりを思いなおした。基地航空部隊は、わが艦隊を見殺しにするはずがない。味方戦闘機隊は、たしかに飛来している。いまに艦隊進路前方で、敵攻撃隊を捕捉、迎撃態勢をしくであろう。

午前十時――しかし、そのころ敵偵察機は、またまた雲の切れ間から姿をのぞかせていた。マーチン飛行艇も、わが艦隊を遠巻きに見えかくれしながら、見張役をつとめている。また も不安が深まる。味方戦闘機隊が艦隊上空警戒中であれば、あの低速のマーチン飛行艇の偵察飛行を、安易にゆるすわけがない。ここで私は、味方直衛戦闘機隊はわが艦隊上空にはいないと判断した。

艦隊進路前方の雲は、私の祈りを裏切るがごとくしだいに薄れ、切れ間さえも見せはじめていた。私の願った荒天も、神風も吹き荒れてはくれなかった。

十時半――艦隊進路の空も、海もおだやかであった。おたがいに空腹を感じはじめたとき、浜野掌航海長は航海日誌記録台の下そでから、ゴムサックに入ったままの小城羊羹をそっと入れてくれた。私は、にっこり会釈していただいた。浜野掌航海長の思いやりの心がこもっていたのであろう。何ともかくべつの味であった。

その時、私も海図室においてあった羊羹を思い出した。すぐ作戦室のラッタルをかけ降り、第三電信室のラッタルをかけ降りて、海図室の羊羹を胸ポケットに六本つめ込んで駆け上った。私は息せききって、海図台にいた掌航海長と航海士に、無言のまま胸のふくらみを見せた。二人ともうなずいて笑っていた。一本を掌航海長に返したが、掌航海長はいらないと首を横にふった。私は一本を掌航海長に返したが、掌航海長はいらないと首を横にふった。松田幸夫航海士に一本わたし、旗旒甲板配置の松崎、大河兵曹に一本ずつ投げ落としてやった。三名はおたがい目合図をかわして会釈した。きびしい戦場での安らぎでもあり、心のふれ合うひとときでもあった。

戦闘食が運ばれた。握り飯と堅パンが、両舷グレーチング上におかれ、全員が手づかみで食べた。長い緊張の中おたがい喉《のど》のかわきも忘れていたのであろう。全員が握り飯よりも薬《や》罐《かん》の水の方がおいしいらしく、またたく間に飲み干してしまった。配食主計兵が水汲みに降りていく。

われ戦闘状態に入れり

午前十一時五分——旗艦大和は、旗旒信号をもって空襲警報を発令した。敵機は戦闘機を主体に二十機余りと思われた。「われ戦闘状態に入れり」の緊急無電が発せられた。

十一時十五分——大和は速力二十四ノットを命じ、緊急斉動信号を発した。ついで大和は初弾を発砲した。つづいて矢矧と駆逐隊が砲撃を開始した。敵機は編隊を組んだまま直進してきた様子からして、空中戦をまじえた模様ではない。戦闘機隊のあとには爆撃機隊、その後ろには必ず止めをさす雷撃機隊が飛来する。これが航空機戦法の手順である。

敵味方の無線交信がつづく。おそらく敵偵察機も戦闘機も、わが艦隊上空に直衛戦闘機なしと報告したのであろう。またもや不安がよぎった。それでも私は、味方戦闘機隊は敵戦闘機との無益な交戦をさけ、敵爆撃機や雷撃機に的をしぼり、これに襲いかかって艦隊上空到着を阻止してくれるであろうと信じていた。

十一時二十分——旗艦大和は全艦に対して、二〇五度変針を命じた。これぞ沖縄進撃突入予定航路である。進路上空には、先ほどまで覆いかぶさっていた層積雲も流れを見せはじめ、積雲の合間からはかなりの青空がひろがりつつあった。

第一波攻撃隊の攻撃は、大したものではなかった。負傷艦とてなく、そのためか私自身も、いささか見くびった気持になり、これなら行けるぞと思ったこともたしかである。緊急斉動信号もとまり、第一波攻撃隊は水平線上遠く消えつつあった。

十一時三十五分——旗艦大和は、敵大編隊が接近中なることを告げるも、接敵まではしばらく時間があると思われた。矢矧艦橋では、わが艦隊に攻撃中の敵にたいして、台湾から発進する味方特攻隊による敵機動部隊攻撃もありうるという、頼もしい語らいも聞かれた。私は、その意表をつかせるためにも、わが艦隊が数多くの敵機を引きつけてやることも、作戦の一つであるかのように思えた。私はいつものことながら、航海長のもとに寄りそい羅針盤をたしかめた。航海長は私をいたわるように身を開いてくれた。そして海図台の航海士に針路確認のうえ、航海日誌に記録した。

旗艦大和は速力二十八ノットを命じた。全艦隊は第二波攻撃に備えたままで、射程距離を待った。電探員・測距員たちの息づまる報告がつづく。主砲・高角砲はすさまじい電動音をとどろかせて、右に左に旋回する。防空見張指揮所は、全見張員の報告の集約ができない状態である。

穂満、佐藤兵曹が、七倍双眼鏡をはずして指さす。何と来るは来るは蜘蛛《くも》の子を散らすがごとく、いや、蜜蜂が分離移動するさまにも似ていた。全身がゾーッとする。わが艦隊は八方くまなく敵攻撃隊の包囲網の中であった。矢矧艦橋には〝約二百機〟と報告された。その後方には大編隊が続くという。矢矧の艦橋では、息づまる静寂がつづく。双眼鏡の視野に入る大和も、将兵のうごめく姿とてない。生と死のきわみの静寂の姿勢であろう。

大和の四六センチ主砲が火をふいた。天空のとどろきが矢矧の艦橋をゆさぶる。「打ち方はじめ」——原艦長の命令がとぶ。主砲・高角砲が火をふく。駆逐隊が射撃に入る。艦隊輪形陣が乱れる。各艦の弾幕は、天空高く全空をおおう。弾幕が流れる。機銃群が射撃に入る。敵機が火をふき燃え落ちる。水柱が水煙が、遠く近くの海面に立ち昇る。敵機は、弾幕の合間をぬう。機体のぐらつきが見える。魚雷投下の水柱が、爆弾投下の水煙が八方くまなくとどろきわたる。

転舵攻防のたびごとに、矢矧の船体が全身、身ぶるいにも似たエンジン増減速の震動を感じさせる。全身にひびきわたる砲声のとどろきは、将兵たちの肝をゆさぶり、気力をふるい立たせる。

十一時四十分——大和と矢矧を目標に追尾する敵機の群れ、爆弾の水柱がとどろく。白い水煙がひろがる。矢矧は水柱を突き抜け、また水柱に突入、水柱のとどろきは甲板を洗い甲板を走る。水煙は主砲の加熱を冷却して、すさまじいばかりに熱湯の水蒸気と化す。また、爆弾の水柱がとどろく。魚雷が横切る。

峻烈きわまる転舵攻防がつづく。直進する駆逐艦とあわや衝突か、みごとな駆逐艦の操艦は、急傾斜のまま矢矧をかわしてくれる。群がる敵機は次からつぎにと攻撃をゆるめてはくれない。また爆弾の水柱がとどろく。主砲冷却の水蒸気は鉄塔のまわりによどみ、将兵たちの頰に焼きつく。激しい転舵攻防である。矢矧はまだ無傷であった。
十一時四十五分――敵攻撃隊の襲撃が一時とぎれた。その時、矢矧の左舷に位置した駆逐艦浜風は爆弾命中のため艦橋後部付近に火柱がのぼり、炎につつまれていた。矢矧の左舷艦橋からは、先任参謀はじめ全員が「浜風がんばれ、浜風がんばれ」の声援を送った。矢矧転舵のため、浜風は右舷にかわった。また浜風は左舷にもどり、「われ火災鎮火」の手旗信号を送って矢矧の艦橋を安堵させた。

第一波攻撃の被雷と被弾で射出機付近で火災を生じ航行不能となった矢矧(手前)。流出重油の海を磯風が接近中

このころ、また上空には次期攻撃隊が接近しつつあった。見張指揮所は「戦闘機・爆撃機に続くは雷撃機の大編隊なり」と告げた。大和は、この雷撃機を事前に察知していたのであろう。私の立った側面をグオーという激しい音響を残して、またたく間に矢矧を追い越した。おそらく大和は、最大戦闘速力の猛速にのっていたようで

あった。不吉な予感が走った。矢矧の速力は二十八ノットのままであった。

艦隊は、また激しい空爆にさらされはじめていた。浜風だけが、速力低下のためか、矢矧の左舷後方に取り残されていた。激しい砲撃戦がつづく最中であった。

その時、左舷見張員の一人が「左舷後部、魚雷近い」と悲痛な声を張り上げて報告した。矢矧は斉動右旋回に入ったばかりであった。航海長はすかさず「取舵一杯、急げー」とふり向きざま必死の大声で転舵を命じた。だが、間に合わなかった。これが矢矧航海長の川添亮一中佐の最後の矢矧操艦の声であった。

矢矧左舷後部の魚雷は、薄黄緑の航跡のあとに白い泡ぶくを残して直進していた。魚雷の航跡は二条はっきり見えた。舵機伝導部が完全に舵部に伝わる間もなく、二本の魚雷は矢矧の後部、舵機・推進機付近に命中した。矢矧後部は水煙とともに、火柱が噴き荒れた。十一時五十二分であった。

すさまじい水柱が立ちのぼった。火柱は一瞬にして消えた。硝煙と白煙がいつまでもいつまでも残った。白煙の間からは、後甲板の割れ裂けためくれが、私の視野に飛び込んできた。海面には四、五名の将兵が浮いていた。矢矧は右旋回のまま惰力で走りつづけた。一人の浮遊者が手をあげて救助をもとめている。鉄板の割れ目づたいに、一人の兵が這い登ろうとしている。至近弾の水柱に、浮遊者たちはさらわれたのであろう。一瞬にして姿が見えなくなっていた。

矢矧艦内は、呆然としたままである。電動機のすべてが停止した。艦内はいたるところで電動機のスパークがつづいた。

砲声が止んだ。矢矧のエンジンだけは、駆動をつづけている。足下をゆさぶる震動が、煙突を吹き抜ける熱風が、それを教えてくれた。だが、それも束の間であった。エンジンも完全に停止してしまった。全身から血の気がうせる想いがした。

悲しき艦隊戦闘員

「応急隊員、後甲板急げ」の命令が飛ぶ。矢矧の惰力は、まだ余力を残しながらも、しだいにその力を失いつつあった。駆逐隊は左舷八十度、七百〜八百メートル付近にあって、対空砲火をつづけながら矢矧を気づかってくれているようである。大和はその左五百〜六百メートル付近を左方に転舵しながら、敵機との応戦をつづけている。その後方を冬月と涼月が追いすがる。

その時、矢矧は激しい衝撃音とともに、船体が横ゆれした。と、後部マストの二倍にも達する水柱が立ちのぼった。両舷側からものすごい水蒸気がふき荒れた。煙突が激しい勢いで、うなりにも似た轟音を発し、矢矧の煙突は、すさまじい勢いで蒸気を噴き上げた。将兵たちは全身に高温の蒸気を浴びた。全身が焼けただれるかに思えた。私は「罐室・機関室に魚雷二本命中」と記した。推進機も舵機も吹き飛んだという。万事はここに休すである。矢矧は、急激に左に異状な傾斜を見せはじめた。

「左舷の重量物を右舷に移せ！」「各砲塔は右旋回せよ！」

艦長の矢つぎばやの命令がとぶ。打ち伏せられた将兵たちの機敏な活動が展開された。一時は矢矧沈没かと思われた。エンジンも電動機もすべてが停止している。全砲塔が手動操作によって右旋回をはじめる。見るみるうちに矢矧はバランスをとりもどした。矢矧は全員の機敏な活動によって、沈没をまぬがれたようである。

敵機は矢矧の対空砲火が沈滞すると見るや、上空の全機が遠巻きに旋回しながら、矢矧めがけて襲いかかる。いまや矢矧は、爆撃訓練用の標的艦にもひとしかった。矢矧の周辺には、艦上も海面も水柱と火柱の乱立がつづく。

その時、私の視野に、後甲板より一機の爆撃機が低空で、水平爆撃で襲いかかるのが見えた。その爆弾は小型で真っ赤に見えた。つぎの瞬間の衝撃、敵ながらみごとな命中率である。その破壊力たるや想像にまさる威力であった。鉄片とともに、将兵の鉄かぶとが、肉体が、肉片が宙に舞う。飛び散る肉片と内臓物は、矢矧構造物の鉄塔に生きたまま微動をつづけてしたたり落ちる。至近弾の水柱がとどろき、また生乾きの肉片を生きづかせ、たれ落ちていく。

たれ落ちた肉片は排水口をふさぎ、渦巻をゆるめ、甲板によどむ。甲板の血と潮は、アワ色の泡ぶくとなって光り、右舷に流れては左舷にもどる。将兵の叫び声が、うめき声が、われを忘れさせる。地獄絵とはこのような時のことをいうのであろうか。矢矧は命中弾の火柱と至近弾にあおられながら必死にピッチング、ローリングをつづけて耐えている。

十二時十分——第二水雷戦隊司令部は、駆逐艦移乗を決意、そこより指揮をとるという。

矢矧の信号兵は駆逐艦に向かって接舷信号を送るが、激しい空爆下にあっては、駆逐隊も近寄りがたい。

涼月が近づき旋回すると、われの被弾をさけて矢矧への接舷を断念し、全速力で回避転舵をつづけて遠ざかる。駆逐艦とてこの激しい空爆下にあっては、接舷はおろか、接近することすら困難であった。司令部の各参謀たちのはやる気持も、事ここにいたっては、駆逐艦移乗を断念せざるをえなかった。

大和は矢矧の左舷前方三千〜四千メートルにあったろうか。右旋回をつづけて矢矧を気づかってくれているようである。矢矧はなお、激しい空爆にさらされていた。矢矧の後甲板は、その形すら見るかげもなく破壊されている。矢矧の将兵たちは必死で沈没をふせいだ。幾百の戦友たちの息絶えた甲板で、傷つき倒れても、片腕を止血帯でしめつけながら矢矧を救おうと努力した。

その時、二番砲塔長の山本大尉は、天窓をあけて白黒の指揮棒を打ちふり、手動旋回を命じて射撃を開始した。打ち伏せられた将兵たちの士気がとりもどされた。機銃群指揮官は、死傷兵の不足をおぎなって、みずから単装機銃にしがみついて射撃している。火だるまの敵機が燃え落ちる。たじろいだ敵機は、エンジン全開の轟音を残して、ちりぢりに遠ざかっていく。

矢矧上空に敵機なし。艦上がようやくひと息ついたその時であった。矢矧魚雷発射管の一番連管長が、艦橋の水雷長あてに「一番連管火災、一番連管火災」と誘爆のおそれを告げながら、魚雷投下を具申し、水雷長は魚雷投下を艦長に進言する。ここに艦長はついに魚雷投棄を命じた。矢矧の魚雷は一、二番連管ともに敵輸送船一隻も目標とすることなく発射管を離れ、すさまじい水柱と白煙をとどろかせながら、海中深く水没していった。

矢矧魚雷発射の轟音が静まり、水煙は消えたが、一番連管の空洞は、まだ白煙を残してくすぶっていた。と、連管側壁のドアが開いて、一番連管塔内で酸素魚雷の火の海にさらされた二人の姿が水雷甲板上に現われた。全身真っ白に焼けただれて、因幡の白ウサギにも似た姿であった。人相とて判別することはできなかった。その一人は、一番連管長であろうと私は思った。

二人は艦橋に向かって、しきりに何かを報告している。おそらく魚雷誘爆前に、ぶじ投下の責任をはたしえた連管長の報告であったであろう。佐藤兵曹と私は二人して、片手をあげて応えてやった。報告を終えた二人は安心したのであろう、皮膚の黒こげをしきりにむしり取りながら、やがて力つきて倒れた。

同時刻ごろであった。見張指揮官の豊村兵曹長は、「陛下ノ御艦ニ敵機魚雷ヲ命中セシメタルハ、見張指揮官ノ責任デアリマス。本官ココニ腹割ッ切ッテ、コノ責任ヲ取リオ詫ビ申シ上ゲル」と短剣を腹部に立て、十数メートルの二番砲塔下にわが身を投げたのであった。このさいの豊村兵曹長の声は、艦橋羅針盤上にひびきわたった。川添航海長は、すかさず大声を張り上げ、「血気にはやるな。血気にはやるでない。軽挙妄動はつつしめ」といましめられたが、後のまつりであった。

三番砲塔の破壊を見てか、敵爆撃機は後部からのみ襲いかかる。またも激しい空爆がつづく。飛行甲板、煙突周辺に集中して爆弾が落下した。その中の一発は、前部マストをかすめ、火花とともに舵取室入口で炸裂した。この爆弾の炸裂によって、操舵室は桜田、家入兵曹をはじめ操舵員のほとんどが、密閉された操舵室から最後まで脱出できず、矢矧と運命を共にしたのである。

このあと私の立つ一メートル後部の水雷科座眼鏡の床が裂け、全身火柱とともに炎につつまれた。ジリジリッと鼻毛や睫毛《まつげ》や頭髪が焼けちぢれる。異様な毛髪の焼ける悪臭が鼻をつんざく。同時に私の右脇腹に痛みが走った。戦闘衣に火がついているのを見た藤村兵曹が、私に抱きついてきた。私は気でもくるったかと思ったが、その藤村兵曹が私の脇腹の炎をもみ消してくれたのだった。

前部マストが上部二メートル付近で折れ、配電線を残して船体の動揺にまかせてゆれ動いている。左舷煙突の排気口は、鋸の刃先にもひとしく割れ砕け、その刃先には、くの字に折れまがった人体が打ち込まれたかたちで、中尉の肩章がキラリキラリと光を見せていた。私は、機銃群指揮官であろうと思った。中尉の顔面、腹部からは、いつまでもいつまでも鮮血と臓物のしたたりがやまなかった。

生と死の光と影

矢矧は、甲板も艦底も時をきざむごとに、死傷者の数はふえるばかりであった。将兵の血は戦友の戦闘衣に流れ、戦友の戦闘衣をぬらした血は、戦友の体温でかわいた。生かわきの血は、戦闘衣を引きつらせる。将兵の肉片は鉄甲板のゆがみに残り、悪臭に変わる。甲板上の鉄の裂け目にたれさがる巨大なみみずにも似た内臓は、組紐の千切れにもひとしくゆらぎを見せる。

艦底の機関兵であろうか、ふき荒れた罐室の蒸気にむされながらも生き抜いた姿が、爆弾魚雷に破壊された空洞づたいに這い登ってくる。しかし、それは決して哀れという姿ではなかった。たくましい忍耐と勇気、そして努力、艦隊戦闘員魂そのものを感じさせた。しかしながら、それは余りにも残酷きわまる生き地獄であることに変わりはなかった。

十二時十五分――激しい空爆が一時とだえた。矢矧の運命も、もはや限界に近づきつつあった。そのころ、艦橋右舷では各参謀の会合が行なわれていたが、それもごく短時間で終わった。

二水戦司令部は、内火艇により大島の陸地に向け将旗をうつすという。内火艇指揮官に松田幸夫航海士、派遣信号兵に松崎兵曹が任命され、二水戦司令部が「内火艇を降ろせ」と命じたとき、「この空爆下では無謀だ」と反対した一人の参謀がいた。また、ある参謀は「大島海域の海図を用意しろ」といった。ついでもう一人の参謀の「内火艇降ろせ」の大声が艦橋にひびいた。

原艦長の顔面が引きつる。艦長はむっつりとして、無言のまましばらくは口を開こうともしなかった。やがて「司令部員、内火艇甲板集合」が命ぜられ、司令部員が内火艇甲板へ降りはじめた。
十二時二十分――内火艇ダビットが海面に向かった。ロープがゆるみはじめ、内火艇は海面に浮いた。第一電信室前甲板に、一団となって集まっていた司令部員が移乗をはじめる。その時、爆弾四発が内火艇と、第一電信室出入口付近の海面で炸裂した。水柱がおさまりはじめたとき、内火艇の姿はすでに海面にはなかった。出撃の夜、桜の花を分配してくれた中村兵曹が、鼻頭をもぎ取られながらも、ただ一人生き残っていた。二水戦司令部はこうしてついに、矢矧脱出を成功させることはできなかった。
十二時二十五分――原艦長は矢矧の運命の限界をさとってか、内野信一副長を呼んで応急食についてたずねていた。内野副長は、その準備のないことを告げたようだ。だが艦長は叱責にも似た態度で応急食搬出を命じた。副長は三村主計兵曹をしたがえて艦底倉へ降りていった。しかし二人はそのまま、最後まで姿を現わすことはなかった。
十二時半――大和隊は矢矧の左舷六千～七千メートルにあったろう。激しい砲撃戦を展開しながら南進している。矢矧の艦首方向にまばらな弾幕が流れている。私には朝霜が単独で戦闘状態にあると思えた。
そのころ、私の配置である記録台前の鉄塔をはいのぼる伝声管パイプが破れ、そこからしきりにどこかを呼ぶ声がする。伝声管パイプは、三十センチほどがもぎ取られ、曲折していた。私が曲折部を向けなおして耳を寄せると、伝声管はさかんに「主砲指揮所」を呼んでいた。私が「こちらは艦橋だ」と叫んだ。すると「こちらは主砲発令所だ」といい、「本艦は

沖縄水上特攻で爆弾の雨にさらされる矢矧。８cm連装高角砲２基、25mm３連装機銃10基と単装28基で対空戦闘中

大丈夫か」とたずねる。私が「今のところは大丈夫だ」と答えてやると、安堵したかのように落ち着いた声になり、「主砲発令所は八田中尉以下六名、暗黒だ」という。私が「脱出できないか」と問うと、主砲発令所から「外部は満水状態で水浸しだ」と返ってくる。

矢矧の動揺にくわえ、誘爆の轟音がつづくたびごとに不安がつのるのであろう。八田中尉はまたしきりに艦橋を呼びつづける。しばらくして八田中尉は、配線ダクトのパテが破れ、全員が戦闘衣をぬいで応急処置中なることを告げてきた。伝声管は激しい滝水の音を伝えている。主砲発令所は、いつまでもいつまでも艦橋を呼びつづけていたが、非情にも私には、最後まで八田中尉に応えてやれる余裕がなかった。

十二時三十五分——矢矧甲板上の勇壮な構造物も、対空砲火の威力さえも、しだいに見るかげもなく打ちのめされ、焼けただれ、連装機銃は赤さびて折れ曲がり、天空を望む機能さえも失いつつあった。

一方、敵機は悠々と低空飛行をつづけ、なめきったような低速で写真を撮っている。機銃兵の一人が、くやしまぎれに敵機めがけて機銃弾を投げつけていた。

激しい空爆に矢矧も耐え、また将兵たちも耐えた。それも長いながい時間であった。耐えつづけたがゆえに、何かにすがる想いもまた深かった。戦艦大和に矢矧救援をすがる思いで祈ったこともたしかである。大和にかけた祈りは決して私一人ではあるまい。

そのころには、矢矧の前方遠くの朝霜発砲の弾幕も消えていた。駆逐艦朝霜の将兵たちも私たちと同じ思いで、矢矧に向かって救援を祈っていたのかも知れない。しかし南進をつづけているであろう大和隊の艦影は、もはや捉えることはできなかった。矢矧の左前方遠く茶褐色の弾幕のみが、天空高く乱れていた。

十二時四十分——第三波攻撃隊であろうか、激しい機銃掃射がつづくなか、手順通りにつづいて爆撃隊が飛来した。矢矧の甲板上には、そのころ三十発近い爆弾が命中していただろうか、最新鋭の軽巡洋艦矢矧の姿は見るかげもなく、傷だらけの泥舟にもひとしい姿と化していた。

十二時四十五分——またも矢矧は激しい急降下爆撃機の標的にさらされた。艦橋右舷信号甲板をかすめた爆弾は、一番高角砲付近で炸裂した。高角砲弾の誘爆がつづく。浜野掌航海長、上釜、藪川兵曹が倒れた。艦橋右舷のグレーチングが信号甲板が、鮮血で真っ赤に染まった。浜野掌航海長は必死に顔をあげて、しきりに何ごとかをつぶやいている。非情なれども、私にその言葉を聞きとるゆとりはなかった。

そのころ、右舷後方に二機、左舷後方に一機の雷撃機が接近していた。七百～八百メートル付近で魚雷投下の水柱が上がった。その雷撃機は矢矧の艦橋をかすめて反転した。その直後、右舷飛行甲板付近に二条の青白い雷跡が見えた。二本の魚雷は、右舷艦橋下の一番高角砲付近と、二番砲塔前部付近に命中した。ほとんど同時に、左舷からの一本の魚雷は一番連管付近で炸裂した。

矢矧の船体は最後の激しい身震いと、動揺をつづけた。矢矧は全身をふりしぼる震動をつづけながら、生き残りの全将兵たちに、もはやこれまでと最後の別れを告げているかのようであった。
矢矧はこの三発連続の魚雷命中に、ついに耐えることができなかった。火柱の炎が舞い、水柱のとどろきと衝撃が甲板上に伝わり、海鳴りにも似たとどろきが続いた。矢矧はしばらく水平を保ちながらも、前甲板より右舷に傾斜をはやめながら、急転するかのように沈没しはじめた。時刻は十二時四十八分であった。

死の海

矢矧は艦首から右に傾斜しながら、すべり込むようにして沈没していった。足下に海水が渦巻きながら押し寄せる。その瞬間、私は滑り台でもすべる格好で、右舷にすべりおちていた。羅針盤のグレーチングコーナーでふん張り、すべりを停めた時はもはや海水の中であった。

幾人かの遺体とともに、一枚のグレーチングが右脇腹に浮いてきた。私はこのグレーチングに必死にしがみついた。その一瞬、私の体は左舷信号探照灯に押しつけられていた。ものすごい水圧とあぶくの中で、もがきにもがいた。すさまじい勢いであった。気を失いかけた時、矢矧の沈降角度が変わったのであろう。水圧がゆるんだ。探照灯がぐりっと廻ったようであった。とたんに私の体が宙に浮いた。

無我夢中であった。もがきつかれたとき、私は海面に浮遊していた。失神状態、仮死寸前の意識とは、このような時のことをいうのであろう。意識朦朧《もうろう》とした中で〝私は生きている、

機動部隊艦上機の第二波攻撃により沈没寸前の矢矧。爆弾12発以上、魚雷7本をうけ昭和20年4月7日、九州坊ノ岬沖の東シナ海に沈没し、将兵　446名が艦と運命を共にしたとされている

生きている〟と思った。鼓動が高ぶる。恐怖がつのる。海水が重油が目にしむ。まぶたを閉じたまま〝生きている、助かった〟としきりに自分自身にいい聞かせた。

溺れる者は藁《わら》をもつかむのたとえ通り、無我夢中でもだえ苦しみ、もがきつかれても、無意識の中で一枚のグレーチングは手放してはいなかった。

私のすぐそばを十センチ角二メートルほどの角材が浮いていた。私はグレーチングを右手に、角材を左手でひろおうとしたが、左手が思うように動かない。それでも私は必死の思いで角材をかき寄せていた。私は生意気にも、卑怯千万なことながら、この時ほど、一本の角材を他の者にひろわれたくないと思った。

必死であった。やっとの思いで角材を手にすることができた。私は角材とグレーチングを両腕で抱いたまま、しばらく気力を蓄積した。気力を蓄積しながら〝あわてるな落ち着け、あわてるな落ち着け〟と何回も自分自身にいい聞かせた。

波浪はしだいに高まりつつあったが、矢矧の重油の浮遊で海面は生ぬるい感じがした。私は元気なうちに、角材を一本でも多く集めねばと思ったが、浮遊角材とてなく、私自身、力泳する気力とてなかった。

波頭に向かって、体と角材のバランスをとりながら、立ち泳ぎにも似た姿で漂流をはじめた。沈没後、五分そこそこであったろうか。私は左手甲部に疼《うず》きにも似た痛みを感じはじめていた。左足にも痛みが走る。左手甲は餅でもくっつけたように腫れ上がり、血が流れていた。左足もしびれたような痛みが走り、立ち泳ぎもしだいに、片足のみを動かさざるをえなくなっていた。見るのも恐さが手伝って、左足の傷口を見ることはできなかった。

方角も潮流もかいもく見当がつかない。雲の流れと海面を吹き抜ける風にあおられ、沖へ沖へと吹き流されているようで怖かった。あたりを見まわすと、私の右四メートルのところに二人の漂流者がいた。右前方八十メートル付近には、かなりの集団が浮いていた。時間的には定かでないが、沈没後二十分くらいではなかったろうか。

私の右方向七、八十メートル付近に、柔道マットのような物に群がる一団と、その右二十メートルほどの間隔の位置には、水偵フロートの残骸らしき付近に、かなりの集団が群れていた。私は集団の群れから、かなり引き離された位置にあった。心細さのあまり、その方角に向かって近づきたいと思った矢先である。細長い矢矧の浮遊者集団の上空を横切るかたちで、一機の爆撃機が飛来した。

柔道マットとフロート付近に、ものすごい轟音とともに二本の水柱が立ちのぼった。その瞬間、激しい波浪と水しぶきにさらされた。浮遊者全員が爆弾の波浪に激しくもまれた。この爆弾による波浪に、重傷者のほとんどが波にのまれて行ったようである。私には、この爆弾が何発であったかは定かでないが、大型爆弾が二発以上であったことはたしかである。

やがて爆弾の波浪もしずまり、しばらくの間、無気味なほどおだやかな静けさがつづいた。矢矧が残してくれた生ぬるい重油の温もりも散りはて、冷たい海面に浮遊者たちの長い時間がすぎてゆく。「できるだけ、かたまるな。ばらばらになれ」と口伝いに命令が伝わる。

爆撃後の浮遊者たちの呼吸もととのい、しばらくしていくらか落ち着きを感じはじめた時である。私の右前方から現われた五機の戦闘機が、横隊列を組んだまま低空で、矢矧浮遊者の細長い浮列に向かって機銃掃射をはじめた。私の眼球に、将兵ののけぞる姿が飛び込む。悲鳴が聞こえる。私はぞっとして、血の気が失せた。

私はとっさに筏を手放して海中にもぐった。海中ではキュンキュン、キュン、キュンと水中をつらぬく機銃弾の弾道音が身近に聞こえた。私は苦しさのあまり海面に出た。その時、敵機は私の後部で反転していた。私の頭上をプロペラの風圧があおった。私は機銃掃射の怖さも忘れて手放した筏を探そうと必死になった。またも激しい機銃掃射がつづく。

波浪のため、筏がなかなか見当たらない。筏は三メートル付近を流れていた。私は必死に泳ぎはじめた。戦闘衣の着のみ着のままでは、なかなか筏にたどり着けなかった。苦しかった、本当に苦しかった。私はこのまま溺れてしまうのではないかと思った。くそ、俺は球磨川の荒瀬できたえたんだぞ——と自分自身にいい聞かせた。そのとたんに勇気がわいてきた。疲れ切って筏にたどり着いたとき、放心しつつも、くそ、後はどうにでもしやがれ——と捨鉢《すてばち》な心で開きなおったが、自分自身が何ともみじめで哀れでならなかった。非情きわまる敵戦闘機隊は、すでに水平線上遠く消えていた。

奇蹟の生還

海面はまた波立ちはじめている。手足のふやけが増してきた。寒さがつのる。尿を出して一時の暖をとってしのぐ。私は、大和隊はまだ南進をつづけているであろうと思っていた。水平線上には艦影はおろか、南の空にも弾幕の流れ一つ見当たらなかった。大和は無傷であろうか？　恐らく無傷ではあるまい、傷ついたまま、沖縄突入の進撃をつづけているのであろう。そう思うと、むくむくと不安がつのってくる。

私は、熾烈な戦闘に耐えた矢矧を思い出していた。矢矧はエンジン停止のままで、爆弾三十数発と魚雷七本に耐えたのだ。あの戦艦大和が、そう簡単に沈むはずがない。私は、そう思いなおすことで心の不安をのぞこうとした。

沈没してどれくらいの時間がたつのであろう。かいもく見当もつかない。曇天の空から、時折り浮遊者の頭上に、薄い日射しがのぞいては、また雲にかくれる。海面の重油も流れ、また寒さが増しつつあった。将兵たちの顔はどの顔も重油にまみれ、黒茶色してだれがだれだか見当もつかない。

ややもすれば、浮遊者たちの気力も失われかねない時であった。と、一団の中から、軍歌の合唱が流れはじめた。浮遊者全員が、これに合わせて大合唱となった。ふしぎと傷の痛みもやわらぎ、疲れも、餓えも、寒さも忘れさせた。息絶えだえの重傷者も、海底の矢矧も、この大合唱に合わせて魂を一つに引きずられているであろう。生きる当てのない浮遊者たちの大合唱は、海鳴りも潮騒もかきけすがごとく、遠く悲しく、波頭に乗って広がりながら響きわたる。

いくつかの軍歌につづいて〽海行カバ水漬ク屍、山行カバ草ムス屍、大君ノ辺ニコソ死ナメ、カエリミハセジ——となった。ところが、途中から合唱の声が途切れはじめた。浮遊者全員が泣き出している。私自身、涙があふれてどうしようもなかった。戦友の遺体が浮遊する中で、夜を迎える海面が無性に悲しかった。

沈没後、かなりの時間がすぎている。腕がしびれる。足がひきつる。全身がふやけた感じである。一時をしのいだ尿もつきはてた。痙攣《けいれん》が周期的に襲いはじめた。親指に力を入れて指鳴りを起こすといくらか楽になる。何回も何回もくり返して痙攣を耐える。薄日の陽ざしもかなり傾いてきた。雲のかげりであろうか、時折りあたりを薄暗くする。ぶきみな思いが走る。幾百の戦友の命をとじ込めたままの矢矧も、いまは海底深く、あの温もりも尽きはてたであろう。

おたがいに生きる望みを持たない、浮遊者の海面に夕暮れがせまりつつあった。私は浮遊者集団のいる方向へ近づきたかったが、どうしようもなかった。はやる心がもどかしく、涙があふれた。

その時、浮遊者集団の中から、異様なざわめきが起こっていた。

「艦だ」「艦だ！」波頭に乗って口伝えに伝わる。敵味方の識別すらも不明のままながら、歓声がわく。一隻、また一隻と水平線上遠く、かげろうの中に浮き上がるように、艦影は右に進む。

しばらくして艦影は、はっきりと見えはじめた。元気な浮遊者の一人が「オーイ、駆逐艦だぞ」と大声を張り上げて指をさす。また、だれかが「味方駆逐艦だぞ」と叫んでくれた。私は胸一杯にこみ上げてくるものを押さえきれなかった。また涙があふれはじめた。駆逐艦は三隻であった。

しばらくして駆逐隊は行き足をとめた。三隻は思いおもいに向きを変えている。移動しては停止し、また移動をはじめる。浮遊者たち全員の目は、駆逐隊に集中していた。

駆逐隊はまた前進をはじめた。煙突の隊番号の識別が、はっきりと見えはじめた。おそれた敵艦ではなく、たしかに味方駆逐艦の雪風、初霜、冬月の三隻であった。なぜか駆逐隊は矢矧浮遊者を無視して、置き去りにするような気がしてならなかった。

私の右前方遠くだれかが、短艇用のオールを大きくふり回しながら、合図しているのが見える。駆逐隊は、信号用の探照灯をピカッと光らせて了解した。全員が万歳を叫んだ。涙が一気にこみ上げてきた。遠くてはっきり確認できなかったが、短艇のオールをふりかざして合図をしていたのは、航海科信号兵の大河兵曹のようであった。

駆逐隊は、それぞれに右舷転舵して、矢矧の浮遊者の群れに近づいてきた。そのころ、駆逐艦のかげりは、かなり洋上にのびていた。駆逐隊はそれぞれ内火艇を降ろして、何回も何回も近くから救助してくれる。私は集団から、かなり引き離されていたので、自分だけが取り残されるのではないかと心配でならなかった。私は必死に海面をたたき、海水をしゃくり上げて合図した。

初霜の艦橋で眼鏡片手に指を射す姿が見えた。初霜は微速のまま、右に切り込むかたちで近づいてくれた。甲板上から短艇用防舷物を取りつけたロープを投げて引き寄せてくれた。後甲板の縄梯子にぶらさがったとき、全身の力が抜けたようであった。その私を甲板員が力一杯に引き上げてくれた。

初霜後甲板のオスタップには、生還者たちの重油にまみれた戦闘衣が、山積みされてはみ出していた。私はぬぎすてた戦闘衣で、裸をふいてみたが、体にしみついた茶褐色の重油は、なかなかふき取ることができなかった。

主計兵がズボンとシャツを一枚ずつ手渡してくれた。ふんわりとした冬シャツの膚ざわりが、重油にまみれた体にはなぜかもったいない気がした。私のふやけた足は、たしかに初霜の甲板上を踏みしめて立っていた。初霜の動揺によろけながらも、ふん張ることができた。

嬉しかった。

支える物にふれることのなかった幾時間、ただ、水かきにも似た姿して、海中にもがき耐えたふやけた足で、甲板上を踏みしめた実感。それは幾時間もの海面浮遊者のみが味わう、他に比することのできない実感であろう。私はしばらくの間、後甲板に立ったまま時をかせいだ。なかなか興奮から冷めることができなかった。

初霜は増速したのであろう。エンジンの震動が伝わる。私は初霜の推進器の渦巻く航跡の海面に向かって両掌を合わせた。気分的にもいくらか落ち着いてきた。私を支えてくれた角材も、グレーチングももはや遠く、遠く私の視野に捉えることはできなかった。初霜の後方六百メートル付近を、損傷艦の冬月が左に傾きながら続航している。もう日没時間が間近ではないかと思われた。

衛生兵が診療にさそってくれる。衛生下士は「貴様は骨折しているなあ」と添え木を当てて包帯してくれた。途中、敵潜警報のため「全員、甲板上に上がれ」の命に、私は見張りでも手伝おうと思って艦橋にのぼった。初霜の艦橋は、過密状態でわれわれの手伝う場所すらなかった。

初霜艦橋には、横須賀航海学校同期の六車君がいた。彼は男女群島南端を北上中なることを知らせてくれた。そして初霜は無傷であることも知らされた。

駆逐隊は矢矧遭難員救助後、朝霜沈没海面に向かうも、一人の生存者も救助できず、夜にまぎれて引き揚げたという。私は六車君の話を聞いて〈夜でなくてよかった、夜でなくてよかった〉と何回もつぶやきながら、幸運にも生還できたことをあらためて噛みしめた。それにしても浮遊の六時間余は、あまりにも長すぎた。

生還のよろこびのかげに、生存者たちの心はなぜか、何ごとか思いあぐねているようであった。決して怯えではなかった。あのすさまじい爆弾の炸裂する中で逝った、戦友の死を悼む心のつぐないかも知れない。苦痛に耐えて、呻き声をこらえる戦友に、ゆとりのない己れがほどこすすべを忘れた非情さを悔いているのであろう。

幾百名の戦友たちが、甲板上で傷つき倒れ、苦しみもだえる姿が瞼《まぶた》に焼きつき、忘れようとすればするほど、想い出されてくる。艦底にあって生き埋めにもひとしい戦友の声が、今なお肝をえぐる。避けて通れないおたがいの運命にしては、あまりにも非情すぎた。全員が半狂乱の心を静めて、耐えているようであった。

暗黒の海面を、駆逐隊は母港佐世保に向けて北上する。男女群島も後方に去り、旗旒甲板を吹きぬける夜風が、肌にひんやりと冷めたかった。大和以下各艦の生存者たちが、夜風をさけて屯ろしている。おたがいに眠れぬ夜であった。戦場をはるかに離脱したはずなのに、なぜか気が高ぶる。悲しみなのか？　祈りなのか？　心の硝煙は深い傷跡を残して、いまだくすぶるようであった。

おたがいが悲しみに耐えているのであろう。身を寄せ合って、労《いたわ》り合う姿が何ともすばらしい。あの残酷な悲劇に耐えぬいた将兵同士がいま、労りながら心をいやしている。私をふくめ、生涯忘れようとしても忘れることのできない、あの勇壮なる戦闘に散った戦友たちの記憶と、非情の中に生き残ったいまわしい記憶は、艦隊戦闘員なるがゆえに、生涯背負いつづけて行かねばならない残酷な運命なのかも知れない。

明けて四月八日の朝、駆逐隊は佐世保に入港した。しかしながら、午後にいたって全艦生存者は、戦艦大和沈没の機密保持のため、佐世保海軍病院浦頭《うらがしら》消毒所の一角に、監禁収容されたのであった。

日本海軍軽巡洋艦 戦歴一覧

戦史研究家　落合康夫

天龍型（二隻）

天龍（てんりゅう）

大正八年十一月二十日、横須賀海軍工廠において竣工。開戦時は第四艦隊第十八戦隊旗艦として、龍田とともに第一次、第二次ウェーク攻略作戦に参加した。

その後、龍田とおなじく南東方面各地の攻略作戦を支援した。ニューギニア南岸モレスビー攻略作戦のときは、攻略部隊として第六戦隊の重巡四隻にまもられて攻略に向かったが、その途中、米空母機の攻撃をうけて珊瑚海海戦（昭和十七年五月七日〜八日）となったため攻略作戦は中止されて、いったん内地に帰投することになり、舞鶴に昭和十七年五月二十三日に入港して入渠整備作業を行なった。

六月二十四日、ニューブリテン島ラバウルに進出して、ガダルカナル島（ガ島）およびサンタイサベル島レカタ湾の基地設営に協力した。八月八日、第一次ソロモン海戦で重巡戦隊

龍田。日本軽巡の草分け天龍型２番艦で3500トン、全長142.65m、速力33ノット、航続14ノット5000浬。艦橋と後檣の前後に 14cm砲４門、煙突前方と後方に 53cm３連装発射管、魚雷６本

につづいてガ島泊地に突入し、協力して敵重巡四隻撃沈の戦果をあげ、被害をうけることなくラバウルに引き揚げた。十月二日、ラバウルで敵機の爆撃によって戦死二十三名の被害をうけたが、戦闘航海には支障なかった。十一月一日、旗艦を龍田に変更した。

第三次ソロモン海戦（昭和十七年十一月十二日～十四日）には支援隊として参加したが被害はうけなかった。十一月二十日、龍田の舵が故障したので、かわって天龍が旗艦となった。十二月十六日、ニューギニアのマダン攻略作戦の護衛隊としてラバウルを出撃したが、十八日、マダン港外八浬《かいり》の地点で米潜アルバコアの雷撃をうけ沈没した。

龍田（たつた）

大正八年三月末、佐世保海軍工廠で竣工。日米開戦時には第四艦隊第十八戦隊としてウェーク島攻略作戦に参加。昭和十七年一月はビスマルク諸島攻略作戦、そして二月から三月にかけて東部ニューギニアのラエ、サラモア、ブーゲンビル島の攻略作戦を支援した。

五月一日、モレスビー攻略作戦のときは攻略部隊として参加したがその途中、敵空母機の攻撃をうけて珊瑚海海戦となったので、この作戦は中止された。五月二十四日、舞鶴に帰港して六月十六日まで入渠整備して、ふたたび南東方面に進出してガダルカナル島飛行場設営に協力した。その後ソロモン方面で活躍し、ガ島に対して三回輸送を行なった。

昭和十七年十一月五日より翌十八年一月十二日までかかって舵を修理したが、完全にならないので舞鶴に帰って修理することになり、一月十九日より三月二十八日まで修理と改造工事を行なった。

四月一日、第十一水雷戦隊旗艦となって内海西部で昭和十九年二月まで教育訓練を行なった。この間、昭和十八年十月十一日より丁三号輸送として、宇品より陸軍部隊を乗せてトラックを経由、トラック東方のポナペまで輸送した。昭和十九年二月十日より呉で整備後、中部太平洋方面へ緊急輸送を命ぜられ、東松二号船団を編成し、三月十二日、木更津沖を出港してサイパンに向かったが、十三日、八丈島の西南西四十浬で米潜サンドランスの雷撃をうけて沈没した。

球磨型（五隻）

球磨（くま）

大正九年八月末、佐世保工廠で完成。開戦時の比島攻略戦のときは第三艦隊第十六戦隊として、ルソン北部西岸のビガン攻略作戦を支援し、その後、リンガエン湾上陸作戦を支援した。

北方海域行動中の多摩。艦橋正面に防弾鋼鈑が張られ、その両脇の張出しに単装機銃。氷結した主砲のうち上部２番砲は本来の逆向きに仰角をかけている。両脇に３番４番砲

昭和十七年一月三日、第三艦隊は第三南遣艦隊にあらためられ、比島西部隊としてマニラ湾口の哨戒にあたっていた。二月に行なわれたセブ、ザンボアンガ（ミンダナオ島西端）攻略作戦には陸戦隊を揚陸させて、これを占領した。つづいてバターン半島、コレヒドール攻略作戦を支援したのち、比島各地の戡定作戦を支援した。九月二十二日より十二月三日までの間に、陸軍部隊をマニラよりラバウルまで二回、ニューギニアまで一回輸送した。そして翌十八年二月二十日より陸軍部隊をジャワ島スラバヤより西部ニューギニア南岸のカイマナまでの輸送任務に従事した。

昭和十八年五月には第二十五防空隊をスラバヤ、アンボン（セレベス島東方セ

ラム島南方）間の急速輸送を行なった。八月と十月にこんどは陸軍部隊をスラバヤからベンガル湾東部洋上アンダマンまで輸送して、十月二十三日よりシンガポールで十一月十二日まで入渠して整備した。

出渠するとすぐシンガポールよりスラバヤまでの輸送をまた命ぜられた。昭和十九年になっても一月四日よりマレー半島西岸沖ペナンよりビルマ東南部メルギーまで陸軍部隊の輸送を行なった。一月十一日、航空戦隊とペナン付近で訓練中、英国潜水艦タリホーの雷撃をうけて沈没した。

多摩（たま）

大正十年一月二十九日、三菱長崎造船所において竣工。開戦時は第五艦隊第二十一戦隊に所属し、第五艦隊旗艦として北太平洋の哨戒および対ソ作戦の警戒にあたっていた。

昭和十七年五月二十日、キスカ攻略部隊支援隊として参加、七月十六日より木曾とおなじく横須賀で整備し、十月二十七日より木曾と米川部隊の主力をアッツ島に輸送した。昭和十八年三月二十七日に行なわれたアッツ島沖海戦で、アッツ島に向かう輸送船団を巡洋艦四隻と駆逐艦四隻で護衛中、米巡洋艦二隻、駆逐艦四隻を発見し、これと交戦して米巡洋艦に損傷をあたえただけで、アッツ島行きの船団は反転して幌筵に引き揚げた。

七月二十二日、第二次キスカ撤収作戦のとき第五艦隊長官が多摩に乗艦して、キスカ突入の前日まで指揮をとることになり、幌筵を出撃、二十九日に成功して、三十一日には幌筵に帰投した。

九月一日より横須賀で整備後、丁一号輸送として木曾と陸軍部隊を宇品よりトラック東方のポナペまで輸送し、つづいて丁四号輸送として上海よりラバウルまで輸送後、横須賀で十月二十七日より十二月二十四日まで修理したのち、昭和十九年六月まで大湊で待機していた。昭和十九年六月二十五日、連合艦隊直率となり、伊号輸送として陸軍部隊を父島まで二回輸送した。八月三十日、第十一水雷戦隊の旗艦となり、内海西部で諸訓練に従事した。十月二十五日の比島沖海戦では小沢艦隊に属し、敵機の攻撃により被雷して落伍したので、単艦で北上中に米潜ジャラオの雷撃をうけて沈没した。

北上（きたかみ）

大正十年四月十五日、佐世保工廠で完成。開戦直後の昭和十六年十二月二十五日、重雷装艦としての改装工事が終了した。昭和十七年六月五日のミッドウェー海戦に支援隊として参加後、九月より発射管の一部をおろし、高速輸送艦として南東方面の輸送作戦に従事した。昭和十八年の正月を佐世保で迎えて、一月四日より二月二十四日まで、丙号作戦で陸軍部隊を鎮海、青島よりニューギニアまでの輸送任務に成功後、ジャワよりニューギニアまでおなじく陸軍部隊輸送に従事した。

昭和十八年七月一日、南西方面艦隊第十六戦隊に編入され、シンガポールを中心にして同方面の作戦輸送に従事した。昭和十九年一月二十七日、シンガポールよりベンガル湾東部アンダマン諸島へ作戦輸送の帰途に、敵機の雷撃により魚雷二本が命中して中破、戦死十二名の損害をうけたため、二月一日より六月二十一日まで約五ヵ月間シンガポールで修理をうけ

20年2月、北上の最終状態。主砲と発射管を全廃し後部に滑りを設け回天8基と爆雷18個。前後部に連装高角砲

た。

七月二日、旭東丸を護衛してマニラに向け出港し、七月十二日より八月八日まで修理、つづいて八月十四日より昭和二十年一月二十日までの間に佐世保で重雷装をぜんぶ撤去し、回天一型八基を搭載して航海中に回天を発進できるようにし、また対空兵装も増備する改装工事が行なわれた。

回天搭載の改造を終えたが、実戦で使用する機会もなく、対空火器は呉で防空砲台として活躍した。三月十九日、早瀬入口で敵艦上機と交戦したのち、倉橋島に繫留されて偽装したが、七月二十四日、敵艦上機約一〇〇機の攻撃をうけ、至近弾約十発により航行不能となって終戦を迎えた。終戦後は特別輸送艦用の工作艦として使用されたが、昭和二十一年夏、役務を終えて長崎で解体された。

大井（おおい）

大正十年十月三日、神戸川崎造船所で竣工。開戦時は第一艦隊第九戦隊に所属して、主力部隊の警戒部隊として内海西部に待機していた。

ミッドウェー海戦に参加後、北上とおなじく昭和十七年九月より南東方面の輸送作戦に従事して、舞鶴第四特別陸戦隊をラバウルまで輸送し、十一月二十一日までソロモン方面で基地物件の輸送に従事、つづいて陸軍部隊をマニラ、ラバウル間の輸送を行なって、十七年末に呉に帰港した。

昭和十八年一月四日より二月二十四日まで、丙号作戦で陸軍部隊を釜山よりパラオをへてニューギニアのウエワクまで、二回輸送した。三月十五日、第九戦隊は解隊されて連合艦隊付属となり、四月一日よりジャワから西部ニューギニア南岸のカイマナまで陸軍部隊を輸送し、以後、ボルネオ、ジャワ、セレベスで輸送任務に従事した。七月一日、南西方面艦隊第十六戦隊に編入され、スマトラ、アンダマンに陸軍部隊の輸送作戦を行ない、昭和十八年度はこれで終わった。

昭和十九年二月二日、マレー半島西岸沖のペナンよりジャワ島スラバヤへ南西方面艦隊司令部を輸送後、二月二十七日より三月十五日まで、インド洋交通破壊戦に出撃したが、残念ながら戦果はなにもなかった。四月に入って、マレーより比島へ航空基地人員、物件の作戦輸送を二回おこない、五月はスラバヤ、ニューギニア西部のソロンに陸軍部隊を二回輸送した。

七月六日、南西方面艦隊司令部をマニラに移動するため、同司令部の輸送任務に従事し、

開戦とともに艦橋や煙突に迷彩塗装をほどこし北方海域を作戦行動中の木曾

七月十六日、マニラに入港して任務を終了した。その後、シンガポールに回航中の七月十九日、マニラ西方海面で米潜フラッシャーの雷撃をうけて沈没した。

大井は重雷装艦に改装され、主力部隊の決戦には大いに期待されたが、けっきょく一度も海戦に参加せず、もっぱら輸送作戦に従事してその生涯をとじた。

木曾（きそ）

大正十年五月四日、三菱長崎で竣工。開戦時には第五艦隊第二十一戦隊として、北太平洋の哨戒任務についた。昭和十七年五月二十日、キスカ攻略部隊主隊として大湊を出撃し、六月八日に小キスカ島に陸戦隊を揚陸してこれを占領し、キスカ島も攻略したので六月十七日、大湊に引き揚げてきた。七月十六日より八月二日まで横須賀で整備を行なったのち、十月二十七日よりアッツ島へ二回、キスカ島へ一回と北海支隊を輸送した。

十二月十二日より舞鶴で入渠整備を行ない、昭和十八年の正月を舞鶴で迎え、一月十六日よりキスカ島へ陸軍部隊を輸送する計画であったが中止となり、二月二十三日よりキスカ島に向かう輸送船団を護衛して成功させた。三月二十日より四月二十八日まで舞鶴で入渠整備を行なった。

七月七日、キスカ撤収作戦のため幌筵を出撃してキスカに向かったが、霧が晴れたため作戦は中止され、十五日に幌筵に帰投し、二十二日、第二次作戦として幌筵を出撃し、二十九日にキスカに入港し、一一八九名を収容して三十一日ぶじ幌筵に帰着した。

九月十四日より陸軍部隊を宇品よりトラック環礁東方ポナペまで輸送し、つづいて上海よりラバウルまで輸送したが、十月二十一日、ラバウルで敵機の攻撃により損傷をうけてトラックで応急修理を行ない、十一月十日より昭和十九年三月三日まで舞鶴で修理を行なった。その後は大湊方面で待機していた。六月二十五日より陸軍部隊を横須賀より父島まで二回輸送後、内海西部で待機していた。

十月二十九日、隼鷹とともにブルネイ、マニラと軍需品の輸送に従事し、十一月十日、第五艦隊第一水雷戦隊となり、第五艦隊（志摩艦隊）司令部をブルネイに移動するためマニラ港に待機していたところ、十一月十三、十四日の両日にわたり敵艦上機の攻撃をうけて沈没した。

長良型（六隻）

長良（ながら）

大正十一年四月二十一日、佐世保工廠において完成。太平洋戦争開戦のときには第三艦隊第十六戦隊に所属し、比島部隊第四急襲隊としてレガスピー攻略作戦、ラモン湾上陸作戦に参加した。

昭和十七年一月、蘭印部隊に編入され、セレベス島メナド、ケンダリー、マカッサルおよびバリ島の攻略戦に参加した。二月二十三日よりマカッサル、バリ島間の船団護衛を行ない、ジャワ海の警戒にあたった。三月二十四日よりジャワ島南方三百キロに位置するクリスマス島攻略作戦に参加した。

南西方面の攻略作戦も一段落したので四月十一日、舞鶴に帰港して入渠整備を行なった。五月六日より次期作戦にそなえて内海西部で待機していた。五月二十七日、第一航空艦隊第十戦隊旗艦となり機動部隊警戒隊としてミッドウェー作戦に参加したが、六月十三日、むなしく呉に帰港した。

八月、米軍のガダルカナル島上陸により、八月十六日、機動部隊とともに呉を出撃し、八月二十四日の第二次ソロモン海戦、十月二十六日の南太平洋海戦に参加した。十一月十三日、第三次ソロモン海戦のときは戦艦比叡、霧島の挺身攻撃隊を護衛して、ガ島沖に突入、協同して軽巡一、駆逐艦四隻を撃沈する戦果をあげた。だが長良も被害をうけ、十一月二十七日より昭和十八年一月二十日まで舞鶴で修理した。

修理後、昭和十八年二月十日より六月二十三日までトラックで待機したのち、ギルバート諸島西方赤道直下のナウル、ニューブリテン島ラバウルなどに人員、軍需品を輸送した。七月二十日、トラックより雲鷹を護衛して内地に帰り、舞鶴で十月七日まで整備して、またラバウルまで人員を輸送の後トラックで待機していた。十二月五日、マーシャル諸島クェゼリンで輸送の途中に敵機五十機の攻撃をうけ中破したので、トラックで応急修理後、長波を曳航して内地に帰港し、昭和十九年四月二十二日までかかって舞鶴で修理した。六月二十九日より陸軍部隊を横須賀から父島に輸送、七月十三日より陸軍部隊を呉から沖縄に輸送した。八月二日より六日まで、第二航空艦隊の人員、物件を鹿児島より沖縄まで輸送したあと、八月七日、鹿児島より佐世保へ向かう途中、天草島付近で米潜クローカーの雷撃をうけて沈没した。

五十鈴（いすず）

大正十二年八月十五日、浦賀船渠で竣工。開戦時は第二遣支艦隊旗艦として香港攻略作戦に従事したが、昭和十七年四月十日、第二南遣艦隊の第十六戦隊に編入され、ジャワ海方面の海上警備についた。九月十三日よりジャワ島バタビアよりブーゲンビル島南方ショートランドまで陸軍部隊を輸送したのち、九月二十六日に第二水雷戦隊旗艦となり、十月十三日、第三戦隊（金剛、榛名）のガダルカナル島飛行場砲撃のとき警戒隊として参加した。十月二十六日の南太平洋海戦では、前進部隊本隊として参加した。十一月十三日の第三次ソロモン海戦では輸送船団の間接護衛を行ない、十四日に敵飛行機と交戦し、至近弾をうけ損傷したので、トラックで応急修理後、横須賀で昭和十八年五月二十一日までかかって修理した。

その修理中の四月一日に第四艦隊十四戦隊に編入され、六月十六日、横須賀を出港してから十一月までラバウルおよびマーシャル方面への輸送作戦に従事した。

十一月四日、ニューアイルランド島カビエンで触雷し、翌五日には敵機と交戦して損傷を

長良型３番艦・名取。仰角をかけ右舷を指向する７門の主砲、艦橋前面の搭載機滑走台と格納庫、帆布張りの艦橋天蓋など全体の配置がよくわかる。１番煙突の煙は混焼罐の使用中を示す

うけ、さらに十二月五日、クェゼリン環礁ルオットで敵機七十機と交戦して中破、二十名の戦死者をだした。この被害により、十二月十二日より昭和十九年一月十七日までトラックで応急修理後、内地で一月二十三日より九月十四日まで本修理をかねて対空火器を増備、防空巡洋艦として改装工事を行なった。

昭和十九年十月二十五日の比島沖海戦では小沢艦隊の一艦として参加し、敵機と交戦して戦死十三名の損害をだした。十一月六日、内地→マニラ→ブルネイの輸送作戦に従事中、十九日にマニラ沖で敵潜の雷撃をうけ、艦尾を大破して舵を失い、また台湾海峡は台風の関係で通れないこともあって、シンガポールで修理することになった。

しかし、なかなか修理ができず、昭和二十年になってスラバヤで修理をはじめ、四月一日に完成した。修理後すぐに陸軍部隊の輸送作戦に従事したが四月七日、スンバワ島東部北岸ビマ沖で米潜ゲビランおよびチャーの協同攻撃をうけて沈没した。

名取（なとり）

大正十一年九月十五日、三菱長崎で完成。開戦時の比島攻略作戦には第三艦隊の第五水雷戦隊として参加し、十二月十日にルソン島北部アパリでB17と交戦して損傷をうけたのち、リンガエン湾上陸作戦に従事した。十二月三十一日よりマレー部隊に編入され、第二次マレー上陸作戦を掩護し、昭和十七年一月三十一日、蘭印部隊に編入されてジャワ攻略作戦に参加。三月一日、バタビア沖海戦で協力して米重巡ヒューストンを撃沈した。

昭和十七年三月十日、第二南遣艦隊第十六戦隊に編入され、昭和十八年一月まで東インド方面の海上警戒の任務にあたった。この間の五月二十四日に第二南遣艦隊旗艦となった。

昭和十八年一月九日、セレベス島東方セラム島南方のアンボン港外で敵潜の雷撃をうけて後部を切断され、さらに一月二十一日、アンボンで敵機の攻撃をうけ、戦死者十三名の被害を出した。一月三十一日より五月二十四日までかかってシンガポールで修理を行ない、六月に舞鶴に帰り、昭和十九年四月末まで修理および改造を行なった。

その後、中部太平洋方面艦隊第十一戦隊に編入され、内海西部にて待機訓練をしていたが、六月一日、第三水雷戦隊に編入され、呉～ダバオ間に第一二六防空隊を輸送した。六月のマリアナ沖海戦では機動部隊の補給隊を護衛したのち、六月二十五日、連合艦隊付属となり、比島よりパラオに作戦輸送を行なっていた。八月十八日、マニラよりパラオに作戦輸送の途中、ミンダナオ島ダバオの北東三八〇浬の地点で米潜ハードヘッドの雷撃をうけて沈没した。

由良（ゆら）

大正十二年三月二十日、佐世保工廠で竣工。開戦時、第五潜水戦隊旗艦としてマレー上陸作戦を支援し、つづいてボルネオ攻略作戦に参加した。昭和十七年一月二十日、旗艦を伊六五潜水艦に移してスマトラ、ジャワ上陸作戦に従事したのち、三月一日、バタビア沖海戦に参加した。

その後、北部スマトラ、アンダマン攻略作戦を支援し、四月にはベンガル湾機動作戦で輸送船三隻撃沈の戦果をあげ、四月二十日、佐世保に帰り五月十九日まで整備を行なった。この間に第五潜水戦隊よりのぞかれ、第四水雷戦隊に編入された。ミッドウェー作戦に参加後、小松島に待機していた。

八月十一日、外南洋部隊増援隊となり、ソロモン方面に進出、ガダルカナル島へ輸送を二回おこなった。十月二十五日、ガ島東方で三回にわたり敵機の攻撃をうけ、航行不能となったので春雨、夕立の魚雷と砲撃により処分された。

鬼怒（きぬ）

大正十一年十一月十日、神戸川崎で竣工。日米開戦時には第四潜水戦隊旗艦として、第一次、第二次マレー上陸作戦を間接護衛した。ボルネオ上陸作戦の支援など行なっているうちに昭和十七年を迎え、早々にマレー上陸船団を護衛し、つづいてボルネオ飛行場の基地員、物件輸送の護衛に従事した。

二月二十五日よりスラバヤ上陸船団を直接護衛して、ジャワ攻略作戦に協力した。三月一日、敵機の爆撃により戦死四名の被害をだしたが、戦闘航海に支障はなかった。

第二南遣艦隊第十六戦隊旗艦となって、三月八日よりニューギニア西部各地の攻略および掃蕩戦に従事した。五月十日、呉に帰港して入渠整備を六月五日まで行ない、ふたたび南西方面に進出し、同方面の警備に当たっていた。九月十二日より陸軍部隊をバタビアからショートランドまで輸送した。

昭和十八年一月二日からシンガポールで入渠整備の後、陸軍堅集団をスラバヤより西部ニューギニア南岸のカイマナまで作戦輸送した。その後、四月十五日、南西方面艦隊第十六戦隊へ編成替えとなり、五月二十九日より第二十五防空隊および陸軍部隊をスラバヤからアンボンをへてニューギニア西端ベラウ湾の奥に位置するバボまで輸送した。六月二十三日、マカッサルで敵大型機の爆撃をうけ小破したので、旗艦を球磨に移して八月二日、呉に帰って修理を行なった。修理後の十月二十六日に人員、軍需品を搭載して、シンガポールに進出した。

昭和十九年一月より五月までの間は、陸軍部隊を各地に輸送し、六月になって渾作戦の陸軍海上機動兵団を比島からニューギニアまで輸送し、六月末までニューギニア西部で待機していた。八月七日より比島、パラオ方面の作戦輸送に従事後、九月二十五日、第一遊撃部隊に編入されてリンガ泊地で待機していた。十月二十三日、損傷をうけた青葉をマニラに曳航後、レイテ島オルモックに陸兵第一次増援輸送（多号作戦）に二十六日成功したが、その帰途、敵機約一〇〇機の攻撃をうけ、パナイ島北東方に沈没した。

阿武隈（あぶくま）

大正十四年五月二十六日、浦賀船渠において竣工。日米開戦にあたっては第一艦隊第一水

阿武隈＝長良型５番艦。高速軽巡の細身の船体が凄い。艦橋前の滑走台に４連装機銃

雷戦隊旗艦として、昭和十六年十一月二十六日、単冠湾から機動部隊警戒隊として出撃、ハワイ攻撃作戦に参加して十二月二十四日、呉に帰港した。

昭和十七年一月、機動部隊とともにビスマルク諸島攻略作戦を支援し、二月二十五日よりのジャワ攻略作戦でジャワ南方の機動戦を行ない、四月のインド洋作戦ではセイロン島を攻撃する機動部隊と行動を共にして、二十二日、佐世保に入港して整備した。五月二十二日、北方部隊に編入され、アッツ島攻略部隊旗艦として参加し、アッツ島に陸戦隊を揚陸させた。十月および十二月に陸軍部隊をアッツ島に輸送した。

十二月十二日より佐世保で入渠整備の後、昭和十八年二月十八日より粟田丸を護衛してキスカに輸送を成功させた。三月二十七日アッツ島沖海戦で米巡二隻、駆逐艦四隻と交戦したが被害なく、アッツに向かう予定の船団とともに反転して幌筵に帰港した。

昭和十八年七月七日、第一次キスカ撤収作戦のため幌筵を出撃したが、その途中で霧が晴れたため引き返し、七月二十二日、第二次キスカ撤収作戦としてふたたび幌筵を出撃し、二十九日キスカに入港して一二〇二名を収容して幌筵に帰港した。

昭和十九年十月十四日、台湾沖航空戦で敵の損傷艦を攻撃する目的と、味方搭乗員の救助のため内地を出撃し、台湾に進出してから捷一号作戦が発動され、第二遊撃部隊（志摩艦隊）としてスリガオ海峡より西村艦隊のあとにつづいて突入したが、十月二十五日、敵魚雷艇の攻撃をうけて魚雷一本が命中し、明くる二十六日、損傷をうけて航行中のところを敵飛行機の爆撃をうけて沈没した。

川内型（三隻）

川内（せんだい）

大正十三年四月二十九日、三菱長崎造船所で竣工。開戦時には第一艦隊第三水雷戦隊旗艦としてマレー第一次、第二次上陸作戦を護衛した。つづいて陸軍船団を仏印よりマレーまで護衛した。昭和十七年一月二十七日のマレー半島南部東岸のエンドウ沖海戦では英駆逐艦一隻を撃沈し、二月に行なわれたスマトラ上陸作戦を支援した。

四月一日よりベンガル湾機動作戦に従事したのち、南西方面の作戦が一段落したので、四月二十二日、佐世保にかえり入渠整備した。六月五日のミッドウェー作戦のときは主力部隊の水雷戦隊として参加し、六月十四日、内地に帰投した。

七月十五日、南西部隊に編入され、高雄～シンガポールをへてマレー半島西岸のメルギーに進出した。八月二十四日より陸軍川口支隊を護衛してラバウルに進出し、以後、ガダルカナル島作戦に従事し、九月にルンガ泊地を二回砲撃し、十月にはガ島へ輸送を二回おこなった。

十一月十二日からの第三次ソロモン海戦に参加、その後、昭和十八年一月二十日までトラックで待機していた。一月二十一日、カビエンより損傷をうけた青葉を曳航してトラックに入港し、その後、ラバウル、カビエン、トラックに待機して、ソロモン作戦を支援していた。昭和十八年五月、佐世保に帰り入渠整備した。六月三十日、横須賀〜トラック間の輸送に従事、つづいてコロンバンガラ、ブインに陸軍部隊を輸送したのち、中部ソロモン諸島作戦を支援した。十一月二日、ブーゲンビル島沖海戦のとき軽巡四隻、駆逐艦七隻の集中砲火を浴び、命中弾多数をうけて沈没した。

神通（じんつう）

大正十四年七月末、神戸川崎で竣工。日米開戦をパラオで迎え、第二艦隊第二水雷戦隊旗艦として南比支援隊となり、ルソン島南東端レガスピー上陸作戦を支援した。つづいてダバオ、ホロ島（ボルネオ北東端東方）攻略作戦に参加して蘭印攻略部隊となり、メナド、アンボン、マカッサル、クーパン、スラバヤの攻略に参加した。

昭和十七年二月二十五日から、スラバヤ沖海戦で活躍した。神通の発射した魚雷がオランダの駆逐艦コルテノールに命中した。この攻撃はあまり距離が遠いので潜水艦による攻撃と思い、敵艦隊は混乱してしまったほどであった。

三月二十三日から四月十八日まで呉で入渠整備して、五月二十一日、ミッドウェー作戦に

川内型３番艦・那珂。川内は第１煙突を短縮したが、那珂と神通は写真の通り長かった。また那珂と神通は発射管を４連装２基の酸素魚雷16本に換装したが、川内は連装４基のままだった

攻略部隊の護衛隊として出撃したが、むなしく内地に帰港した。八月十一日、米軍のガダルカナル島上陸により、外南洋部隊の増援部隊としてソロモンに進出し、八月二十五日、輸送船を護衛してガ島に向かう途中、敵機の爆弾が命中して戦死二十四名を出したが無事トラックに帰り、約二ヵ月かかって修理を行ない、十月、呉に帰港して翌年の一月十八日まで入渠して修理した。

昭和十八年一月二十四日よりガ島撤収作戦を支援して、二月九日トラックに入港した。以後、七月八日まで待機していたが、この間、六月に空母隼鷹の飛行機隊や基地物件をマーシャル諸島クェゼリン環礁のルオットに輸送しただけであった。七月十二日、第二水雷戦隊旗艦となった神通は、コロンバンガラ島沖夜戦で敵艦隊に損害をあたえたが、敵艦隊の集中砲火をうけて、最後まで応戦しながらソロモン海に沈んでいった。

那珂（なか）

大正十四年十一月末、横浜船渠で竣工。開戦時は第二艦隊第四水雷戦隊旗艦として、比島部隊第二急襲隊となり、ルソン島北部西岸ビガン攻略作戦のとき、十二月十日、敵飛行機五十機

と交戦し被弾により戦死三名をだした。つづいてリンガエン上陸作戦を支援した。

昭和十七年一月、蘭印部隊第一護衛隊となり、タラカン、バリックパパン、スラバヤ攻略戦に参加した。二月二十七日から三月十二日にわたって、スラバヤ沖海戦で活躍した。三月十八日よりジャワ南方クリスマス島攻略戦に従事していたが、四月一日、同島沖で敵潜の魚雷一本をうけて大破し、十日よりシンガポールの第一〇一工作部で約二ヵ月修理を行ない、六月に舞鶴へ帰港して昭和十八年四月五日まで修理および改造を行なった。

昭和十八年四月一日、第四艦隊第十四戦隊に編入され、六月二十一日よりナウル、ラバウルに増強部隊を輸送し、つづいてマーシャル方面へ増強陸軍部隊の輸送任務に従事した。十月五日、丁四号輸送として陸軍部隊を上海よりラバウルに輸送した。

十一月五日、ラバウルで敵機の攻撃をうけたが被害なくトラックに帰り、昭和十九年の正月を迎えた。一月末よりトラック東方ポナペへの作戦輸送に従事した。二月十七日、阿賀野を救難するためトラックを出港したが、米機動部隊のトラック空襲の艦上機約一〇〇機の攻撃をうけ沈没した。

夕張型（一隻）

夕張（ゆうばり）

大正十二年七月末、佐世保工廠で竣工。開戦時のウェーク島攻略作戦には第四艦隊第六水雷戦隊として参加し、二次攻略作戦のときには、副長以下の陸戦隊をウェーク島に揚陸して占領を援助した。昭和十七年一月、ニューブリテン島ラバウル、スルミ攻略戦に参加し、三月にはニューギニア東部サラモア、ラエ攻略戦に参加した。だが三月十日、ラエで敵機の爆撃により副長以下の戦死十三名を出した。三月二十五日より四月十日までトラックで修理した。

五月四日、モレスビー攻略戦は攻略部隊主隊として参加したが中止となり、五月に横須賀に帰り、六月十九日まで入渠整備を行なった。七月十日、第六水雷戦隊は解隊された。八月八日、第一次ソロモン海戦に参加、協同して敵重巡四隻撃沈の戦果をあげた。八月二十六日よりナウル、オーシャン攻略作戦に参加、第四艦隊第二海上護衛隊に編入されパラオ方面の船団護衛に従事した。

十二月九日より横須賀で明くる昭和十八年三月まで入渠整備後、ふたたびソロモン方面作戦支援のためラバウルに進出したが、七月五日、ブーゲンビル島南端ブインで触雷事故にあい、七月三十日より十月までかかって横須賀で修理した。十一月、ふたたびソロモン方面に進出し、ビスマルク諸島方面作戦輸送に従事していたが、三回にわたりラバウル付近で敵機の攻撃をうけ中破したので、十二月十九日、横須賀に帰り、昭和十九年三月九日までかかって修理した。

昭和十九年三月二十二日、中部太平洋方面緊急輸送により東松三号船団の旗艦となって木更津沖を出発してサイパンに入港、四月二十五日、パラオに入港してパラオの南南西方に位置するソンソロル島への輸送物件を搭載して二十六日に出港した。だが二十七日、輸送を終了しての帰途に、ソンソロル島付近で米潜ブルーギルの雷撃をうけて沈没した。

阿賀野型（四隻）

阿賀野（あがの）

昭和十七年十月三十一日、佐世保工廠で竣工し、呉に回航されて教育訓練を一ヵ月おこなった後、第三艦隊第十戦隊旗艦となって十二月一日トラックに進出し、十六日よりウエワク攻略作戦を支援。以後、昭和十八年五月までトラックに待機していた。この間、二月十日に機動部隊に編入された。

五月八日、呉に帰港。整備後、内海西部で待機していたが、七月八日、陸軍部隊を宇品からラバウルまで輸送した後、トラック、マーシャル方面で待機していた。

昭和十八年十月三十一日、基地物件をラバウルに輸送後、十一月一日、米軍がブーゲンビル島に上陸してきたので、これを迎え撃つためラバウルを出撃した。これがブーゲンビル島沖海戦で、阿賀野は敵の集中砲火をあびて至近弾多数をうけたが、被害はなかった。

このあとラバウルに帰り、十一月五日に敵艦上機の大空襲をうけたが被害なく、引きつづきラバウルに停泊していた。十一日ふたたび敵艦上機の攻撃をうけ、港外に避退したが魚雷一本をうけてトラックに回航されることになり、その航行中の十二日朝、また敵潜の雷撃をうけ航行不能となったため、能代に曳航されてトラックに帰投して応急修理を行なった。

昭和十九年二月十五日、内地に回航して本修理することになり、追風《おいて》とトラックを出港した。十六日夕方、トラック北方一六〇浬の地点で、米潜スケートの雷撃により航行不能となり、火災と浸水により二月十七日午前一時五十分、ついに沈没した。

昭和19年1月1日、カビエン沖で米軍機の攻撃を回避中の能代

能代（のしろ）

昭和十八年六月三十日、横須賀工廠で竣工した後、内地で訓練整備を行なって、八月十五日、第二水雷戦隊に編入されて呉を出港、トラックまで軍隊、軍需品を輸送した。以後十一月三日までトラック、ブラウン方面に待機していた。

十一月三日、ラバウルに進出し、五日に敵艦上機の攻撃をうけたが被害なく、六日に陸軍部隊のブーゲルビル島タロキナ逆上陸作戦を支援したのち、十一日、ラバウルより損傷した摩耶、長鯨を護衛してトラックに向かう途中、阿賀野が被雷により航行不能となったので、これを曳航してトラックに帰投した。十九日にトラックを出港してマーシャルに作戦輸送を実施した。

十二月十七日より陸軍部隊をトラックよりニューアイルランド島カビエンに輸送したが、昭和十九年一月一日、カビエンで敵機の爆弾が命中し、戦死十名をだしたが、一月二十四日に横須賀に帰り、約二ヵ月間かかって修理した。

昭和十九年三月二十八日、軍隊、軍需品を搭載して横須賀を出港し、ミンダナオ島タバオまで輸送したのちリンガ泊地で待機していたが、五月にボルネオ北東端沖のタウイタウイに進出した。六月十日、ビアク島に上陸した敵の撃滅および同島砲撃の目的もって渾部隊が編成され、十日、タウイタウイを出撃してビアクに向かったが、米機動部隊のマリアナ来襲によりこの作戦は中止され、わが機動部隊と合同してマリアナ沖海戦に参加したのち、六月二十七日、内地に帰投した。

七月八日、呉よりシンガポールまで軍隊を輸送してスマトラ東岸沖のリンガ泊地に待機していたが、十月二十五日の比島沖海戦のときには栗田艦隊としてサマール沖海戦に参加し、翌二十六日、ミンドロ島の南方で敵艦上機の攻撃をうけ、魚雷一本、爆弾三発の命中により沈没した。

矢矧（やはぎ）

昭和十八年十二月二十九日、佐世保工廠で竣工し、内海西部で待機したのち、昭和十九年二月十三日、呉を出港してシンガポールを経由、スマトラ東岸沖のリンガ泊地に進出して訓練にはげんでいた。やがてあ号作戦の発令により、五月十一日、リンガを出撃してボルネオ北東端沖のタウイタウイに進出した。

マリアナ沖海戦に参加したが、被害をうけることなく六月二十五日、呉に入港してさっそく整備にかかり、七月八日、終了と同時に人員、軍需品輸送の目的をもって呉を出港し、沖縄〜マニラをへて七月二十日、リンガ泊地に進出して待機していた。

比島沖海戦のときは栗田艦隊に属し、サマール沖で敵空母群に対し攻撃をくわえたが、若干の被弾をしボルネオ北岸のブルネイに帰港して応急修理後、レイテ島オルモック輸送作戦

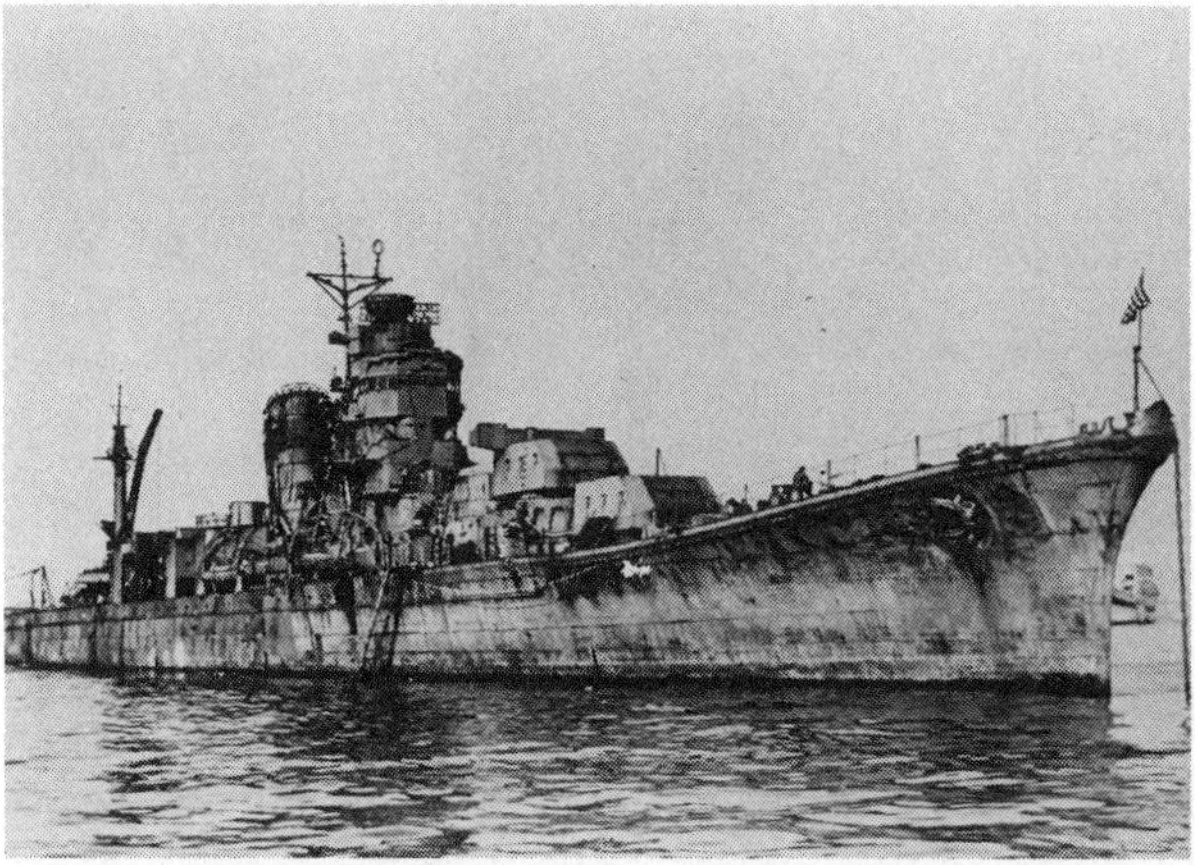

酒匂。15cm連装砲塔の砲身は撤去されているが精悍な艦容は失われていない

を支援して、十一月二十一日、呉に帰港した。二十四日より約一ヵ月間、佐世保で修理を行なったのち呉で待機していたが、昭和二十年三月十九日、敵機動部隊艦上機の攻撃をうけたが被害はなかった。

四月六日、徳山沖を出撃した大和、矢矧以下駆逐艦八隻の海上特攻隊は沖縄に向かう途中、四月七日の午後、敵艦上機の攻撃をうけ、矢矧は魚雷七本、爆弾十二発以上により九州沖に沈没した。

酒匂（さかわ）

昭和十九年十一月三十日、佐世保工廠で竣工。十二月七日、内海西部に回航されて第十一水雷戦隊に編入され、訓練部隊として諸訓練を行ないながら待機していた。昭和二十年一月十五日、第十一水雷戦隊の旗艦となった。

四月二十日、連合艦隊付属となり待機部隊に編入された。このころより内海西部も敵機の来襲をうけるようになったので、五月二十七日、舞鶴に回航されて訓練を行なっているうちに、舞鶴でほとんど無傷で終戦を迎えた。終戦後、復員輸送に従事したのち、昭和二十一年七月一日、ビキニにおける原爆実験艦として使用され、明くる七月二日に沈没した。

大淀型（一隻）

大淀（おおよど）

昭和十八年二月二十八日、呉工廠で竣工し、横須賀鎮守府内戦部隊に編入され、竣工後五ヵ月間は横須賀や内海西部で訓練を行なっていた。七月八日、内地→トラック→ラバウル間の輸送作戦に従事し、陸軍部隊と軍需品を輸送後、昭和十八年末までトラックに待機していた。

トラック→カビエン輸送を行なったさい、昭和十九年一月一日、カビエンで艦上機一〇〇機と交戦し小破の損傷をうけた。トラックでその応急修理後、二月十六日より横須賀で整備し、二月十九日よりサイパン輸送作戦に従事した。

その後、大淀は他の艦よりも通信設備が完備していたので、連合艦隊旗艦としての改装工事が横須賀で行なわれた。ちょうど改装工事が終わった日に、古賀峯一長官がパラオよりダバオに向かう途中で戦死したので、実際に大淀が連合艦隊旗艦になったのは、豊田副武長官が就任した五月四日であった。

大淀が旗艦になってから連合艦隊司令部が日吉台にうつる九月二十九日まで、東京湾で旗艦として任務についていた。その後、十月の比島沖海戦では第三艦隊第三十一戦隊旗艦として、小沢艦隊とともに行動し、その旗艦瑞鶴が沈没すると、かわって機動部隊旗艦となり、奄美大島をへて内地まで帰還してからその任務をとかれた。

十一月、マニラをへてシンガポール方面で待機していたが、十二月二十六日、礼号作戦でミンドロ島サンホセに突入作戦を行なって、昭和二十年一月一日よりふたたびシンガポールで待機していた。重要物資を内地へ輸送する北号作戦で二月二十日、呉に入港した。その後、呉練習戦隊に編入され、呉付近に在泊していたが、三月十九日、敵艦上機の空襲により中破し、つづいて七月二十四日および二十八日の呉空襲により命中弾九発、至近弾四発をうけて大破転覆して、その生涯をとじた。

香取型（三隻）

香取（かとり）

昭和十五年四月二十日、三菱横浜造船所で竣工。開戦時は第六艦隊（潜水部隊）旗艦として、マーシャル諸島クェゼリンで潜水艦作業を支援していた。

昭和十七年二月一日、ウェーク島南方で敵機動部隊の来襲をうけて被弾損傷し、二月十六日より三月十八日の約一ヵ月間、横須賀で修理を行なった。それから四月十六日まで呉付近で教育訓練をしたのち、四月二十三日にトラックに進出、それ以後はクェゼリン、ルオットで八月一日まで潜水艦作戦支援を行なったのち、内地に帰投した。

八月八日より十八日まで横須賀に入渠し、二十四日ふたたびトラックに進出して、昭和十八年三月三十一日まで潜水艦作戦の支援を行なった。その後、五月五日まで横須賀に入渠し

香取(上)。練習巡洋艦として建造された香取型３隻は5890トン、全長133.50m、速力18ノット２軸で航続12ノット7000浬、14cm連装砲２基、連装発射管２基と水偵。写真下は２番艦の鹿島

て整備、ふたたびトラックに進出した。

昭和十九年二月十五日、海上護衛総司令部に編入され、十七日にトラックを出港して内地に向かったが、出港後まもなく敵機動部隊の攻撃をうけ、航行不能となったところ、重巡ミネアポリス、ニューオルリーンズ、駆逐艦二隻の砲撃をうけて沈没した。

鹿島（かしま）

昭和十五年五月末、三菱横浜造船所で竣工。第四艦隊旗艦としてトラックで開戦を迎え、南洋部隊の全作戦を支援した。昭和十七年五月一日、ラバウルを出撃しモレスビー攻略作戦の旗艦として参加したが、途中、この作戦は中止となり、反転して鹿

島陸戦隊をギルバート諸島西方、赤道直下のナウル、オーシャン島の攻略に派遣したのちトラックに帰港した。

七月十九日、第四艦隊司令部を陸上に移してトラックを出港し、八月二十六日まで呉で入渠整備したのち、九月三日、ふたたびトラックに進出して第四艦隊旗艦となり、昭和十八年十一月まで南洋部隊の全作戦の支援を行なった。

十二月一日、鹿島は呉練習部隊に編入され、兵学校生徒の練習艦となり、昭和十九年七月まで内海西部で練習任務に従事した。

昭和十九年七月十一日より、ろ号作戦輸送に従事して、内地、沖縄間を往復四回おこなって、九月一日より内海西部でふたたび練習任務に従事した。九月十六日より第二航空艦隊の人員、物件の緊急輸送を命ぜられ台湾へ二回おこなった。

昭和二十年二月、第一護衛艦隊一〇二戦隊旗艦となり、内地〜上海間の船団護衛に従事後、上海方面で対潜掃蕩戦を支援した。六月、朝鮮方面、七月、舞鶴方面と転在し、終戦を新潟で迎えた。

終戦後、復員輸送艦となり復員輸送に従事した後、解体された。

香椎（かしい）

昭和十六年七月十五日、三菱横浜造船所で竣工。開戦時には南遣艦隊旗艦としてマレー上陸作戦の直接護衛を行ない、昭和十七年一月三日に第一南遣艦隊となり、それから南西方面の各地攻略作戦に従事し、四月十二日、第一南遣艦隊旗艦となって、マレーおよびインド洋方面の全作戦を支援した。

昭和十七年九月二十日より沖輸送として陸軍部隊を香港〜ラバウル間を輸送したのち、約一年後の昭和十八年七月までシンガポールに在泊し、七月以後はもっぱらシンガポールより作戦地への人員輸送に従事した。

昭和十八年十二月三十一日、呉練習部隊に編入されて佐世保に帰投し、昭和十九年一月中は整備にあたり、二月より五月まで内海西部で練習任務に従事したのち、第一海上護衛隊に編入されて、内地〜シンガポール間の船団護衛に従事した。

昭和十九年十一月五日、一〇一戦隊の旗艦となり、昭和二十年一月十二日、シンガポールより内地に向かう船団を護衛中、敵機動部隊の攻撃をうけてインドシナ（ベトナム）東岸で沈没した。

八十島（やそしま）

支那事変中の戦利艦で、もと中国巡洋艦の平海を、昭和十八年末に使用することになり、昭和十九年六月十日、大改造ののち海防艦として竣工した。

十日ほど内海で整備訓練をして、横須賀に回航された。昭和十九年七月二日より横須賀〜父島間の船団を護衛し、七月二十二日より横須賀〜硫黄島間の船団護衛に従事した。

昭和十九年九月二十五日、巡洋艦籍に編入された。十一月二十五日、八十島船団として輸送艦三隻とマニラにむけ南下中、午前八時より十二時間、敵艦上機のべ約三〇〇機の攻撃をうけ、北緯一五度二六分、東経一一九度二〇分の地点で沈没した。なお八十島は排水量二四四八トン、速力二十三・二ノット、一四センチ砲六門、八センチ高角砲三門、五三センチ魚雷発射管四門であった。

※本書は雑誌「丸」に掲載された記事を再録したものです。執筆者の方で一部ご連絡がとれない方があります。お気づきの方は御面倒で恐縮ですが御一報くだされば幸いです。

単行本　平成二十九年三月　潮書房光人社刊

NF文庫

軽巡海戦史

二〇二三年二月二十三日　第一刷発行

著　者　松田源吾他

発行者　皆川豪志

発行所　株式会社　潮書房光人新社

〒100-8077　東京都千代田区大手町一-七-二

電話／〇三-六二八一-九八九一(代)

印刷・製本　凸版印刷株式会社

定価はカバーに表示してあります

乱丁・落丁のものはお取りかえ
致します。本文は中性紙を使用

ISBN978-4-7698-3251-5　C0195

http://www.kojinsha.co.jp

NF文庫

刊行のことば

第二次世界大戦の戦火が熄《や》んで五〇年――その間、小社は夥しい数の戦争の記録を渉猟し、発掘し、常に公正なる立場を貫いて書誌とし、大方の絶讃を博して今日に及ぶが、その源は、散華された世代への熱き思い入れであり、同時に、その記録を誌して平和の礎とし、後世に伝えんとするにある。

小社の出版物は、戦記、伝記、文学、エッセイ、写真集、その他、すでに一、〇〇〇点を越え、加えて戦後五〇年になんなんとするを契機として、「光人社NF（ノンフィクション）文庫」を創刊して、読者諸賢の熱烈要望におこたえする次第である。人生のバイブルとして、心弱きときの活性の糧《かて》として、散華の世代からの感動の肉声に、あなたもぜひ、耳を傾けて下さい。

＊潮書房光人新社が贈る勇気と感動を伝える人生のバイブル＊

ＮＦ文庫

写真 太平洋戦争 全10巻 〈全巻完結〉
「丸」編集部編

日米の戦闘を綴る激動の写真昭和史——雑誌「丸」が四十数年にわたって収集した極秘フィルムで構築した太平洋戦争の全記録。

帝国陸海軍 人事の闇
藤井非三四

戦争という苛酷な現象に対応しなければならない軍隊の〝人事〟とは？ 複雑な日本軍の人事施策に迫り、その実情を綴る異色作。

幻のジェット戦闘機「橘花」
屋口正一

昼夜を分かたず開発に没頭し、最新の航空技術力を結集して誕生した国産ジェット第一号機の知られざる開発秘話とメカニズム。

軽巡海戦史
松田源吾ほか

駆逐艦群を率いて突撃した戦隊旗艦の奮戦！ 高速、強武装を誇った全二五隻の航跡をたどり、ライトクルーザーの激闘を綴る。

ハイラル国境守備隊顛末記 関東軍戦記
「丸」編集部編

ソ連軍の侵攻、無条件降伏、シベリヤ抑留——歴史の激流に翻弄された男たちの人間ドキュメント。悲しきサムライたちの慟哭。

日本の水上機
野原 茂

海軍航空揺籃期の主役——艦隊決戦思想とともに発達、主力艦の補助戦力として重責を担った水上機の系譜。マニア垂涎の一冊。